地底の大冒険

タケシと影を喰らう龍魔王

私市保彦 =作
いしい つとむ =画

てらいんく

地底の大冒険《だいぼうけん》——タケシと影《かげ》を喰《く》らう龍魔王《りゅうまおう》

もくじ

主な登場人物

■地上のグループ

タケシ…………龍魔王《りゅうまおう》に誘拐《ゆうかい》されたマリーの救出に地底に向かう主人公の少年。

マリー…………タケシの妹。町の神社の金のバチで太鼓《たいこ》を打つ聖女に選ばれているが、龍魔王の手下によって地底におびきよせられ、岩牢《いわろう》に閉じこめられる。

ジョージ………タケシの親友で、いじめられっこのタケシをかばっている。

クルミ…………ジョージの妹で、マリーの友人でもある。

ジロー…………タケシの叔父《おじ》。

■地底のグループ

香月三郎《こうげつさぶろう》………むかし龍魔王にさらわれた姫《ひめ》を救いだしたのに、地上にいる兄たちが地上に引き上げる綱《つな》を切ったため地底をさまようことになり、さいごに地上で蛇《へび》に変身する。その後、末裔《まつえい》のタケシの体内にはいって、タケシと龍魔王退治におもむく。

月姫《つきひめ》……………香月三郎がむかし滞在《たいざい》した国の姫で、タケシの龍魔王退治についてゆく。

キリフリタロウ……月姫の屋敷《やしき》に滞在する客人。じつは……。

龍魔王…………マリーを岩牢に閉じこめて、奪《うば》った金のバチで太鼓を打たせ、その霊力《れいりょく》で地上をも支配しようとする。

飛龍……………龍魔王の手下で、いろいろなものに化けてタケシを脅《おびや》かす。

黒龍……………龍魔王の手下で、地上からさらってきた影《かげ》を閉じこめている。

鹿男《しかおとこ》……………地底の鹿族の族長で陰に陽にタケシを助けて、はげます。

黒コメネズミ……龍魔王の手下で、タケシたちや鹿族を脅かす。

桶造《おけづく》りの職人ジヘイ……桶造りの職人であるが、娘《むすめ》が桶造りをさまたげる龍魔王への生けにえにされようとしている。

紙漉《かみす》き職人……紙漉きの水に異変が起こり、紙が漉けなくなって困っている紙漉きの里の職人。

森の王…………龍魔王によりくさりで縛《しば》られている。

氷の女王………山ばかりでなく山里も氷に閉じこめている。

火の王…………氷の女王と壮絶《そうぜつ》な戦いをくりひろげる。

金のバチと聖女

金のバチが空におどった。日の光を受けて閃光《せんこう》を放ったかと思うと、つぎの瞬間《しゅんかん》にドーンと砲《ほう》弾《だん》のように轟音《ごうおん》がとどろいた。

太鼓《たいこ》のバチをにぎっているのは、少女の手である。その二本の手が目にもとまらない速さで、機械のように上下左右に斜《なな》めにと動くと、金のバチは大きな線香花火《せんこうはなび》のような輝《かがや》きを空中にまき散らした。

ドーン、ドーン、ドドーン、ド、ド、ド、ド、ドドーン
あたりを揺《ゆ》るがすような音がくりだされ、風が起こり、大地が揺れた。

マリーはとりつかれたように、バチを振《ふ》りながら乱舞《らんぶ》した。自分がまるでバチであった。それまで訓練してきたバチさばきとリズムが、自然に湧《わ》き起《お》こってきた。体中《からだじゅう》が火の玉になって燃え

あがった。バチがひとりでにおどり、手がそれにつれて動いた。目の前に光がまき散らされ、光の洪水《こうずい》となり、それがたちまち消えたかと思うと、こんどは稲妻《いなずま》が走った。

空中には、目を爛々《らんらん》と光らせた龍《りゅう》が現れ、太鼓《たいこ》の音がとどろくたびに、銀色のうろこを輝《かがや》かせ、胴体《どうたい》を波打たせておどりあがった。やがて龍が空の一角に消えると、見渡《みわた》すかぎり緑の大地が広がり、鹿《しか》の群れが草原を走った。白い牛が列をつくって通りすぎ、白馬が跳《と》びはね、孔雀《くじゃく》が舞《ま》いおりて、五色に輝く羽を広げた。すると、黄金の絨毯《じゅうたん》のように、ふさふさとした稲《いね》の穂《ほ》が揺《ゆ》れている田が広がった。マリーの目には、こうした光景が絵巻のようにくりひろげられるのが見えた。こうして、マリーの手ににぎられているバチは、狂《くる》ったように空中で交差しては、火花を散らして振《ふ》りおろされて、祝いの音をとどろかせる。

神社に集まった人々にも、マリーが見ている情景が目に浮《う》かんだのか、誰《だれ》もが浮き立ち、心をおどらせた。みな、「豊年満作、商売繁盛《しょうばいはんじょう》！　豊年満作、商売繁盛！」とくり返し、太鼓の音に合わせて、体を揺《ゆ》すった。何百人の人の心がひとつになった。そして、太鼓の乱れ打ちは空高くこだまし、神社のある丘《おか》から町の方に流れ、屋根から屋根へと渡り、町の中心部のビル街に落ちた。

＊　＊　＊

今年も、太鼓の乱れ打ちの祭りが近づいてきた。マリーは、今年も太鼓打ちの「聖女」に選ばれていた。この神社では、太鼓打ちを、太鼓たたきの訓練をうけた者のうちでいちばん腕前《うでまえ》がすぐれた未婚《みこん》の少女から選ぶことになっていた。そのための指導と「聖女」選びは、「太鼓打ちの名人」の役目だった。

そのため朝の六時に神社に集まり、学校にゆく時間まで、手から血がにじんでくるまで打ち方を指導された。バチを打つ姿勢が悪いと腰《こし》をたたかれ、乱れ打ちで腕が十分に振れていないと、いやっていうほど腕をたたかれた。それでも腕前が上がらないと、チームからいやおうなしに落とされてゆく。

名人が目をつけているのは、腕前だけではなかった。「心技一体とならなければだめだ」というのが名人の口ぐせであるが、マリーにはその意味がどうしてもわからなかった。ところが、あるときからマリーは手がひとりでに動くようになった。自分には何が起こったかわからなかったが、誰かに手を動かされているように、自分の意思とは関係なく、自由に手が動き、それにつれて太鼓の音に深みがでてきた。

「それだ！　それが心技一体だ！　その勢いでやりなさい。きみに、御霊《みたま》がのりうつってきたようだ」

そういわれても、マリーには「心技一体」の意味がわからなかった。しかし、その後マリーは太鼓打ちの「聖女」に選ばれた。「聖女」に選ばれると、神社に伝えられた鹿皮を張った太鼓を金のバチで打つことになる。すると、豊穣《ほうじょう》の神がおりてきて、町にみのりと幸いをもたらすと信じられてきた。マリーは昨年についで、その太鼓打《たいこう》ちの「聖女」に二年連続選ばれたのである。

祭りの三日前になった。神主《かんぬし》による太鼓の打《う》ち初《ぞ》めの儀式《ぎしき》がおこなわれる日である。マリーは、かしこまって神殿《しんでん》で待ち構えていた。そのときだった。

「大変だ！　大変だ！　金のバチがない！」

本殿のとなりの宝物殿から氏子《うじこ》総代の篠田《しのだ》が、真っ青になってとびこんできた。金のバチはほとんど宝物としてあつかわれ、太鼓や御輿《みこし》をおさめてある倉とは別に宝物殿に保存されていた。裏山の古墳《こふん》から出土した銅鐸《どうたく》や銅の鏡、源平時代のよろい、平安時代の色あざやかな貝合わせなどとともに、大事にしまいこまれていた。ただ、陳列棚《ちんれつだな》でなく、天井《てんじょう》からの吊《つ》り戸棚《とだな》に、紫《むらさき》のふくさに包まれて白木の箱におさめられていた。

祭りの準備がはじまると、金のバチは戸棚からおろされ、太鼓のかたわらに移すことになっていた。そして、祭りの三日前から本殿に移された太鼓に向かってリハーサルがおこなわれるのである。

太鼓たたきの少女の前で神主がお祓《はら》いをしたあと、神主自らの手で太鼓が三回打たれ、それがすむと、おごそかにバチが少女に手渡《てわた》され、少女が打ちはじめる。マリーはふだん着であったが、その儀式のため肩《かた》から白いたすきをかけて、緊張《きんちょう》してバチの到着《とうちゃく》を待ち受けていた。

「大変なことになった。金のバチをおさめている箱が空っぽになっている。盗《ぬす》まれたんだろうか？　そうだとしたら大変だ。警察にも通報しなければならん。ただ、いまのところは誰《だれ》にもいっちゃいかんよ」

篠田が震《ふる》え声《ごえ》でマリーにいいつけると、マリーがたずねた。

「家の人にも話してはいけないの」

「もちろんだ。家に帰って、今日の太鼓の打ち初め式は神主さんの都合で中止になったとでも、いっておきなさい」

しかし、マリーは引きさがらなかった。

「あたしもいっしょに探します。もしでてきたら、打ち初めを今日できるじゃないですか。三日後にはお祭りだから、今日探しださないと」

「そのとおりだな。見つけないととんでもないことになる。神社と神主さんの顔は丸つぶれだ。そうだ、わたしについてきなさい」

ふたりで宝物殿にゆくと、神主のほかにふたりの若い神職がうろうろしていた。

「金のバチはどこにしまってあったの？」

マリーは、気おくれもせずに、ずばりと神主にたずねた。

「あの吊り戸棚のなかにあったんだがな。打ち初めの儀式があるので、昨日若い者がまちがいなくあると確かめていたんじゃが。困ったことになったよ」

「では、昨日の夜にでも盗《ぬす》まれたんじゃない?」

「そうだな。ふいに消えてしまうことなんて、考えられんからな」

神主《かんぬし》さんは、いまは仰天《ぎょうてん》しているばかりで頭が働かないらしいと、マリーは思った。氏子《うじこ》総代たちも若い神職たちも、ただおろおろしているように見えた。マリーは、篠田《しのだ》や若い神職に、誰《だれ》か鍵《かぎ》をこわしてしのびこんだあとがないか、足あとのようなものがないか、たずねた。

「鍵はこわされていないな。足あとはまだ調べていないんだが」

「じゃー、調べたらどうなの」

「警察がくるまであまり動かないほうがいいんじゃないですか」

若い神職が口をはさんだ。

「それもそうだな」

篠田がうなずいた。しかしマリーは、大きな目をぎょろぎょろさせて、床《ゆか》を眺《なが》めまわし、おとなたちがはいている履物《はきもの》を見てから、細い丸太を横に組んだ両開きの扉《とびら》の外にでて、地面を調べてまわった。しかし、泥棒《どろぼう》のものらしい足あとは見つからなかった。

ようするに、どこにも乱れたところがなく、白木の箱の中味だけがふくさの包みとともに、いつのまにか消えてしまったのだ。

「これあやしいんじゃない」

マリーが倉のすみに置かれた踏《ふ》み台《だい》の脚《あし》を指さした。

「ここに踏み台の脚がずれたあとが見えるわ。脚を動かした証拠《しょうこ》だわ。そうじゃない？」

篠田も神主も踏み台をとりかこんで、その脚をじっと睨《にら》んで、みなは「ふーん」とうなったまま、ひとこともことばを発しなかった。とつぜん、篠田が大きな声でいった。

「動かしてはいかんぞ。警察に調べてもらうんだ」

しかし、警察は一向に現れなかった。そのあいだにも、マリーはせわしく動きまわり、しゃがんだり、立ったりして、倉のすみずみまで視線をやった。そして、もうひとつ目にとまったものがあった。倉の奥《おく》の壁《かべ》に据《す》えられた、両開きの扉がついた木製《もくせい》の置《お》き戸棚《とだな》である。粗《あら》い目の敷物《しきもの》の上に置かれていた。

「これは何？」

マリーがおとなたちに聞くと、若い神職が答えた。

「小さなはたきとか、ほうきとか、ブラシとか、拭《ふ》いたり磨《みが》いたりする布をしまっておく戸棚だ」

「これは動かせるの」

「もちろん、動く。キャスターがついているからね」

「これ、動かしてみない」

「だめだめ、警察がくるまでぜったい動かしてはいかん」

また、篠田《しのだ》が大きな声をだした。神主《かんぬし》もうなずいて、その意見に同意した。

そのとき、ハアハアという荒《あら》い息づかいが聞こえた。みな、ぎょっとして扉《とびら》の方を見た。すると、大きな犬の頭が現れ、ついで、犬に引っぱられて若い巡査《じゅんさ》が現れ、そのあとに年配の巡査がつづいた。犬は若い巡査をぐいぐいと引っぱり、倉のすみずみまでかぎまわっていた。そして、踏《ふ》み台《だい》の脚《あし》をくんくんとかぎまわった。

「踏み台を使ったことがわかるのかねえ。たいしたもんだ」

篠田が感心したように、いった。

「ここにいるみなさんとちがう臭《にお》いだと感づいたのです。ところで、金のバチはどこにあったのですか?」と年配の巡査が聞くと、

「ふくさに包んでこの白木の箱におさめ、あの吊《つ》り戸棚《とだな》にしまっていました」と神主が答えた。

新聞紙にくるんで床《ゆか》の上に置いてあった白木の箱を、神主は巡査に見せた。巡査は手袋《てぶくろ》をした手でその箱を調べてから、いった。

「鑑識《かんしき》が指紋《しもん》をとりますから、このままお預かりします。その前に犬に見せます」

そして、犬の前で新聞紙を開いてその箱を見せた。すると、警察犬は箱に鼻をすりよせ、また目を爛々《らんらん》とさせて、倉の中をうろうろしはじめた。そのとき、若い巡査が提案をした。

「犬を倉の外にだしましょう。何かわかるかもしれませんから」

「そうだな。場合《ばあい》によっては首輪をはずすか」

ともうひとりが賛成して、犬を外に引いていこうとした。ところが、犬は外にでようとせずに、いきなりある場所に向かった。それが、置き戸棚の方だった。そればかりか、犬はその下をかぎまわりはじめた。

「これはおかしい。犬が反応している。この戸棚に何かあるぞ。こいつを動かしてみよう。おい、ちょっと手を貸してくれ」

巡査はふたりがかりで戸棚を動かした。すると犬は、戸棚をとりのけたあとの敷物《しきもの》に向かって激しく吠《ほ》え、それを足でかいた。巡査はあわてて敷物をずらした。その下に床が現れたが、床には四角に切られたあとがあった。

「これはふたではありませんね。切られたんですよ。そうでしょう」

若い巡査が叫《さけ》ぶと、手袋をした手で切りとられた板をもちあげた。そして、床下をのぞきこむと大声で叫んだ。

「これは一大事です。穴が掘《ほ》られている。ここからしのびこんで盗《ぬす》んだにちがいありません。小さな穴ですがね」

一同は、そこに駆《か》けよって、小さな穴が空いているのをぽかんと口を開けて見つめ、呆然《ぼうぜん》としていた。のぞいてみると、垂直に掘《ほ》られた先には横穴がつづいているのがわかった。つまり、倉の外から掘り進められた穴にちがいなかった。

若い巡査《じゅんさ》は、ぱちぱちとその穴を撮影《さつえい》しはじめた。

「なんとか泥棒《どろぼう》をつかまえて、金のバチをとりもどしてください。でないと祭りができませんわ。そうだろう、きみ」

神主《かんぬし》が、急にマリーに向かって同意を求めたので、マリーもあわててうなずいた。

若い巡査は穴にはいるよう犬をけしかけた。しかし、犬は体をこわばらせて、あとずさりするばかりだった。それを見ると、年配の巡査がいった。

「だめだな。犬にも先の見通しがつかないんだな。といって、われわれの体じゃとうていもぐれそうもない。綱《つな》か針金でも突《つ》っこんでみるか、なんとか方策《ほうさく》を考えなければいけない。お前は、犬を外にだして探《さぐ》ってくれないか。穴の出口を発見するかもしれない。わたしは、警察に戻《もど》って、この箱を鑑識《かんしき》に渡《わた》してから、何か道具をもってくる。場合《ばあい》によっては、穴を掘りひろげるかもしれない。現場には手を触《ふ》れないでください。そうだ、みなさんはいったん、外にでていてください」

「わかりました、おまわりさん。万一バチが戻らないときはどうするか、相談しておかなければいけませんから、向こうで相談しましょう。マリー、きみもきてくれないか。金のバチなしの太《たい》鼓《こ》たたきもありうるからね。でもその前に、われわれも神社の庭を調べよう」

篠田《しのだ》のことばで、一同は倉からでて、鍵《かぎ》をかけて、穴を掘ったあとがないか、倉の外を歩きまわった。若い巡査は警察犬を連れて、調査をはじめた。神社は裏山を背にした高台にあって、その奥《おく》は裏山につづいていた。少なくとも、神社の庭と、鉄柵《てっさく》がまわしてある垣《かき》のなかの杉林《すぎばやし》には、掘ったあとも掘った土の山もなかった。犬はしきりに裏山にでてゆこうとするので、若い巡査は犬に引かれて、外にでた。

ほかの者はひとまず穴を探すのをあきらめ、巡査が警察に戻るのを送ってから、本殿《ほんでん》の横の社殿に移り、そこで車座に座って、相談をはじめた。そのとき、神主がにぎりしめていた鍵を右手のわきに置いたのをマリーは見ていた。神主は、金のバチのことで頭がいっぱいのようで、鍵に注意を払《はら》っているようには見えなかった。

まず、篠田が口を開いた。

「祭りの日までに、金のバチが戻らないことは十分ありえますよ。そのときは、ふだん使っているバチでたたいてもらうしかないね、マリー」

「はい、いいです。でも盗《ぬす》んだ悪いやつがいるんだから。わたし、ぜったいつかまえてやる」

「きみの気が強いのはわかっているが、それは警察にまかしておきなさい。われわれも努力するがね」

「こんなこと、この神社の歴史はじまって以来ありませんな。わしは神主《かんぬし》として責任をとらないといけないでしょうかな」

「神主さん、いまはそんなことといっているときじゃありません。犯人をつかまえるか、つかまらないときはどうするかです」

そのとき、マリーは立ち上がって、席をはずした。誰《だれ》も、それには気をとめなかった。マリーは席を立つと、外にでて、倉の前にいった。そして、にぎりしめていた手を開いて、鍵《かぎ》をとりだし、倉の扉《とびら》を開けた。マリーは神主がかたわらに置いた鍵をそっと拾いとって、倉まできたのだ。神主はすっかり狼狽《ろうばい》していて、鍵をわきに置いたことを忘れていたのだ。マリーはどうしてこんなことをしたのか、自分でもわからなかった。ほとんど衝動的《しょうどうてき》だった。誰かにそうしろと命令されたようだった。

倉にはいると、マリーは穴の前に立った。マリーには穴にはいる自信があった。中三にしては体が小さいほうなので、自分ならもぐりこめると思った。だいたい誰かがしのびこんだ穴だ、自分がはいりこめないはずはないとばかり、足をそっと穴におろし、体を下にずらしていった。

「きついわ。泥棒《どろぼう》はこびとだったのかな。それとも子どもだったのかな。こびとか小さな子どもなら通れるわ。わたしだと、ちょっときついけれど」

マリーは、怖《こわ》いのをこらえるためにわざとつぶやきながら、暗い穴にもぐりこんだ。垂直に掘《ほ》られた穴は、マリーの体がすっぽりとはいりこむと横に折れ曲がったが、体を折って背中をずらしてゆくのは、意外にかんたんだった。とにかく誰かが通った穴だから通れないはずはないというのが、マリーの信念だった。ただ、暗いのには困った。急に思い立ったので、明かりをもっていないのがつらかった。それに、土の臭《にお》いがむっとして、息がつまりそうだった。

「本当に、窒息《ちっそく》してしまうわ。窒息したらどうしよう。死んじゃうわ。いや、そんなことぜったいない。誰かがここを往復したんだから、いや往復どころじゃないわ。穴を苦心して掘ったわけだから、何度もここを通って土を掘りだしているにちがいないわ」

それにしても、穴がじつにきれいに掘られているのには驚《おどろ》いた。まるで細いトンネルである。とにかく、まわりの土が崩《くず》れてこない。きれいにくりぬかれている。それに、マリーの通るのにちょうどいい大きさだ。

「やっぱり、わたしでなければこんな狭《せま》いところは通れない。綱《つな》をもってきても、針金をもってきても、こんなに長い穴を通せるわけはないわ。そうだ。警察が綱をもってきたら、わたしが穴に通してやるわ。いやそれより、わたしが出口を探しだしたら、それでオーケーじゃない」

そのとき、「ほー、ほー」という声が穴の先の方で聞こえたような気がした。まるで、ふくろうが鳴いているような声だった。マリーは動くのをやめて、耳をすませた。すると、何も聞こえてこない。

「そら耳かな」とつぶやいて、マリーはまた進みはじめた。

とにかくマリーは息ができるので、この穴の先はふさがれていないと確信した。かならず穴からでられると思った。しかし、穴はどこまでもくねくねとつづいた。まるで人の腸のように激しく曲がりくねり、ときには上り坂になっているようだった。

「人の腸だったら、もう大腸か直腸だわ。だとすれば、もうすこしで外にでられるというわけだ」

何分たったか、何メートル進んだか、見当がつかなくなった。まだ五分ぐらいのような気がするかと思うともう三十分以上たったような気もするし、何キロも進んだような気もした。かかとを土にあててひざを曲げ、おしりをもちあげては進むので、歩いているときよりもずっと足や背中の筋肉を使わねばならなくて、とても疲《つか》れてきた。そして、足を休め、大きく息をした。するとまたも、「ほー、ほー」という声が聞こえてきた。そのあとに、「マリー、マリー」という声が聞こえたようにも思えた。

「ほー、ほー、ホータルこい！　こっちの水《みーず》はあーまいぞ！　あっちの水《みーず》は　にーがいぞ！　じゃなくて、ほー、ほー、マリーよこい！　こっちの水《みーず》はあーまいぞ！　あっちの水《みーず》は　にーがいぞ！　っていっているみたい。よーし、呼ぶんなら、そっちにいってやるわ」

そのとき、なんとなくさわやかな空気が流れているように感じた。つま先を見ると、運動靴《うんどうぐつ》のまわりの輪郭《りんかく》が浮《う》きだして見えるではないか。

「どこからか明かりがきている。出口が近いわ。出口でわたしを呼んでいるのかしら」

マリーは力をふりしぼって、また節足動物《せっそくどうぶつ》のようにひざを立てては、背中をずらして前に進みはじめた。すると、急にかかとが硬《かた》い岩に触《ふ》れたのがわかった。そして、体の動きが楽になった。穴が広くなったのである。というより、細い穴が終わり、広い空間にでて、その先の方から光がもれていた。外の光だった。そして、広くなった穴ぐらはしんとしずまりかえっていて、誰《だれ》もいなかった。やはり、そら耳だったのであろうか。いずれにせよ、抜《ぬ》け穴《あな》は岩の穴ぐらにつづいていたのだ。すると、この穴ぐらから宝物殿《ほうもつでん》に通ずるトンネルが掘《ほ》られたことになる。マリーは意外な出口があるのに驚《おどろ》きながら、立ち上がって岩窟《がんくつ》から外にでた。

岩窟の外は見慣れない場所だった。目の前には道らしきものが見えたが、雑草におおわれていた。しかし、人に踏《ふ》まれたあとはなかった。その先には、背の高いクマザサが茂《しげ》っていて、それが、まるでマリーに向かって「こっちにこい」とでも誘《さそ》うように、ざわざわと風に揺《ゆ》れていた。そして、クマザサのざわめきにまじって、「ほー、ほー」という声が聞こえたように思った。

「けもの道だわ。ここは、神社の裏山にちがいないわ。泥棒《どろぼう》はこの先に逃《に》げたにちがいないわ。でも、この先にはひとりでゆくのは危ないな。やめたほうがいい。それに、神社ではいまごろ大騒《おおさわ》ぎになっているはずよ。早く戻《もど》って、穴がここに通じていることを知らせなければ」

マリーは見当をつけて、神社の方向に歩きだした。すると、車のわだちがある人道にぶつかった。そこに立て札があって、「立ち入り禁止」とあった。

「すると、あたしは古墳《こふん》の森にはいりこんでいたんだ」

マリーは、納得《なっとく》したようにうなずいた。古墳の森は数年前に行方《ゆくえ》不明になった人がいて、そのころから立ち入り禁止となっていたのだ。

「それにしても早く戻《もど》らないと」と焦《あせ》って、しまいには走りだして、マリーは神社にたどりついた。幸いなことに、神主《かんぬし》さんたちはまだ相談をしているようだった。そこでマリーは、車座のなかに戻った。

「どこにいっていたのかね。家に帰ったのかと思ったよ」

篠田《しのだ》がマリーにいった。マリーは、そっと鍵《かぎ》をもとの位置に戻したが、穴のなかに無断でもぐりこんだことはどうしてもいわなければならなかった。

「すみません」

と頭を下げて、マリーは自分が穴にもぐりこんでいくと裏山の岩窟《がんくつ》にでたと、一部始終を告白した。

おとなたちの驚《おどろ》いたこと！　ぽかんと口を開けて、マリーの話に聞きいった。しかし、マリーを叱《しか》ろうとはしなかった。叱ってもしようがなかったのである。それどころか、穴の出口がわかったので、話はそこに集中した。そのうちに、巡査《じゅんさ》が鑑識係《かんしきがかり》を連れて、紐《ひも》を束ねた輪や針金やスコップをもってきたり、犬を連れた巡査も出口がわからずに途方《とほう》に暮れて戻ってきたりで、大騒《おおさわ》ぎになった。しかし、誰《だれ》もマリーを叱る者はいなかった。心のなかでは、感嘆《かんたん》したり、でかしたと思っているのにちがいなかったが、それを口にだす者もいなかった。そして、警察の方針が決まり、盗難《とうなん》事件を公開して、ただちに山探しをして、犯人をとらえることとなった。

＊　＊　＊

祭りの日になった。太鼓《たいこ》たたきの行事に立ち会おうと、神社には大勢の人が集まった。例年よりずっと多い人々だった。みな、金のバチの盗難事件は知っていた。そこで、本当に太鼓たたきがおこなわれるだろうかと、心配と好奇心《こうきしん》にかられて、集まってきたのだ。

最悪の場合《ばあい》は太鼓たたきは中止になるだろうと思っている人々もいた。町なかの人々には、金のバチを見ることができないのなら太鼓の音を聞く価値はないと考えて、神社に集まらない者もいた。いやそんなことはない、太鼓たたきがなければ、この一年は終わらないし、つぎの一年もはじまらない、ぜったい太鼓たたきはある。そのときまでに金のバチが探しだされるにちがいない、あの音が町に幸いをもたらすのだ、だから金のバチはぜったい見つかる、と信じている人々もいた。いや、金のバチがなければ、別のバチで太鼓たたきがおこなわれるだろうと推測している人々もいた。

こうして人々が見守るなか、まず太鼓が運ばれてきた。そして、神主と白装束《しろしょうぞく》に身をかためたマリーが現れた。すると、人々は一斉《いっせい》に拍手《はくしゅ》をした。しかし、その手には金のバチはなかった。マリーがにぎっていたのは木のバチだった。やはり、金のバチは見つからなかったのである。人々がざわめいていると、顔が青ざめた神主《かんぬし》がみなにお祓《はら》いをした。すると、一同はしずまりかえった。さいごに神主がマリーと太鼓《たいこ》にお祓いをすると、マリーの手が高く上げられ、バチが打ちおろされた。

ドーン、ドーン

力強い音だった。みなは神経を集中させて、その響《ひび》きに聞きいった。

ドーン、ドーン、ドドーン、ド、ド、ド、ド、ドドーン

テンポが速くなり、乱れ打ちになってきた。しかし、耳のするどい人は、いや音がちがうというふうに顔を横に振《ふ》った。

それをいちばん感じていたのはマリーだった。何よりも、バチからは光も輝《かがや》きも放たれなかった。太鼓の音は大きく響いたが、音に深みがなかった。腹に響く低い音が弱かった。太鼓の音は空高く上がらなかった。町まで届くようにも思えなかった。マリーは、金のバチがいかに深い響きを打ちだすかにあらためて気づいていた。

マリーには、光も見えなければ、光のなかから龍《りゅう》も鹿《しか》も牛も白馬も現れなければ、孔雀《くじゃく》も現れなかった。緑の草原も田畑も見えない。焦《あせ》ってくると、バチさばきも狂《くる》ってくる。マリーは焦っ

て、縦横無尽《じゅうおうむじん》にバチを空中におどらせ、太鼓《たいこ》の面に打ちおろした。まるで目にもとまらぬ速さで、人々にはもうバチは見えず、ただ車輪のようなものがすごいスピードで回転するさましか見えなかった。そのうち、人々の不安は感嘆《かんたん》に変わっていった。

やっとマリーは調子をとりもどしたようだった。こうして乱れ打ちは最高潮にたっした。しかし、火花のような光と輝《かがや》きはついに見られなかった。さいごのひと打ちが振《ふ》りおろされると、聴衆《ちょうしゅう》の激しい拍手《はくしゅ》がやまなかった。金のバチがなくとも、見事に乱れ打ちをやったじゃないか、これで今年も安心だ、という拍手だった。それを聞きながら、緊張《きんちょう》が解けたマリーは、その場に倒《たお》れこんだ。

ふしぎな病《やまい》

祭りが終わってから一ヶ月ほどたったある日の午後のこと、神社からはなれたところにある高台で、散歩をしていた人が奇妙《きみょう》な情景を見ていた。

その日は、昼過ぎまで、空気がぴたりと止まって、まるで空気がかたまったようだった。木の葉のそよぎひとつなかった。空は晴《は》れ渡《わた》り、見上げると、目に痛いほど輝きわたっていた太陽がすこし西に傾《かたむ》きかけ、日差しもやわらいでいた。丘《おか》の上には、頭が欠けたり、腕《うで》が欠けたりしている石像が並んでいたが、その石像の影《かげ》も、長く伸《の》びはじめていた。森では、蟬《せみ》がけたたましく鳴いていた。

しかし、風が鳴る音がすると、蟬の鳴き声はぴたりとしずまりかえった。そして、地面のひだまりは、カーテンを引くように見る見る縮まっていった。いつのまにか、風に流されてきたのか、灰色のちぎれ雲が森から湧《わ》きだしたように飛んできて、太陽をかくしてしまったのだ。

そして、雲に日光が吸いとられたように空が暗くなり、空気も冷え冷えとしてきた。

それに、しめし合わせたように、高台から見おろす町の方から、ふわふわした灰色のうっすらした靄《もや》のかたまりが飛んできた。靄のかたまりは、石像の上のあたりで大きく広がった。そして、たちまち人の形になって、身をくねらして、もがきはじめた。よく見ると頭にとんがり帽子《ぼうし》をかぶった人の形をした影で、そのとんがり帽子が吸いこまれるように森に向かっていたのが、この高台にくると帽子をくるりと町に向けて、町に帰ろうとしているようだった。まるで生きている人間のように、身もだえしたり、ぐるぐる回ったりした。そのうち、ゴムのように伸びてきた。何やら強い力が帽子をつかんで森の方に無理やりに引っぱっているようだった。やがて、その力に負けたのか、すこしずつ森の方に移動をはじめた。しまいには糸に引っぱられた凧《たこ》のようになって、森に向かっていった。

森の上にくると、影《かげ》はしばらく旋回《せんかい》していたが、やがてすとんと落ちて、森に吸いこまれてしまった。すると、風はいっそう強くなり、森の木が一斉《いっせい》に激しく揺《ゆ》れて、ざわめいて、枝や葉むらや幹までもこすりあわせ、まるで勝ちほこって高笑いをしているようだった。

空の雲はいつのまにかぐんぐん広がり、厚くなり、空をおおいつくした。あたりは夕方のように薄暗《うすぐら》くなり、あわてて電気をつける家が現れたのか、町には点々と光が見えてきた。石像の影もほとんど消えていた。

森のざわめきがしずまると、風はぴゅうぴゅうと町に吹《ふ》きおろしはじめた。それにつれて、空の雲は低くたれて、黒い巨大な翼《つばさ》のように町の空をおおいつくした。そして、町は闇《やみ》の底に沈《しず》んでいった。吸いつけられたようにそのありさまを、はじめから終わりまで見ていた人は、ぞくっと体を震《ふる》わせて、高台から町の方におりていった。

＊　＊　＊

そのころ、町ではふしぎな病が広がりはじめていたのだ。あるとき自分の影が薄くなっているのに気がつく。というより、人といっしょに日の当たる場所を歩いているうち、誰《だれ》かが叫《さけ》ぶのである。

「あれっ!　あの人の影は薄くなっている?」

こうなると大変である。というのは、ひとたび影が薄くなると、どんどん薄くなってゆく。そればかりか、その人はやる気も食欲もなくしてしまい、やがて影がほとんど見えなくなるころには、本人の顔からも血の気がうせて、食欲もなくなり、腕《うで》の力も足の力もげっそり抜《ぬ》けて、過去の思い出も未来の希望もすっかりなくして、生きる気力は枯《か》れ果《は》てて、寝《ね》こんでしまい、あとは死ぬのを待つばかりということになる。そして、じっさい、そうした人が元気を回復することはなく、影が消えてなくなるころには、死んでしまうのである。

恐《おそ》ろしく厄介《やっかい》な病気だった。大学の研究チームがその症状《しょうじょう》だけは確かめて、「影症候群」と名づけたのだが、治療法《ちりょうほう》も薬もなかった。脳から足までもCTやMRIで透視《とうし》しても、どのような臓器にも異常は見られなかった。症状の進行もはっきりしない。だいたい寝こんでしまうと、影がどう映るかもわからない。そこで、患者《かんじゃ》に光を照射して影の濃度《のうど》を測る器具が発明された。しかし、それは治療器具ではなかったので、いたずらに患者や家族を恐怖《きょうふ》におとしいれるだけだった。

それは、不意に元気な人に襲《おそ》いかかる無差別殺人のようなものであった。人々は、恐ろしい伝染病ではないかと信じはじめていた。医者たちのグループと当局は、やっきとなってそれを打ち消した。というより、病気の原因も、病原菌《びょうげんきん》らしきものも、まして感染経路も、発見できないからである。ただ病気だけは、静かに広がっていった。

人々の強い希望があって、道路の街灯がやたらに増やされ、電灯もワットの強いものにつけかえられ、夜でもなるべく路上に落ちる影《かげ》が濃《こ》く映るようにされた。すこしでも歩いている自分の影が薄《うす》く見えると、病にかかったのではないかと、人々が恐《おそ》れるからである。しかし、明るい光線を恐れる人もいた。光が強いと、影が薄くなったこともはっきりわかるからである。とにかく、この病気にかかることを恐れるあまり、自分だけはかからないと信じようとする人々もいた。そうした人々は、けっして自分の影を見ないようにしていた。また、人に影を見られまいとした。だから、強い光線を恐れたのである。

こうしたことから、日中では、強い日差しの快晴の日をこのむ人と嫌《きら》う人に分かれ、薄日がさす日や影のない曇《くも》りの日は誰《だれ》にもこのまれた。とにかく、薄い影を見ることを人々は恐れた。

石像と少女

公園を通《とお》り抜《ぬ》ける散歩道の途中《とちゅう》に広場があった。中央には、踊《おど》っているふたりの少女をかたどった彫刻《ちょうこく》が建てられていた。「陽光」という彫刻で、町の高名な彫刻家によって制作されたものだった。ひとりは、体を曲げて、自分の足のつま先を見つめながら、そちらに両手を伸《の》ばしている。そのかたわらに立つもうひとりは、両手を上げて輪を描《えが》き、大空を見上げている。べつべつの動きをしていたが、ふたりの体と腕《うで》の曲線は変化と調和をかもしだして、美しい線を描いている。

輪を描いている少女の視線の先にはちょうど太陽が輝《かがや》き、燦々《さんさん》と光を投げかけ、コンクリートの地面にくっきりとした踊る少女像の影を映していた。

その広場からはなれた木陰《こかげ》の下にあるベンチに、タケシとジョージは広場に背を向けて座っていた。ふたりは、人が通るたびに振《ふ》り向《む》いては、道路の方をうかがっていた。やがて、女の子のおしゃべりが聞こえてきた。

「タケシ、きたぞ」

するとタケシだけが、さっと立ち上がった。そして、女の子に気取られないように公園の節《ふし》くれ立《だ》った大きな木のかげにかくれて、ふたりの動きをじっと観察しはじめた。まるで探偵《たんてい》ごっこのようだったが、タケシは真剣《しんけん》だった。ふたりはおしゃべりに夢中で、タケシのことはまったく気づかなかった。

「菊池《きくち》君っていやーねえ。今日だってクルミについてまわってるんだから」

「あいつ変よ。わたし大嫌い」

どうやら、同級生の男の子のうわさをしているようだった。ところが彫刻のそばまでくると、ひとりが急に大きな声をあげた。

「クルミ、ねえ、見て見て！　この影《かげ》きれい」

「ほんと、いままで気がつかなかったね」

「でも、こんなにきれいな影を見るんなら気分がいいけど、自分の影を見るのは怖《こわ》いね」

「ほんと、怖いよ。みんな影を見るのが怖いっていっている。だから、今日は天気がよいっていったってちっとも嬉《うれ》しくないよ！　ねえマリー、あたしの影は大丈夫《だいじょうぶ》？」

「大丈夫、大丈夫！　クルミのは大丈夫！　それよりあたしのはどう？　本当はね、心配でたまんないの。この前、影踏《かげふ》みごっこしているとき男の子が、お前の影薄《うす》くなってるぞって、脅《おど》すんだから」

「影踏みごっこって大嫌《だいきら》い。マリーが先生にいってくれたから、やっと禁止されてよかった。影踏みをして、お前の影が薄くなっているぞなんていうやつがいるんだもの」

「もともと、そういっていじめるために誰《だれ》かが考えだした遊びじゃないの。影を踏まれたらアウトになって抜《ぬ》けていって、残った者が勝ちだなんて、ひどい遊び！　だから、先生にいって、やめさせてもらったの」

「でも、この彫刻《ちょうこく》の影はやっぱり本当にきれい、うらやましい」

　ふたりは、彫刻の影と自分たちの影をくらべはじめた。そのうち、どちらからともなく、かばんを広場のすみのベンチに置いて、踊《おど》っている少女像のまねをしはじめた。クルミは下に手を伸《の》ばし、マリーは手で輪をつくって、顔を空に向ける。すると、地面には、二対《につい》の踊る少女の影ができた。しかし、どう見ても彫刻の影のほうがくっきりしていて、微動《びどう》だにしなかった。それとくらべると、ふたりの影はあざやかではない。なんとなくぼやぼやしていて、ふらふら動いている。

「石とくらべてもだめだめ。石の影はきれいで、ステキなポーズをしているんだもの。それより、あたしたち同士でくらべない？　それともやめようか、マリー」

「平気、平気、あたしはかまわない。でも、こうして手を上げていると、太鼓《たいこ》たたきを思いだしちゃう。あたし、金のバチがでてこなかったのが口惜《くちお》しくてしょうがなかったんだ。それで、うまく打てなかったの。最近町によくないことが起こっているのは、そのためのように思えてしょうがないの。ゆーうつだなあ」

「影の病気のこと？　そんなの関係ないよ。それに、マリーは立派に太鼓を打ったじゃん。さすがだって、みんな感心していたよ」

「そうかなあ？　あたしには金のバチが盗《ぬす》まれた事件と、こんどの病気の流行とは関係があるように思えてしょうがないの。でも、何が起こっても平気だから。あたし、ぜったい負けない！　あたしは、怒《おこ》っているの。どうして、なんの罪もない人たちが、あんな目にあうのかって。何か悪いことをしたっていうのかしら。あたしならぜったい負けない。戦ってやる」

「でも、影が薄くなると、何もやる気がなくなってしまうっていうじゃない」

「それは病気のせいじゃなくて、本人の気持ちの問題じゃない？」

マリーが憤慨《ふんがい》しているあいだ、クルミはマリーの影《かげ》をちらちら見ていた。

「ねえ、どう？　あたしのほうが薄《うす》くない」

マリーが、クルミの顔をのぞきこんで聞いた。そのときだった。急に風が強くなって、空に雲が湧《わ》きはじめた。太陽はたちまち雲にかくされて、ふたりの影も、踊《おど》る少女像の影も、かき消えた。

「あれっ、急に曇《くも》ってきた。夕立《ゆうだち》がくるのかな。これじゃできないよ。やめよう、やめよう。これじゃ、くらべっこなんかできないよ。早く帰ろうっと」

クルミがこういって、ベンチからかばんをとって歩きだした。マリーもあわててあとを追った。

するると、木のかげでふたりのことをうかがっていたタケシは、ぺたりとそこに座りこんでしまった。そのとき、公園の奥《おく》のベンチからとびだしてきたジョージが近づいてきた。

「やっぱり、我慢《がまん》できずに僕《ぼく》も見にきてしまったんだけど、いなくなっちゃったね。どうだった」

「うーん、結局わからない。ちょうどふたりで影くらべをしはじめたんで、チャンスとばかり、ここから見ていたんだが、わからなかった」

タケシの返事は半分はうそで、半分は本当だった。というのは、マリーの影もクルミの影も、道路のアスファルトに真っ黒に映って、まるで墨《すみ》で描《えが》いたように見えたからである。ふたりがいうように、彫刻《ちょうこく》の影と見劣《みおと》りがするようなことは、まったくなかった。マリーが頭を左右に動かすと、髪《かみ》の毛《け》が風でそよぎ、おかっぱの髪の毛が一本一本見えるほどだったのだ。しかし、またよくよく見ると、なんとなくマリーの影のほうが友だちの影より薄く見える。

「まさか妹が、あんな病気になるはずがあるもんか」

タケシはすぐ心のなかで打ち消していた。そんな不安にかられたところで、ふたりが歩きだしてしまったので、タケシは力が抜《ぬ》けて、地面に座りこんでしまったのである。

「天気がおかしくなったね。最近、急に天気が悪くなることが多いね。何かよくないことが起こる予兆じゃないかなんていっている人もいるよ。とにかくベンチに戻《もど》ろうよ」

そこでふたりは、空模様を眺《なが》めながら、リュックを置いたままにしてあったベンチに戻った。

背中のあざ

ベンチに戻ると、タケシはさっそくいった。

「マリーの影が、とくに薄くなっているとは思わなかったけれど」

「そうかい。そういううわさが立っているって、妹がそっと教えてくれたんでね、心配で心配でしょうがなかったんだ。太鼓《たいこ》たたきの聖女にまで選ばれたマリーちゃんが影《かげ》の病気になりっこないと思うけど、もしそうだったらどうしよう、どうしたら、マリーちゃんを守ることができるだろうかと考えて、眠《ねむ》れなかったんだ。これはまずきみにいったほうがよいと思って、打ち明けたんだ。でも本当にほっとしたよ。変わったことがなければいいよ。妹はまさか、マリーちゃんにそんなこといってなかったろうね」

「そんなことはないさ。むしろ、きみの妹のクルミちゃんは、はじめっから気づいていないようにしていたよ」

「悪かったね。僕《ぼく》らの学校だって、もう十人くらい病気になっていて、家にこもっているんだって。僕らの大山先生が亡《な》くなっちゃったしね。あんないい先生が亡くなるんだからね。こういっちゃ悪いけど、亡くなってもいいような先生はほかにいるんだけどね。とにかくおとなはつぎつぎ病気になって、店や工場や役場では、困っているっていうじゃない。僕らだって、いつどうなるかわからないよ。怖《こわ》いよ。本当に怖いよ」

「でも、マリーは大丈夫《だいじょうぶ》だ。妹の影はきれいなもんだったよ。そうじゃない？」

マリーの影を見ていなかったジョージには答えようがないのがわかっていたが、タケシは、うそでもいいからジョージにあいづちを打ってもらいたかった。それにしても、ジョージが勇気をだして、妹のことを知らせてくれた気持ちだけは、ありがたかった。ああいわれなければ気づかなかったかもしれないのだ。

「そうだね。僕は見ていなかったけれど、きみにわからないくらいだから大丈夫だ。なんでもないよ。でも、早くいい薬でもできないのかなあ」

そのことばで、タケシの顔はまた急に暗くなった。薬と聞いて、父が経営していた製薬会社の倒産《とうさん》と、そのあとの父の死を、たちまち思いだしたからだ。

＊　＊　＊

それは四年前のことだった。きっかけは薬害事件だった。父の会社が、開発されたばかりのリウマチの特効薬を当局の許可をえて販売したところが、一年たってから、その薬の副作用で心臓発作《ほっさ》を起こす人がぞくぞくと現れ、薬害の裁判事件まで起こり、許可をあたえた当局の責任も追《つい》及《きゅう》され、大きな社会問題となったのである。

責任の追及は薬を許可した当局に向けられたが、製薬会社は、開発して薬効の検証実験をくり返した大学の研究チームと認可《にんか》した当局とぐるだったと、世間では思いこんでいた。タケシの父は薬学をおさめ、まじめ一方なので、あくどい金もうけをするタイプではなかっただけに、この事件で大きなショックを受けた。そして、苦しんで苦しんだあげく急死してしまった。心筋梗塞《しんきんこうそく》だったが、原因は薬害事件のストレスとしか考えられなかった。心ない世間では、心臓の副作用で人のことを死なせたから自分も心臓をやられて罰《ばち》があたったのだと、陰口《かげぐち》をいった。

タケシも学校で、「罰《ばち》あたり」といわれて散々《さんざん》にいじめられた。みなタケシの顔を見ないようにして、まるでタケシがいないかのように、話しかけもしない。廊下《ろうか》を歩いていると、誰《だれ》かが背中を鉛筆《えんぴつ》かボールペンのようなもので思いきり突《つ》っつく。後ろを向くと、悪道連《あくどうれん》がぱっとそっぽを向いて、笑っている。しかし、いじめがそんなことですむはずはなかった。タケシには、もっとエスカレートするだろうという予感があった。そして、学校にゆくのがいやになってきた。学校をさぼって、裏山をさまよい、森のなかで弁当を食べ、そのまま家に帰ってしまうこともあった。

そんなときだった。下校のときに下駄箱《げたばこ》を開けて靴《くつ》をとりだすと、靴のなかに水がたまっていた。変なにおいのする水だった。タケシは呆然《ぼうぜん》として、靴をひっくり返して、水を空けた。

「ひでえことをするね。小便だろう」

と声をかけて、ティッシュペーパーをとりだして、一生懸命《いっしょうけんめい》靴のなかを拭《ふ》いてくれたのがジョージだった。仲間はずれにされていたとき、いつもジョージだけがタケシに近づいてきて、話し相手になってくれたのである。

ジョージは体が大きくて、スポーツは万能《ばんのう》だったので、誰《だれ》もジョージには一目置いていた。あるとき、ジョージの妹がタケシの妹と仲がよいことがわかった。ふたりが、兄同士とまったく関係なく気の合う友だちになったのは、ふしぎだった。とにかく、そんなこともきっかけになって、ふたりは話すようになった。ジョージは下駄箱事件からは、いっそうタケシに近づいてくれて、できるだけいっしょにいてくれるようになった。

なぜか説明できなかったが、タケシはジョージとはウマがあった。そして、ジョージがいつもそばにいるようになってからは、相変わらずタケシに話しかける生徒はいなかったものの、タケシへのいじめは急になくなった。その力強い友のジョージと同じ高校に進学できたのは、タケシにとってなんと嬉《うれ》しかったことか。

高校でも、いつもいっしょだった。どんなことでも話し合った。話し合うだけではなかった。ノートをちぎって、授業中に人の悪口や将来の希望を書きつけ、見せ合っていた。その楽しみだけで、タケシは通学していたといってもよいくらいだった。これでわかるようにタケシもジョージもケータイをもっていなかったが、それもふたりを近づけた理由だった。人がメールを打つことを、ふたりは紙に書きつけていた。

＊　＊　＊

「ねえきみ、知ってるかい。影《かげ》のことで変なうわさがあるんだけど」

もの思いにふけっているタケシは、ジョージのことばで、眠《ねむ》りから覚めたようにはっとして、ジョージを見つめた。

「古墳《こふん》の森に影が吸いこまれてゆくっていううわさだけど。あそこに変な影が飛んでいくところを見た人がいるんだって」

「古墳《こふん》の森って、あの立ち入り禁止になっている森のこと？　大体、金のバチが盗《ぬす》まれたとき、犯人はあの森の岩窟《がんくつ》から穴を掘《ほ》ってしのびこんだっていうじゃない。もっとも、山狩《やまが》りをしても、人っ子ひとりでてこなかったっていうけどね。とにかくあの森には、大蛇《だいじゃ》がひそんでいるといわれている蛇穴《へびあな》やら岩窟やらがあって、そのあたりで行方《ゆくえ》不明になった人がでてからは、危険だからというので、立ち入り禁止になったんだ」

「そうなんだ。いいかい。誰《だれ》かが、とんがり帽子《ぼうし》をかぶった人の影《かげ》があの裏山の森の方に飛んでいったのを見たっていうんだ」

「えー！　それ、とんがり帽子の先生じゃない」

「そうだよ。あの生物の大山先生だ。いつもとんがり帽子をかぶって昆虫《こんちゅう》採集をしていた大山先生だ。影の病気で亡《な》くなったばかりというのはさっき話したろう。大山先生が亡くなる前の日のこと、先生のようなとんがり帽子をかぶった人の影が森に飛んでゆくところを見た人がいるんだって」

「へー！　信じられないね。帽子をかぶったままの影が飛んでいったっていうわけ？　もしそうだとしたら、とんがり帽子をかぶっているのは先生だけだから、先生の影かもしれない。そうすると、うわさは本当かなあ」

それを聞いて、タケシは急に沈《しず》みこんだ。心に黒い靄《もや》が広がり、体がずんずん沈んでゆくようだった。妹のマリーのことをふたりで心配しているというのに、影が森に吸いとられるなんて恐《おそ》ろしい。そしてタケシは、だまりこんでしまった。するとジョージは、話題を変えようとした。

「ところで。あれから医者にいったかい？」

ジョージが医者にいったかといってるのは、影とはまったく関係ないことだった。

＊　　＊　　＊

それは数日前の土曜日のことだった。いつものようにふたりで町のプールにいったときだった。

「きみの背中に変なあざのようなものがでているよ。前からこんなものあったっけ」

ふしぎそうな顔をして、ジョージがタケシの背中の左下に手をやった。そういわれて、タケシも自分の手を伸《の》ばしたが、指の先がやっとそこに届くだけだった。しかし、たしかに指は、盛りあがったような硬《かた》いものにさわった。

「なんだろう。どんなになっている？」

「すこし赤くなって盛りあがっているように見えるよ。さわっていいかい。すこし硬いね。どう、痛くないかい」

「ぜんぜん痛くない。かゆくもない。変だなあ。いままで気がつかなかった」

「悪いものじゃないよ。とてもきれいだもの。盛りあがっているところは二センチほどの菱形《ひしがた》で、ぼうと赤くなって、まるできれいな入《い》れ墨《ずみ》みたいだ。ぜったい変なものじゃない。悪い皮膚《ひふ》病《びょう》じゃないね。かゆくないんだったら、湿疹《しっしん》でもないと思うよ。でも、医者に診《み》てもらったほうがいいんじゃない」

「わかった。でも、しばらく様子を見るよ。悪いもんじゃないらしいし、そのうち、母さんにも見てもらわないと」

そういったものの、その後タケシは、母親に背中を見せなかった。ジョージは別として、ほかの誰《だれ》にも見せたくなかった。まるで、自分に変な焼き印がついたように思ったからである。ヨーロッパでむかし囚人《しゅうじん》に焼きごてをあてたように、この男は悪い人間だからと、何か不吉《ふきつ》な印でもつけられてしまったのだろうか。するとすぐに中学時代のいじめを思いだして、暗い気持ちになった。それとも、自分が特別な人間に選ばれた印だろうか？　そうだとすると、子ども向きの『里見八犬伝《さとみはっけんでん》』を読んだとき、八人の犬士《けんし》には牡丹《ぼたん》のあざがついていたとあったが、そのようなものだろうか？　そうだ、これが特別に選ばれた印だったらどんなによいだろう。そんな空想もしてみたが、そんなことはあるはずはないと、笑いとばしたりした。それにしても、どうして気づかなかったのだろう。背中にあるので、自分では見られなかったからにちがいないが、いつからできたのだろう。

ジョージに聞かれて、タケシはあざのことを思いだした。そして、「そうだ。その後どうなったか、ジョージに見てもらおう。とにかく、ジョージしか知らないことなんだから」、と思ってたずねた。

「ちょっと、もういちどよく見てくれない」

そういって、タケシは後ろ向きになり、シャツと下着をたくしあげた。

「うーん、やっぱり菱形《ひしがた》だね。きれいだよ。前よりくっきりしてきたように見えるね。さわっていいかい。けっこう硬《かた》いね。でも、悪いものじゃないのは確実だ。僕《ぼく》の勘《かん》だけど」

「でも、まるでアキレス腱《けん》みたいじゃない。誰にもいいたくないね？」

「じゃ、僕がきみのアキレス腱をにぎっているっていうわけだ。大丈夫《だいじょうぶ》だよ、誰にもいわないから。僕にもあれば最高だけどね」

そういってジョージは、おどけて背中をだした。

「大変だ！　きみにもあるぞ」

「本当かい。うそだろう」

「ごめんごめん、うそだった」

「こいつめ！」

タケシが笑いながら逃《に》げだすと、そのあとをジョージが追っていった。しかし、逃げながら、タケシの顔はたちまち曇《くも》ってきた。妹のことで、胸がつまっていたからだ。

古墳《こふん》の森

タケシは、「立ち入り禁止」と書いた立て札の前までたどりついた。あと一時間もすれば夕闇《ゆうやみ》が迫《せま》るだろう。立て札の前方を見ると、道は草ぼうぼうとしている。タケシは、子どものころ、この道を通って、キノコ狩《が》りやワラビ狩りにいったことがあったが、そのころくっきりと道に刻まれていた二本のわだちどころか、道すらも草にかくれて見えないのである。

タケシは一瞬《いっしゅん》たじろいだ。しかし、すぐに妹のマリーの顔と姿が浮《う》かんだ。口をきりりと結び、その道を突《つ》き進《すす》むマリーの姿が見えたのである。

「マリー、引き返せ！」と、タケシは思わず叫《さけ》んで、草を踏《ふ》みながら歩きだした。ひざまで埋《う》まるように伸《の》びている草は、誰《だれ》かが踏みわけ、踏《ふ》み倒《たお》したように、かしげたり倒れたりしていた。そのあとをたどっているうち、草でかくれた道をいつのまにか歩いていた。マリーはこの道を歩いたにちがいない。何があっても、誰が止めても、前に進むだけだと、夢中になって歩いたにちがいない。

そう思うと、タケシに迷いはなかった。とにかく、追いかけなくてはいけない。つかまえなくてはいけない。人が行方《ゆくえ》不明になってからというもの立ち入り禁止になっている場所だから、先に何があるかわからないのに、妹は突《つ》っこんでいったのだ。だいたい妹は世間知らずで、怖《こわ》いもの知らずなんだ。

進むにつれて、草や蔓《つる》が、足や体にまでまるで生きているようにからまってきた。それを引《ひ》き抜《ぬ》き、引きちぎって、草のあいだをかきわけて進んだ。栗《くり》やカシの木のあいだに背の低い灌木《かんぼく》がびっしり生え、つたがからみあっている森は昼でも薄暗《うすぐら》い。地面も湿《しめ》っていて、濡《ぬ》れぞうきんの上を歩いているようだった。このままでは、靴下《くつした》も濡れてしまうだろうなと思っているうち、タケシは「ひゃー！」と悲鳴をあげた。目の前を黒い鳥のようなものが横切ったからである。

カラスでもない、コウモリでもない、こんな暗い森にいるのはフクロウにちがいない。いやだなあ、引き返したほうがいいかなあ。一瞬足が止まったが、妹もここを通ったかもしれないと思うと、タケシの歩みはかえって速まった。森の先の方は暗い。いや、墨《すみ》が流れているようで、何も見えない。まるで穴ぐらにはいってゆくようだった。この森は人の影《かげ》を食って生きているのだろうか。妹は森に食われるために森にはいりこんでしまったのではないか。本当は陰険《いんけん》な森のたくらみで、マリーはここに誘《さそ》いこまれてしまったのだ。負けん気の妹が、自分から森に突っこんでゆくように仕向けたのかもしれない。いや、ぜったいそうだ。そう思うと、タケシの頭には、こんなふうにマリーを追って森にはいりこんだいきさつが、たちまち絵のように浮かびあがってきた。

＊　＊　＊

タケシにとって、妹は誇《ほこ》りだった。妹が太鼓《たいこ》たたきの聖女に選ばれたことで、自分がいじめられていたのも、忘れることができた。妹は一族の誇りだ、亡《な》くなった父も、天国できっと喜んでくれているにちがいないと思った。

例の金のバチ盗難《とうなん》事件があったのにもかかわらず、金のバチなしで立派に太鼓打ちの行事をこなし、拍手喝采《はくしゅかっさい》をうけたのも、タケシには二重の誇りとなった。その妹に、影《かげ》の病の疑いがあるなんていうはずはない、妹があの病気であるはずはないと無理やりに自分に言い聞かせた。しかし、そうすればするほど、影の病への恐怖《きょうふ》が黒い翼《つばさ》を頭のなかに広げた。

だいたい、自分だっていつそうならないともかぎらない。お母さんだってそうならないともかぎらない。ジョージだってそうだ。生物の大山先生の影が森に吸いこまれていったというし、学校でもその病気が増えているという。うわさによると、学校では臨時休校も考えているという。影の病は町中《まちじゅう》に広がるのではないか。だから、妹が無事であるとはかぎらない。あー、恐《おそ》ろしい！　妹が病気になるよりは、自分が病気になればいいんだ。そうだ！　それで、妹やお母さんが助かるのなら、それがいちばんいい。でも、そんなことってできるだろうか。そうするには、神さまに祈《いの》るほかない。そう思うと、タケシは、奇妙《きみょう》な祈りをはじめた。

「神さま、どうか自分を病気にしてください」と、タケシは真剣《しんけん》に祈った。そして、昼は日向《ひなた》にでて、夜は電灯の光を浴びては、自分の影をいつまでもいつまでも見つめていた。しかし、一向に影は薄《うす》くならなかった。一方、気取られないように、そっと妹の影を見ると、なんとなく黒から灰色に変わっているように見えてならない。すると、「こんなことばかりしているひまはない」と焦《あせ》ってきてならない。

＊　＊　＊

日曜日のことだった。母はもう仕事にでていた。タケシは妹とふたりっきりで昼食をとっていた。タケシの胸は心配のかたまりで重くなり、息ができないほど苦しくなってきた。それを気取られまいとしていたのに、思わず顔にでてしまったようだ。

「どうしたのよう、そんなに人の顔を見つめて？」

いぶかしそうに、妹がたずねた。

「なんでもないよ。今日は遊びにいくんだろう？」

「何よ、ごまかして、わかってるわ。わたしの影が薄くなったとでも思っているんじゃない。調べたかったら調べて？　わたしの影はどんどん薄くなってるんだから、そーれ！」

そういって妹は燦々《さんさん》と日を浴びているベランダにとびだした。いいチャンスとばかり、タケシは朝日を浴びた妹の影を、鋭《するど》い目でちらりと見た。影はきれいに映っていたが、それが薄くなっているかどうかはわからない。自分の影《かげ》とくらべる勇気もなかった。そして、マリーを安心させ、自分も安心するために、どなった。

「うーん、大丈夫《だいじょうぶ》だ。オッケーだ、オッケーだよ」

そして、タケシは指で丸をつくって見せた。すると、マリーがいいだした。

「兄さん、古墳《こふん》の森のうわさのこと知っている?」

「なんだい?」

タケシはぎょっとした。マリーまで知っているのか、うわさはこんなに広がっているのかと思ったからだ。

「影が森に吸いこまれるっていううわさよ?」

「ああ、そのことか、聞いたよ。ジョージから聞いた」

「どう思う?」

「そんなことあるはずないだろう。いまの時代に、そんなばかなことあるはずないじゃないか」

「でも、わたしはあの森があやしいと思ってるの。とにかく、金のバチが盗《ぬす》まれたのは、あの森の岩窟《がんくつ》の奥《おく》から掘《ほ》ってきた穴からじゃない。それをわたしが発見したのよ。金のバチを盗んだやつを、いつかつきとめてやるわ」

「やめたほうがいいよ。それはぜったいだめだよ。立ち入り禁止じゃないか。僕《ぼく》は反対だね。何かあったらどうする。お母さんが心配するぞ」

「でも、金のバチを探すためにも、影の病気の原因をつきとめるためにも、森にはいっていかなければならないんじゃない。おとなたちは臆病《おくびょう》なのよ。わたしは調べてみたいわ。家の裏からでもかんたんにいけるじゃない」

タケシの家は、町のいちばんはずれにあった。父の工場が裏山沿いにあり、同じ敷地《しきち》のすみに住宅があったが、工場の敷地は最近やっと買い手がついて、もうすぐがらんとした更地《さらち》になるだろう。工場のまわりには、もう草がぼうぼうと生えている。住宅のほうも、近々売《う》り払《はら》って、アパートに引《ひ》っ越《こ》しする予定になっていた。

家の裏のだらだらのぼる山道をゆくと、台地の一角にたどりつき、そのまま道は森にはいってゆく。でもいまは立ち入り禁止になっている。森には古墳があるので、「古墳の森」といわれているが、それより、近くにある「蛇穴《へびあな》」のせいでも恐《おそ》れられていた。というのは、その穴を大蛇《だいじゃ》が守っていて、人がいったんはいりこむと二度とでられない、と言い伝えがあったからだ。そのうち大々的な調査がおこなわれるといううわさがあったが、ある日のこと、遠くからきた考古学のアマチュアが森で行方《ゆくえ》不明になって、長期間にわたる捜索《そうさく》にもかかわらず、発見できないという事件が起こった。そこで、「蛇穴」に引きこまれたのだと信じこむ人もいた。こうして、町では、ついにこの森を立ち入り禁止としていたのだ。

だから、その森にはいりこむなんていうのはとんでもないことだった。まして最近は、影《かげ》が吸いこまれているといううわさまであるのだ。タケシは、テーブルに手をついて、なかば立ち上がりながら、どなるようにいった。

「ばかいうんじゃない！」

「でも、もしわたしが病気にでもなったら森にどなりこんでやる。影をもとどおりにしろって、人の影を盗《ぬす》むなって、いってやるわ」

マリーの声は、真剣《しんけん》だった。それがタケシには怖《こわ》くてならなかった。

巻物

「やあ、元気かい」

つぎの土曜日の午後、いつものように大きな声を張りあげて、叔父《おじ》のジローがやってきた。ジロー叔父は、タケシの父の弟だったが、父とは十五歳《さい》も年がはなれていた。電車で一時間ほどかかる別の町の高校で、化学を教えていた。父が急死したとき、父のあとをついでほしいとタケシの母がしきりにたのんだのだが、いまは高校の先生をやめることができないと断った、ということがあった。しかし、会社の後始末は献身的《けんしんてき》にやってくれた。そして、そのあとも、まだ独身ということもあって、年中《ねんじゅう》タケシの家にやってきては、相談相手になってくれた。背が高くて、明るくて、格好よくて、タケシにとってじまんの叔父だった。

「お母さんにたのまれて、お父さんの書斎《しょさい》の整理にやってきたんだ」

「僕《ぼく》も手伝うよ」

「たのむぜ」

書斎にいけば、ふたりだけになれる。妹のことを叔父に相談する絶好のチャンスだった。そう思って、タケシは手伝いを志願したのだ。

ふたりは、本棚《ほんだな》に並んでいる蔵書の整理にかかった。薬学や化学の蔵書が多くて、叔父が欲しいという本は引きとってもらうことになっていた。そのほかの本は、売る分と残しておく分とに仕分けをして、いくつもの段ボールにおさめていった。

こうして、汗水垂《あせみず》らして数時間も整理に精をだしていると、タケシの母がケーキと飲み物を盆《ぼん》にのせて、やってきた。

「さあ、お茶にしてください。今日も暑くて、大変でしょう」

タケシの母は、ほとんどタケシを叱《しか》ったことはなかった。父が厳格であった分、母はとてもやさしくて、何があってもただ「いいわよ」といって、にこにこ笑って許すのだった。近所の人たちには、仏さまのようだといわれて、したわれていた。会社倒産《とうさん》と父の急死がつづいたときには、すっかりやつれてしまったが、死んだお父さんのためにふたりの子どもを立派に育てなければならないと決意してからは、すっかり立ち直った。しかし、仏さまのような慈愛《じあい》にみちた顔が変わることはなかった。

「あまり、根をつめてやらないでね、ジローさん」

「ええ。でも、タケシ君が手伝ってくれるので、もうすこしがんばります」

母は、お盆《ぼん》を置くと、引っこんでしまった。ふたりは、ケーキを食べながら、話をはじめた。そこでタケシは、思いきって話を切りだした。

「ねえ、おじさん、いま大騒《おおさわ》ぎをしているあの病気って、治せるようになると思う?」

「それはそうさ。むかし治らないとされた結核《けっかく》だって、ガンだって、いまは不治の病でなくなっているじゃないか。でも、まだ治せない病気がたくさんあるのも本当だ。病気ばかりじゃない。体の病気もそうだが、心の病気も怖《こわ》いね」

そういって、叔父《おじ》は暗い顔になり、ひたいにしわを寄せ、窓の外を見つめた。タケシには、叔父がいう「心の病気」というのが、精神異常のことではないことはわかった。しかし、悪いことばかりを考え、悪いことばかりする心の病のことを指しているのか、いま流行《はや》っている影《かげ》と気力をなくしてゆく病気のことを指しているのか、判断はつかなかった。そして、一瞬《いっしゅん》考えこんでいると、叔父の声がした。

「ところでいま流行っている病気のことだけれど、おじさんには、どうもふしぎな謎《なぞ》があるように思えてならない。とても、怖いことが起こっているんじゃないかと思えて、夜も眠《ねむ》れないんだ。もっとも、そう感じているのは、僕《ぼく》だけじゃないかもしれない。何か、黒い手がこの国におおいかぶさろうとしているように思えてならないんだ。それとも、神さまが人間に罰《ばつ》をくだされているような気もする」

「その話だけど、おじさん、じつは相談したいことがあるんだけど」

こういって、タケシは、妹のマリーのことを話してみた。すると、叔父の顔はたちまち曇《くも》った。

「そのこと、マリーちゃんは知っているの？」

「病気にかかったなんて、ふざけていっているけど、僕にも、妹にも、本当のことはわからないよ。病院にいくというと、重大なことになってしまうしね」

「そうだろうね。いまは、よほどはっきり兆候《ちょうこう》が現れないと、誰《だれ》もいわないことになっている。かわいそうだものね。そうでなくても、自分で病気だと思いこんで、自殺しようとする人がいるそうだ。マリーにはぜったい話してはいけないよ。もうすこし、様子を見るほかない」

「でも待っていられないよ、おじさん。マリーがどうにかなる前に、いい治療法《ちりょうほう》か特効薬かが現れないと」

「うーん」と叔父《おじ》はうなって、じっとタケシの顔を見つめた。何かものいいたげであった。また何かタケシの心のなかを探《さぐ》っているようでもあった。

タケシはまた、森のことを考えた。しかし、今日は話すまいと思った。叔父は化学の先生だから、影《かげ》が森に飛んでゆくなんていううわさを信じるはずはない。あれは根も葉もないうわさにちがいない。何か原因不明のことが起こると、色々なうわさがとぶっていうことを聞いたことがある。誰《だれ》かが、面白半分にうわさを流しているんだ。そうにちがいない。

「いいかい、タケシ、マリーのことは誰にもいうんじゃないよ。とくにお母さんにはね。でも、マリーに変わったことがないか、よーくそばで見ていなさい。何かあったら、おじさんに教えてくれないか。じつはおじさんも、きみに話したいことがあるんだが、こんどゆっくり話そう」

こうして、ふたりはまた整理をはじめた。本の整理がひととおり終わったので、つぎは戸棚《とだな》の整理だった。骨董品《こっとうひん》のように重厚なブラウン色の戸棚だった。両開きの扉《とびら》がついていて、いつも鍵《かぎ》がかけられていた。会社関係の帳簿《ちょうぼ》は倒産《とうさん》後《ご》の整理のあとすべて廃棄《はいき》されていたので、そこには、ノートやメモ類や書類を仕分けした紙袋《かみぶくろ》ばかりだった。それらも、段ボールに入れて、整理した。なかには、古い和綴《わと》じの冊子や、むかしの大福帳《だいふくちょう》のようなものもあった。和綴じの本は薬草の図鑑《ずかん》や、漢方の説明書だった。

「大事にとってあるね。これを見ると、ご先祖さまが薬をつくったり、薬を売って歩いていたということがよくわかるね。きみも知っているだろう」

「お父さんはそのことをあまり話さないけど、知ってるよ。僕《ぼく》の家は、ご先祖の仕事をずっとうけついで製薬会社になったっていうことは、お父さんもよくいっていた。ご先祖のこうした資料を調べてみると、いろいろわかるだろうな」

「書類や資料をどうするか、あとで考えよう。お母さんの意見も聞かなきゃならないし、きみも相続人だから。きみにも判断してもらわなければ」

「僕にわからないものは、おじさんが決めて」

「おや、これはなんだ」

叔父は、戸棚の奥《おく》から、何やら紫《むらさき》の布に包まれたものをとりだした。そのとき叔父の目はきらりと光った。それを開けると、桐《きり》の箱のようなものが現れた。

「これは巻物だよ」

そういいながら叔父が眉間《みけん》を寄せるので、二本の縦じわがひたいにくっきりと刻まれた。案の定、桐の箱には巻物がはいっていた。それを広げると、系図のようなものが書かれていた。

「家の系図なの?」

叔父は系図をいっぱいに広げたが、とにかく奇妙《きみょう》な形の字で書いてあるので、タケシには、読みにくくてわからない。ただ、香月《こうげつ》という現在のタケシの家名が並んでいるので、タケシの家の系図であることはまちがいなかった。

「ちょっと、それはわからないな。どうだ。この包みと巻物をおじさんが預かっていいかい。学校にゆくと、こういうことにくわしい先生もいるから、調べてもらうよ。もちろん、お母さんがいいといったらね。その前に、きみはどう思うかね」

「僕《ぼく》にはぜんぜんわからないから、いいよ。おじさんのほうで調べて、僕に教えて」

「よーし、おじさんにまかせなさい。さあ、今日はこれくらいで、おしまいだ」

とにかく、大変なものが出現して、ふたりとも緊張《きんちょう》のあまりぐったりしてきたのである。これ以上仕事をつづけるには、よほど気分転換《てんかん》をはからなければならない。こうして、その日の整理は終わった。

マリーの家出

「いまこそ神を信じなさい」

「罪をつぐないなさい。さいごの審判《しんぱん》はもう目の前です。悔《く》い改《あらた》めなさい。まだ遅《おそ》くありません。悔い改めなさい」

スピーカーを通して呼びかける宗教団体の車が、タケシの家のそばを通りすぎた。ちかごろ、この手の宗教団体の勧誘《かんゆう》は、町の人々が影《かげ》の病の恐怖《きょうふ》におびえる毎日を送るにつれて、激しくなった。とにかく、病は黒死病といわれたむかしのペストのように、あるいは日本にまで上陸して何十万人も死者をだしたスペイン風邪《かぜ》のように、黒い巨大な翼《つばさ》を広げていた。といって、影の病が伝染病であるという医学的証拠《しょうこ》はなかった。そもそも、原因は医学的にまだつきとめられていなかったのだ。そして、人々はだんだん三つのグループに分かれていった。

一方のグループは、家に閉じこもりっきりになって、ゲームもしなければ、映画や芝居《しばい》も見なければ、コンサートにもいかなくなった。そして、仕事がないときは暗い顔をして家に閉じこもり、ふとんにもぐりこんでいた。もう一方の人々は、狂《くる》ったように遊びはじめた。ひまがあると、映画、芝居、コンサートと渡《わた》り歩《ある》き、パチンコ、ゲーム、競馬、競輪、競艇《きょうてい》にうつつをぬかし、酒に溺《おぼ》れていた。凶悪《きょうあく》な犯罪も増えてきた。オートバイや自転車ですれちがって、女の人のバッグをむしりとる窃盗《せっとう》、空き巣ねらい、押《お》しこみ強盗《ごうとう》、そこで見つかると包丁や紐《ひも》で命をやすやすと奪《うば》いとるやから、こうした犯罪が二倍にも三倍にもなった。そして、そのどれにもはいらない人々の多くは、宗教に凝《こ》った。とくに、世界は終末に近づいたといって、救われるために信仰《しんこう》の道にはいるべしと叫《さけ》ぶ狂信的《きょうしんてき》な団体が現れ、信者を増やしていった。こうして、毎日宗教団体のスピーカーは絶叫《ぜっきょう》をして、町中《まちじゅう》を走りまわっていた。

「罪をつぐないなさい。さいごの審判はもう目の前です。悔《く》い改《あらた》めなさい。まだ遅《おそ》くありません。悔い改めなさい」とまた、スピーカーががなりたてた。

そのとき、クルミがタケシの家にとびこんできて、叫《さけ》ぶようにいった。

「こんにちは。マリー、帰ってる」

母親は買い物にでているので、タケシがとびだすと、クルミが息せききって早口でいった。

「マリーがおかしいの。校庭で男の子たちにお前本当に影《かげ》が薄《うす》いぞっていわれて、それがどうしたっていうの、そんなこと自分でわかってるよ。なによ、お前たち、人のことばっかり気にして、わたしはそれよりこれから金のバチをとりもどしに森にゆくんだから、といい返したの。でもすぐ授業のベルが鳴ったから、みな教室に戻《もど》ったんだけれど、気がついてみるとマリーの姿がないの。すぐに先生がはいってきて、誰《だれ》もが、わたしもだけれど、マリーのことをいわずに授業がはじまってしまい、先生も受けもちじゃなかったから、さいごまでマリーがいないことに気がつかないの。授業が終わって、わたしここまで駆《か》けてきたの。きっとマリーは気を悪くして、家に帰っちゃったと思ったからよ。ねえ、マリー帰っていない」

話を聞いているうち、タケシの心臓は破れそうになった。しかし、タケシはぐっとこらえた。

「帰っていないんだ。でもマリーのことだから、どこかに寄っているにちがいない。マリーは寄り道が好きだからね。心配ないよ。きみはまず家に帰って、待っていて。マリーが帰ったら電話するから」

クルミは、自分もここで待っているか、タケシが探すのなら自分もいっしょに探す、といって聞かなかったが、タケシは追い立てるようにクルミを帰した。母親に知られる前に、自分でマリーを探そうと思ったからである。しかも、探す場所は森のなかだと確信したからである。ひとりで森にはいることを母が許すはずはなかった。そして、森にクルミを連れてゆくわけにもゆかなかった。

そこで、「用事を思いだしたので、ちょっと外にいってくる」という書き置きを残し、いざということを考えて、リュックにミネラルウォーターのペットボトルと、スナック菓子と、懐中電《かいちゅうでん》灯《とう》を突《つ》っこんで外にとびだした。

こわれた橋

ほーほーというフクロウが鳴くような声が聞こえた。タケシは、ほの暗くなったかなたを見つめた。「やはりさっきとびだしたのは、フクロウなんだ。ここにはフクロウもいれば、リスもいれば、ムササビもいれば、シカもいれば、ことによったらイノシシもクマもでるかもしれない。

立ち入り禁止になってから何年もたつから、どんなけものが繁殖《はんしょく》しているかわからない。そういえば、リスだったらむかしこの森で出会ったことがある」。そして、まわりを見回すと、道からはずれた苔《こけ》むした地面で、のっそり動いている生き物がいた。ヒキガエルだった。同じような色をした岩陰《いわかげ》からでてきたようだ。

「おーい、ヒキガエル、僕《ぼく》の妹のマリーを知らないかい」

タケシが呼びかけると、ヒキガエルは立ち止まって、こちらをじろりと睨《にら》んだように見えたが、すぐにまたのっそり動きはじめた。タケシは半分自棄《やけ》になって、ヒキガエルに手を振《ふ》り、また歩きはじめた。夜にならないうちに、引き返さなければならないからだ。森のなかの岩のかたまりにはクマザサがごっそり茂《しげ》っていたり、大きな葉をつけたシダがあり、そのあいだのあちこちでキノコが頭をだしていた。それも、シメジやマツタケのようなキノコでなく、真っ赤であったり黄色であったりで、いかにも毒々しい大きな傘《かさ》であった。

そのとき、タケシが目をやっている先で、大きな蛇《へび》が岩陰から音もなく這《は》いだしてきて、鎌首《かまくび》をもたげた。それも、胴体《どうたい》が太くてとてつもなく大きな蛇だった。タケシは「うわー!」と悲鳴をあげようとしたが、声がでない。逃《に》げだそうとしたが、体が凍《こお》りついて動けない。やがて、体に震《ふる》えが走る。蛇の丸い瞳《ひとみ》は、まるで磁力があるようにタケシの目を引きつけているので、目をそらすこともできない。こんなときには、蛇の目を見てはいけない。目をそらして、平静なふりをして逃《のが》れなければいけないと、聞いたことがあった。そこで、どうにかして目をそらそうとしたとき、蛇の鎌首が動いた。蛇が向きを変えたのである。そして、蛇は滑《すべ》りだした。あっけにとられて、タケシはゆっくりと進む胴体を目で追った。その胴体は鋼鉄のように鈍《にぶ》く光り、うろこが一枚一枚きらめいていた。

それを見て、思わずタケシは手を背中にやって、つぶやいた。

「僕の背中にも蛇のウロコがついている」

そして、ふとこの蛇の出現と自分が何かつながりあるように思えてきて体の震えが止まり、蛇が這ってゆく先をじっと見つめた。蛇は、タケシが進む方向にしずしずと消えていった。

＊　＊　＊

気がつくと、森のなかに闇《やみ》が静かに広がってきた。まるで靄《もや》のようなものがあたりをおおいはじめた。もう、帰る時間ではないか。タケシは後ろを振り返った。いままで歩いてきた道のかなたはもう闇に溶《と》けていた。また、前に首を伸《の》ばして、蛇が消えた先の方を見やると、そちらも闇に溶けている。しかし、そこに妹の顔が浮《う》かんできた。スクリーンに映るように、クローズアップされた妹の姿が一瞬《いっしゅん》映り、妹が口を開いた。しかし、何をいっているのかわからない。そして、妹はくるりと後ろを向いて、小さくなって消えていった。まるで、わたしのあとについてきてくれないとタケシにいって、すたすたと前方に消えたようだった。

「さあ、進むか戻《もど》るかだ！　禁断の森に突《つ》っこむか退《しりぞ》くかだ！　僕《ぼく》の勇気が問われているんだ。でも、僕までいなくなってしまえば、お母さんはどんなに悲しむだろうか。家にはどうしても帰らないといけない。でも、ここまできたのだから、妹の行方《ゆくえ》をつきとめなければならない。いや、お母さんを安心させるためには、そのほうが肝心《かんじん》だ。やはり、前に進もう」

タケシがそう決意したとき、また「ほー、ほー、ほー」という声が先の方から聞こえたように思った。そして、行く手の遠くから闇《やみ》のカーテンの一角がとびだして、ずんずんとタケシの方に近づいてきた。それを見て、タケシがすくんでいると、あっというまにタケシは闇に包まれていた。そして、足が地からはなれ、体が細くなったように感じた。と思うや、体がロケットのようになって、頭からものすごい勢いで飛んでいる感覚になった。びゅんびゅん空気を切る音がした。歩いていた道がパイプのようになって、そのなかを猛《もう》スピードで飛んでいるように感じた。

タケシはもがこうとしたが、体がピンと伸《の》びて、自由にならない。それに、まわりが真っ暗になっているので、どこを走っているのかわからない。森はもうすっかり闇に包まれて何も見えないのだろうか。太陽も月も星も消えて、闇の世界になってしまったのだろうか。自分は闇の地獄《じごく》に落ちてゆくのだろうか。これではもう自分はまるで弾丸《だんがん》だ。タケシはもがいて、手を動かした。するとと、手はリュックに触《ふ》れた。

「そうだ、忘れていた。リュックの右がわのポケットに懐中電灯《かいちゅうでんとう》がはいっている」

タケシの右手はその瞬間《しゅんかん》、リュックのポケットのふたを開けて、懐中電灯をとりだしていた。そして、点灯した。闇は破られた。まぶしい輝《かがや》きが前方を照らした。タケシは道に立っていた。あたりはしずまりかえっていた。目の前に緑に光る水面があった。沼《ぬま》であろうか、池であろうか、よどんだ川であろうか。懐中電灯の光が反射してエメラルドのように輝いていた。懐中電灯を前方に向けると、背の高い植物がまぶしい黄色い宝石をたわわにつけていた。と思うと、それはカラリンカラリンと音を立てて、一斉《いっせい》に開き、黄色い花を咲《さ》かせた。

「あれは月見草だ。でも、なんてきれいなんだ。こんなきれいな月見草は見たことがない」

開いた月見草の花は緑の水面に影《かげ》を映し、なんともいえない美しさである。いつのまにか、木《こ》陰《かげ》からまん丸い月が光を投げていたのである。

「沼みたいによどんでいるけれど、長くのびてるから川かな。川だとすると渡《わた》るほかない。マリーもここまできたのだろうか。ここをどうして渡ったのだろうか」

見ると、丸太を組み合わせた橋があったが、なかば腐《くさ》ったのか、ちょうど真んなかあたりで二メートルほど水中に沈《しず》みこみ、その先は向こう岸までが残っていた。しかし、橋が切れたあたりに岩が頭をだしているから、渡れないことはない。でも、橋の真んなかが沈んでいるし、どうすればよいだろう。とにかく緑におおわれていて、どのくらい深いのかわからない。

タケシはしばらく考えこんでいたが、とつぜんリュックからナイフをとりだした。そして、雑木林にはいりこんで、そこらを歩きまわり、生えている木を眺《なが》めたり、枝にさわったりしていた。そのうち、腕《うで》を突《つ》きだすように幹から湾曲《わんきょく》して上に伸《の》びている一本の枝を選ぶと、幹のつけ根からナイフで切りとり、枝の先や葉を払《はら》った。すると、枝の曲がった部分がステッキのにぎりのようなものになった。しかし、枝の長さは二メートルほどあったから、枝のなかほどをにぎるほかなかった。さらに枝の先をすこし尖《とが》らせて、それをにぎって、水辺に近づいた。そして、水のなかに枝を突っこむと、岸辺は浅瀬《あさせ》になっているのがわかった。

「これさえあれば水深も測れるし、橋を渡《わた》るときの支えになるぞ」

そうつぶやいて、タケシは、そろそろと橋を渡りはじめた。丸太は太い針金で組み合わされ、鉄のかすがいを打たれて、ところどころ両側に杭《くい》で支えられていたが、針金もかすがいも錆《さ》びついていた。水中に沈《しず》んでいるところは、支えの杭も傾《かたむ》いていた。そして、橋はタケシが渡るとぐらぐらした。そのとき、たよりになったのは木の枝だった。枝をしっかり立ててはそれにつかまり、一歩ずつ進んでいった。こうして、橋が沈んでいる場所にさしかかった。ところが、岩には足を伸ばしても届かない。しかし、ここでも枝が役に立った。棒高跳《ぼうたかと》びのように、先の方に枝を突き立て、力一杯《いっぱい》岩にとびうつった。そのはずみで杭が倒《たお》れ、岸から残っていた部分の大半が沈んでしまい、あとにぶくぶくと水の泡《あわ》が立った。こうなったら、もう戻《もど》れない。あとは向こう岸にゆくしかない。岩のほうはしっかりしているから、いくら力をこめて蹴《け》っても大丈夫《だいじょうぶ》であるが、先の橋にとびあがったときに、こんどはそれが崩《くず》れたり倒れたりする心配がある。ここでも、たよりになるのは木の枝だった。タケシはしっかりと枝を水の底に差しこんだ。そして、枝につかまりながら思いっきり跳《と》んだ。その勢いで丸太は沈みこみ、靴《くつ》が滑《すべ》って、あわやタケシも水中に落ちそうになったが、右手で枝をにぎりながら、とっさに左手で橋の杭をつかんだので、半分水につかりながら、まるで軽業《かるわざ》のように橋の上に這《は》いあがることができた。

「すごい、奇跡《きせき》だ。どうして助かったかわからないくらいだ。神さまが助けてくれたにちがいない」

大きく息を吐《は》きながら、タケシは真剣《しんけん》にそう思った。そして顔を上げると、向こう岸は目の前だった。タケシは、立ち上がって枝を立てて、夢中で岸にたどりついた。

待っていた蛇《へび》

しばらくゆくと、雑木林が切れて、岩や石ころだらけの地面に雑草がはびこっている空き地が現れ、その先に小山が見えた。小山も草や雑木におおわれていた。もしやこれが古墳《こふん》かなと思いながら、タケシはそのまわりを何度も回ってみたが、まわりは草ぼうぼうで、ここに人がきたり、調べたりしたあとは見られなかった。マリーもここまできたのだろうかと思って、そのあとがないかと、もういちど探《さぐ》ろうとしたときだった。小山のすそからとつぜん蛇《へび》が現れた。小山の上から這《は》いおりてきたのか、どこかにひそんでいたのかわからないが、蛇はいつのまにかずるずると這いだしてきた。それを見て、タケシの心臓は早鐘《はやがね》のように打って破れそうになったが、タケシは転げるように蛇のあとを追った。その先には、そそり立つ崖《がけ》があった。崖の一か所に洞窟《どうくつ》のような穴があり、そこにしめ縄《なわ》のようなものが渡《わた》されているのが見えた。蛇はそこを目指して進んでいるようだった。いや、そうにちがいなかった。というのは、蛇は穴に吸いこまれてしまったからである。

タケシは、穴の前ですこしためらった。そこにはいったほうがいいのか躊躇《ちゅうちょ》したのである。しかし、蛇が自分をここまで連れてきたように思えてならなかった。そのときである。蛇がするすると穴から現れ、あっというまにタケシの足にからみついた。そして、足もとからタケシをぐるぐる巻きにしはじめた。たちまち蛇の頭はタケシの顔の正面までのぼってきて、タケシをじっと見つめ、鋭《するど》い光を放射した。タケシはそれに魅入《みい》られて、身動きできなくなり、ほとんど気を失いそうになっていると、ことばが聞こえた。

「わたしはお前だ。お前がくるのを待っていた。なぜならわたしはお前だからだ。わたしは、何百年も、何千年も待っていた。お前がくるのをな。なぜならわたしはお前なのだから。お前に会えたら、わたしはお前になる。わたしは人間になれる。わたしはもとは人間だったが、あるとき地底に投げこまれ、その後あまりに長く地底をさまよっていた。地底では、多くの苦難をあじわい、多くの戦いに巻きこまれた。幸い、慈悲深《じひぶか》いお方に出会い、そのお方が、地上に戻《もど》って、もとの人間になる道をお教えくださった。わたしに祈《いの》りのことばをお教えくださり、魔除《まよ》けの鹿《しか》の餅《もち》をくださり、わたしを地上への道に送りだされたのだ。そうして、わたしはこの穴にでることができた。しかし、慈悲深いお方が、別れのときにいわれていた。地上にでたとき、お前が蛇の姿に化したら、それはお前がいまだ地上の人の心をとりもどしていないからだと。そのときは、お前と同じ血を受けた子どもが、お前の前に現れるまでは、お前は人間になれないのだぞ。そのときまで待つがよい。そしてお前は、その子どもとともに、いまいちど修業《しゅぎょう》をすることになると。

慈悲深いお方が申されたとおりだった。わたしは、地上で蛇の姿になったばかりではない。心も蛇のようになってしまった。人を怨《うら》み、人を呪《のろ》い、日の光を恐《おそ》れ、くらがりを求めて、この森をさまよっていた。そして、わたしと血を分けた子どもが現れるのを待っていた」

「僕《ぼく》がその子どもなの」

そういってタケシが、蛇の目をのぞきこんだ。すると、蛇の目はやさしそうにタケシを見つめた。そのとき、タケシは、叔父《おじ》と見つけた巻物を思いだし、また自分の背中のうろこのようなあざを思いだした。そして、思わず背中に手を入れた。すると、タケシの手にさわったのは、本物の蛇《へび》のうろこだった。驚《おどろ》いて、洋服の下から手を胸のなかに入れると、ざらざらしたうろこが手にさわった。

目を上げると、タケシの前からは、蛇《へび》の鎌首《かまくび》もからみついていた胴体《どうたい》もいつのまにか消えていた。そして、自分の首の下から膝《ひざ》までうろこにおおわれていた。

「蛇になってしまった！」

そう叫《さけ》んだとたん、薄暗《うすくら》がりにおおわれていたまわりのものが、すべて光を帯びてくっきりと見えた。足もとの草むらも石ころも、草の葉にとまっている鈴虫《すずむし》も、飛びまわっているヤブ蚊《か》も、はっきり見えた。そしてむくむくと力が湧《わ》き起《お》こっていた。

「さあ、どうしてもマリーを探しだすぞ。まず、あの穴にはいろう」

タケシは、マリーはぜったいに穴のなかにいると確信して、腹ばいになって、しめ縄《なわ》をくぐりぬけ、穴のなかにもぐりこんだ。すると、うろこにおおわれた胴体《どうたい》が湿《しめ》って滑《すべ》りそうな穴の地面にうまく引っかかり、蛇のようにくねることができ、タケシはするすると穴の奥《おく》にはいりこんでいったが、穴はだんだん狭《せま》くなって、どこまでもつづくように思われた。

鹿《しか》　男《おとこ》

タケシは背中をまるめて、するすると穴にもぐりこんだ。穴のなかにはいってもまるで薄明かりがともっているようによく見えるので、懐中電灯《かいちゅうでんとう》にたよる必要はなかった。岩をくりぬいたように前方につづいている洞窟《どうくつ》のなかはひやりとして、湿っていた。穴が広くなったので立ち上がると、足もとは岩だらけだった、ゴム底のスニーカーが滑らないように注意して歩いたが、かえってスニーカーはぴったり岩に吸いついてしまい、一歩一歩地面からはなすのが苦労だった。しかし、それにも慣れて、十分ほど進んだときだった。地面が急に傾斜《けいしゃ》をはじめ、立っていられなくなった。そこで、滑り台を滑りおりるように手をついて腰《こし》をおろすと、タケシの体は、ぐんぐんとスピードを上げて、斜《なな》めにくりぬかれた坑道《こうどう》のような黒い穴の奥に面白いように吸いこまれていった。だんだんとスピードが増して、まるで弾丸《だんがん》のような勢いで滑りはじめたので、もうおしまいだと思うと、妹の顔、母の顔、亡《な》くなった父の顔、ジョージの顔、叔父《おじ》の顔が、つぎつぎと浮《う》かんできて、家族や友だちに見守られているように感じて、猛烈《もうれつ》なスピードで滑走《かっそう》しながらも、すこしも怖《こわ》いとは思わなかった。

妙《みょう》に落ち着いた気持ちで下を見ると、何やら光った面が先の方に広がっているのが見えた。と思うと、タケシの体は激しい音を立てて、水のなかに勢いよく突《つ》っこんでいった。タケシは、頭からずんずん水底に沈《しず》んでいった。下に伸《の》ばしていた手はたちまち底についたが、手に触《ふ》れたのは泥《どろ》でも砂でもなく、金属のように固くて冷たい柵《さく》のようなものだった。柵のあいだから手を突っこむと、ぬるぬるした泥にさわった。

底に触《ふ》れたと思って、タケシは足で柵を蹴《け》って浮《う》かぼうとした。すると、こんどは頭が柵のようなものでつっかえた。見上げると、いつのまにか上にも白い柵が張られていたのだ。もしやと不安にかられて、前に泳ぐとまた柵があった。右に左に前に後ろにと泳いでいても、白い柵にぶつかるだけである。そこで、柵につかまって揺《ゆ》さぶってみた。すると、それが骨のようなものでつくられていることがわかった。してみると、自分は骨の檻《おり》に閉じこめられてしまったのだろうか。それにしても、自分がくることがあらかじめわかって、閉じこめようと用意していたのだろうか。ふしぎなことに息はそれほど苦しくない。これは、自分の半身が蛇《へび》になったせいにちがいないと思った。といっても、体は人間のままだから、柵のあいだを抜《ぬ》けでることはできない。

そのうち柵のなかも外も、魚が群れをなして泳ぎまわっているのがわかった。小さな魚は自由に柵を通り抜け、大きな魚は外側から目を電光のように光らせて、タケシを睨《にら》んでいた。体をうねらせて泳いでいるウミヘビもいれば、オコゼのようにとげとげだらけの醜《みにく》い魚もいれば、巨大なエイのように平べったい魚もいた。真っ赤なうろこやあざやかな青いうろこを輝《かがや》かせている魚や、ヒョウのように黄色と黒の縦縞《たてじま》の魚もいて、まるで熱帯魚や深海魚がうごめく水族館の水槽《すいそう》にはいりこんだようだった。怖《こわ》いのは、柵からでたりはいったりしている魚から、自分が見られていることだった。後ろからなにものかが突進《とっしん》してくる気配がしたので振《ふ》り向《む》くと、槍《やり》のように細長い頭の先が鋭《するど》く尖《とが》った黒い魚がタケシめがけて近づいていた。このままでは槍のような頭に刺《さ》し殺《ころ》されてしまうにちがいないと思い、身をかわそうとすると、その一角獣《いっかくじゅう》のような魚のほうは、あっというまに方向を変えて、遠ざかってしまった。

しかし、もっと恐《おそ》ろしいものが迫《せま》っているのがわかった。すごい勢いで水が流れはじめたのだ。すると、魚たちは一斉《いっせい》に散ってしまった。その速いこと、たちまちのうちにタケシのまわりから一匹《いっぴき》残らず魚たちは消えてしまった。一方、先の方に吸いこむ穴があるかのように、水は奔流《ほんりゅう》のように流れていた。タケシは柵につかまって、水が流れる先を見つめていた。すると、巨大な黒い山のふもとにぽっかり空いた大きくて真っ暗な楕円形《だえんけい》の穴が見え、穴のまわりには、先の尖った白い柱がびっしりと立っていた。水はその穴に吸いこまれている。あたりは真《ま》っ暗闇《くらやみ》で、水を吸いこむ巨大な穴の輪郭《りんかく》と白く光る列柱だけが見え、そのなかに、逃《に》げ遅《おく》れた魚が吸いこまれていった。タケシの体も、白い檻もろともぐんぐんと暗い穴に吸いよせられた。あわやタケシも穴のなかにという瞬間《しゅんかん》に、タケシの手足は白い柵に張りついていた。そして、水だけが、タケシをとり残して、激しい勢いで穴のなかに流れていた。しかし、水圧の力で体がつぶされそうになり、息もできなくなって、タケシは気を失った。

＊　＊　＊

タケシは気を失っていた。というより、夢を見ていた。恐《おそ》ろしい夢だった。

妹のマリーの体全体が、黒いかたまりとなって苦しみもがき、自分の方にのしかかってくるのだった。タケシは息苦しくなった、悲鳴をあげた。と思うと、こんどは母や叔父《おじ》やジョージやクルミの明るい顔が現れ、たちまちその顔は黒くなってゆがみ、顔ばかりか全身が黒い影《かげ》となってから、こなごなに砕《くだ》け散《ち》ってしまうのである。タケシは、さらに大きな悲鳴をあげて、その叫《さけ》びで目が覚めてしまった。すると、澄《す》みきった大きな茶色い瞳《ひとみ》が、自分をのぞきこんでいた。驚《おどろ》いてとびおきると、自分の顔におおいかぶさっていた顔は、毛でおおわれた口先の長い動物の顔であった。もっと驚いたことに、その動物はタケシに口をきいた。

「気分はどうかね。危ないところだったが、わしらがつくっておいた檻《おり》で助かったな。さもなければ、お前は大鯨《おおくじら》の影《かげ》に呑《の》みこまれているところだ」

「大鯨の影だって？」

「そうだ。影になった大鯨だ。あれに呑みこまれると、お前も影になってしまう」

そんなことばを聞きながら、タケシはいったいどんな動物と話しているのかと、相手を眺《なが》めた。すると、どう見ても相手は一頭の鹿《しか》だった。つやのある褐色《かっしょく》の毛にはあざやかな黒い斑点《はんてん》が散らされていた。茶色の瞳は透明《とうめい》に輝《かがや》き、頭には何本も枝のある二本の大きな角《つの》が生えていた。しかし、見る見るそれは人間の顔となり、ひげの生えた老人となった。首から上は人間だが、その下は動物のままだった。タケシは、こんな生き物をどこかで見たような気がした。

「僕《ぼく》のことを助けてくれたの？」

「そうだ。おおむかし、お前の先祖が地上にでるとき、わしらは助けたことがある。むかしお前の先祖の三郎《さぶろう》は、鹿のひざの骨でつくった餅《もち》の力で地上にでられたのだ。骨の餅を一日にひとつずつ食べて、千と百日かかって地上にでてこられた。むかし狩人《かりゅうど》たちは、鹿を殺したときに、鹿が人のために死ぬことで、神さまに守られて成仏《じょうぶつ》できるようにと、お祈《いの》りを捧《ささ》げていた。鹿の骨にはその祈りがこめられている。鹿の骨には、かぎりない力がある。お前が地底下りをするというので、こんどは、鹿の骨でお前を守ってやった。じつはむかし、お前たちは弓を射かけて、わしら鹿族を殺していたのだ。三郎が地上で人間になりきれず、蛇《へび》の姿になったのは、その罪のためだ。だが三郎は、本当の人間になるために、お前と一体となって、また地底に戻《もど》ってきた。わしらを救うために地底下りをしてきた。だから、恩を返すように、お前はわしらを助けてくれなければなるまい」

「僕は妹のマリーを探しにおりてきたんです」

「わかっとる。マリーをおびきよせたのは龍魔王《りゅうまおう》の手下だ。マリーをとらえて恐《おそ》ろしいことをしようとしているのだ」

「恐《おそ》ろしいことを？」

「そうだ。あんまりに恐ろしいので、いまはいうことができん。とにかく、そうなると、この地底も地上も破滅《はめつ》だ。天も地も破滅だ。だから、どうかマリーを救いだしてくれ」

そのときだった。不気味な地鳴りが響《ひび》いて、岩がぐらぐら揺《ゆ》れた。そして、タケシの耳についてはなれない「ほー、ほー」という低い声が遠くから聞こえてきた。

「龍魔王《りゅうまおう》の手下がやってきた。あんたが地下にきたので、われわれから奪《うば》いとろうとしているんだ。陰険《いんけん》で執拗《しつよう》なやつらだ。小さい体をしているんで、始末《しまつ》におえないやつらだ。でも、心配しないでいい。かならず、あんたを守ってさしあげるから」

そのうち、ひづめの音がとどろいてきて、足もとの砂地が激しく揺れはじめた。すると、いつのまにか無数の鹿《しか》が現れて、タケシをとりかこんだ。そして、どの鹿も一斉《いっせい》に角《つの》を足もとの岩に向けた。すると、あちこちから黒い頭がにょきにょきと首をだした。その尖《とが》った口先の左右は、のこぎりの刃《は》のようになっていた。それを見つけると、鹿はそのくちばしを角で払《はら》ったり、足で踏《ふ》みつけはじめた。しかし、なかには、角にしがみつかれ、角を切られ、頭に爪《つめ》を立てられ、砂地のなかに引きずりこまれる鹿もいた。

「ぎゃおー、ぎゃおー」といたるところで黒い魔物の悲鳴があがった。それに、「キューン、キューン、グ、グ、ケ、ケ、ケ、」といううけたたましい鹿の鳴き声がくわわって、あたりは騒然《そうぜん》となった。

しばらくたつと、やがて黒い魔物が退散したのか、騒《さわ》ぎはおさまった。

「あれが、龍魔王の手下だ。つまらん連中だ。でも執拗で、大勢の力で相手に襲《おそ》いかかって、倒《たお》して、龍魔王のところに運んでいくんだ。すると龍魔王の餌食《えじき》になって、影《かげ》にされてしまう。わしらから見るとちんぴらだが、やつらの悪さはひどいもんだ。金のバチを盗《ぬす》んだのも、あの連中だ」

「なにものなの？」

「黒コメネズミ野郎《やろう》ってわしらは呼んでいる。名前をいうだけで、むしずが走ってならん。海を渡《わた》って、ここの地底に住みつき、龍魔王の手下になったそうだ。ちんぴらやくざみたいなもんだ。自分の意思なんぞなくて、なんのために生きているかもわからず、ただ強い者にあこがれているだけで、人さまにどんなに迷惑《めいわく》をかけているかもわからん烏合《うごう》の衆だ。でも、怖《こわ》いんだ。あののこぎり刃のくちばしで、地下にもぐったり、地下を走りまわったりして、悪さをする」

「あいつらがマリーをおびきよせたのは、許せない」

「そうだ。あいつらをやっつけるんだ。それにはあんたの力が必要なんだ。どうか助けてくだされ」

「僕《ぼく》にできるの？　どうすればいいの？　力を貸してくれるの？」

鹿男はそこでタケシをじっと見つめた。やさしそうなその目は悲しみをたたえていた。

「あんたはマリーを救いだし、金のバチをとりもどさなければならない。われわれは、むかしの豊かな国を、安心して住める国をとりもどさなければならない。いまこの国は荒《あ》れ果《は》てている。もし、マリーと金のバチが敵方の手に落ちたら、龍魔王《りゅうまおう》の力はとんでもなく大きくなって、地下世界は影の龍魔王にまったく支配されてしまう。そのつぎは地上世界が龍魔王の手に落ちる番だ。あんたの半身の蛇《へび》がむかし暮らしていた楽園は、いまでは荒れ果てている。田園は荒れ、緑の田畑も緑の森もどんどん消えている。川の水は涸《か》れ、青い山は崩《くず》れている」

「ひどい、あんまりにもひどいじゃないか」

タケシは胸のうろこがぶるぶる震《ふる》えるのを感じ、目から涙《なみだ》があふれてきた。そして、いった。

「僕《ぼく》にこの国を救いだすことなど、とうていできないけれど、どうしてもマリーをとりもどさなければならない」

「二つのことはいっしょだ。わしらもお前をお助けする。とにかくもマリーさんはとても勇気ある子だから、かんたんに龍魔王の手には落ちまい。でも、龍魔王の住処《すみか》はとても遠い」

「どのくらい遠いの？　何日でいけるの？」

「何日とか何里とかいえないほど遠い。というより、そこにゆきつくまでに、この地底の広野を越《こ》え、山々を越え、とりわけ恐《おそ》ろしい山をいくつも越えなければならない。だから、わしらもそこまでいくことができない。そこにいけるのは、お前しかいない」

「どうして？」

「お前には、固い意志がある。それに、お前はひとりじゃない。お前は蛇身《じゃしん》の子どもだ。蛇身と一体だ。わしらには、蛇身の子どもが現れて、龍魔王を倒《たお》すという予言がある。ただ、その子が三つの山を越えたときはじめて予言が成就《じょうじゅ》するともいわれている。そればかりじゃない。お前には、かぎりない力をもった巻物がある。袋《ふくろ》を開けてみるがいい」

「巻物だって？　それは僕の叔父《おじ》がもっていってしまったけれど」

するど、腹のなかから低い声が響《ひび》いてきた。

〈巻物は、わたしが手に入れておいた。わたしの一族の系図が書かれているから、それはわたしのものだ。そしてお前のものだ〉

タケシは驚《おどろ》いてリュックに手を入れて、探《さぐ》った。すると、巻物らしきものが手に触《ふ》れた。それをとりだすと、すぐに開いてみた。叔父といっしょにのぞいたときはろくに見ていなかったが、こんどはじっくりと眺《なが》めた。すると、連綿とつづいている香月家《こうげつけ》の系図であることがはっきりわかった。

〈はじめのほうに清和天皇《せいわてんのう》とあるだろう。それが一族の系図だ。なかごろに香月三郎《こうげつさぶろう》とあるのがわたしだ。その系図は、明治の世で終わっている。しかし、お前の父親は香月一族の末裔《まつえい》だ。この一族には、修験者《しゅげんじゃ》もいれば、呪術師《じゅじゅつし》もいれば、忍者《にんじゃ》もいれば、馬の牧者《ぼくしゃ》もいれば、医術に長《た》け

た者もいれば、馬や医薬を京《みやこ》へ運んで商《あきな》っていた者もいる。お前の父親が薬屋になったのは、それが先祖の仕事だったからだ。これは、わたしとお前の巻物だ。いまにわかるが、これはただの巻物ではない〉

それを聞いて、タケシは巻物をしっかりにぎりしめ、またリュックに入れた。すると、ふたたび低い声がした。

〈さあ、でかけようじゃないか。わたしは、むかし世話になった国にいってみたい〉

そこで、タケシは鹿男《しかおとこ》に向かっていった。

「僕《ぼく》は、力が湧《わ》いてきた。きっとマリーを探しだすよ。そして、あなたがたにも、ご恩返しできるよう力いっぱいやってみるから」

「途中《とちゅう》までは、わたしがご案内しよう。この細い道を下りなさい」

そういうと、鹿男は先に立った。タケシをとりかこんでいた鹿の群れは、頭を下げ、互《たが》いに角《つの》をぶつけ合った。すると、角は澄《す》んだ音を立て、心に沁《し》みるような悲しげな音楽を奏《かな》でた。それを聞くと、タケシも心を揺《ゆ》さぶられ、こぶしをにぎりしめた。

ユイマン国

一行は、砂地がつきるところまで歩くと、湖の幅《はば》が狭《せま》くなり、やがて川となって洞窟《どうくつ》のなかに流れこんでいるのがわかった。鹿男《しかおとこ》は、洞窟のなかの細い流れのわきの荒削《あらけず》りの岩づたいに歩いていた。なぜか川の流れはかすかな光を放っているので、それをたよりに鹿男とタケシは黙々《もくもく》と足を進めた。こうして、どのくらい歩いたことだろう。半日も歩いたようにも思え、一日いっぱい歩いたようにも思え、一年歩いたようにも思え、あるいは何年も歩いたようにも思え、タケシはまったく時間の感覚を失っていた。そもそもタケシはあわてて家をでたとき、時計を腕《うで》に巻いてくるのを忘れてしまったのだ。どのくらい歩けばいいのか、そればかりが気になってきて、とうとう鹿男に聞いた。

「あとどのくらい歩くの？」

「ここでは、あとどのくらいとか、あと何日とか、あと何年とか聞いてはいけない。時間は心のなかにあるのだ。長いと思えばいくらでも長くなる。短いと思えば、すぐに終わる。お前の半身の蛇《へび》に聞いてみるがいい」

〈そうだ。わしはこの地底で、十五年近くものあいだ、七十三の人穴《ひとあな》と七十二の国をさまよい歩き、ユイマン国にたどりついた。ユイマン国でも十五年近く滞在《たいざい》し、ついにそこから、千と百日分の鹿骨の餅《もち》を毎日一個ずつ食べて地上にでてきた。しかし、そのあいだ地上では何百年もたっていた。ここには、地上のお日さまが照っていないから、一日は地上と同じではない。時間は心のなかだけにあるんだ〉

タケシのほうから聞く前に、腹のなかで響《ひび》く声がそういったが、話し終わったとたんに、前方が白く輝《かがや》いてきた。近づくにつれ、燦然《さんぜん》と輝く壁《かべ》が見えてきた。ガラスの城か水晶《すいしょう》の城と見まがうばかりだった。あるいはダイヤモンドの城かもしれないと思った。

「あれは水晶の壁だ。もうすこし進むと、紫水晶《むらさきすいしょう》の壁もあるからとてもきれいだ」

こういって鹿男が指さす方を見渡《みわた》すと、さまざまな高さの透明《とうめい》なガラスのような角柱が無数に組み合ってそびえている壁がまばゆく輝き、さらに先の方は紫の靄《もや》がかかり、進むにつれてあたりは紫に照《て》り映《は》えてきた。

「すごい、すごい。鍾乳洞《しょうにゅうどう》にはいったことがあるけど、これは鍾乳洞よりきれいだ。すごい」

「ここまでくると、ユイマン国はもうすぐだ。わしはここでおいとまする」

「もうお別れ?」

「そうだ。予言では、蛇身《じゃしん》の子どもはあるお方と旅をしなければならないとある。だが、あるお方とはわしのことではない。それに、いまでもお前はひとりではない。三郎蛇《さぶろうへび》と一体だ。わしら

も お前を守るつもりだ。それに、お前には巻物もあるではないか。では、再会のときまでじゃ！」

「また、会おうね、きっとだよ！」

「そう、きっとだ！　さもないと、地底の国は滅《ほろ》び、地底の国の生き残りの種族も滅び、われわれ鹿族《しかぞく》も死に絶えてしまう。かならずや再会を果たそう！　さあ、勇敢《ゆうかん》な少年よ、お前は自分の力だけを信じて、先に進むんだ。そして自分で道を開き、龍魔王《りゅうまおう》と戦え！」

そのことばにうなずいてから、タケシは決然と紫水晶《むらさきすいしょう》の絶壁《ぜっぺき》の下を進んでいった。振《ふ》り返《かえ》ると、腕《うで》を振《ふ》りながらタケシを見送っている鹿男の目には涙《なみだ》が浮《う》かんでいた。先を見ると、紫の六角の角柱が壮大《そうだい》な紫の城のようにつづいているのが見えた。その角柱は太いのも細いのも長いのも短いのもあり、四角いのや六角のものもあったりしたが、すべて先が槍《やり》のように尖《とが》っていた。

「すごい。これならいくら長くてもあきないぞ。こんな道ならいくら長くつづいても退屈《たいくつ》しない」

タケシの望みどおり、紫水晶の道は延々とつづいた。その美しい壁《かべ》を見上げようと、しまいには腹ばいになって、水晶の床《ゆか》の上を身をくねらして、滑《すべ》っていった。しかし、やがて水晶の輝《かがや》きは消え、あたりはまた暗くなった。しかも、道は狭《せま》くなり、天井《てんじょう》も低く垂れさがってきた。そして、またも狭苦しくて、長い穴にはいりこんだ。その道の長いこと！　そして、腸のように曲がりくねっているので、タケシは腹ばいになってくねくねと進んでいった。そのうち前に進んでいるのか、後ろに戻《もど》っているのかまったくわからなくなった。

どのくらい進んだことだろう。どのくらいくねくねと迂回《うかい》したことだろう。先の方がぼうっと明るくなった。

＊　＊　＊

やがて、穴の向こうが見えてきた。

「出口だ！」とタケシは叫《さけ》んだ。

「見たことがあるようだ。なつかしい眺《なが》めだ。どこにきたんだろう?」

タケシの胸は高く鼓動《こどう》を打ってきた。嬉《うれ》しいような怖《こわ》いような気持ちがどっと湧《わ》き起《お》こってきた。そして、立ち上がって、駆《か》けだした。穴からでると、外は靄《もや》に包まれ、空気は冷え冷えとしていた。しかしタケシは、まるでなつかしい生まれ故郷にきたように思えた。目の前には道がついていた。しかし、枯草《かれくさ》ばかりがぼうぼうと生え、まわりの草も枯《か》れていた。橋があったが、橋の下には水が涸《か》れた川が横たわり、石がごろごろしているだけだった。なおも歩くと、茅葺《かやぶ》きの人家が見えてきた。どの家の前にも、ぼろをまとってやせ細った人々が目をうつろにして座っている。気の毒で、というより怖くて声をかけることもできない。

やがて、大通りにでた。その先に、大きな館が見えた。

〈あそこにいってくれ。あそこは、むかし暮らした場所だ〉

腹のなかから声がした。大通りは、そのまま館の玄関《げんかん》に通じていた。しかし、門の古い扉《とびら》はしまりなく開け放たれ、館をとりまく柵《さく》は崩《くず》れてばらばらとなり、なかに人が住んでいるのかどうかもわからない。

「こんにちは」

武家屋敷《ぶけやしき》のような玄関先《げんかんさき》で、タケシは叫《さけ》んだ。

「誰《だれ》かいませんか?」

すると、奥《おく》から女の人らしき声がした。そして、着物姿の若い娘《むすめ》がふたりの供《とも》らしき女を引きつれて、現れた。娘は透《す》き通《とお》るように白く、やせ細っていたが、優美で美しかった。

「地上の国のお方でしょうか?」と娘はたずねた。

「どうしてわかるの?」

「うわさになっているんです。それも、前にこの国におられた香月《こうげつ》さまのご子孫とか?」

「この国におられた香月さま?」

「そうです。わたしの姉上とお別れして地上に戻《もど》られた香月さまのことです」

タケシの頭に香月家の系図のことが浮《う》かんだ。しかし、香月三郎《さぶろう》がここに滞在《たいざい》していたのはもう何百年も前のことのはずなのにとふしぎに思い、逆にたずねた。

「あなたの姉上さまはお元気なのですか?　香月さまがここにいたのは何百年前と聞いていますから」

すると、娘はなんともさびしげな微笑《びしょう》を浮かべて、口を開いた。

「とにかく、おあがりください。あなたはこの国が水涸《みずが》れでもう滅《ほろ》びそうになっているのを、ごらんになったでしょう。ご説明しますから」

こうして、タケシは奥に通されて、娘の話に聞きいった。

＊　＊　＊

「わたしは、ここの国主の末娘です。むかし香月さまは、地底にとり残されて、地底の好賞国《こうしょうこく》、草微国《そうびこく》、草底国《そうていこく》、雪降国《せっこうこく》などの二十二の国をさまよい歩いたあげく、この国にたどりつかれました。父上は香月さまをとても大事にされて、姉のユイマン姫《ひめ》と結婚《けっこん》させたのですが、香月さまが、地上の世界がとても恋《こい》しくなってどうしても帰りたいといわれるので、香月さまの帰国の手はずをととのえたとのことです。でも、そのあとに、つぎからつぎへと悲しいことが起きて、とうとう亡《な》くなってしまいました。わたしは、香月さまがいなくなってから生まれましたから、香月さまのことはよく知りませんが、あなたはわたしたちの土地をごらんになったでしょう。田畑の作物の実はしぼみ、葉は枯《か》れて、この国は荒《あ》れ果《は》ててしまいました。農民は飢《う》えと渇《かわ》きに苦しんで、ばたばたと倒《たお》れてゆきます。何が起こったかわかりません。川の水も涸れてしまいました。雨さえもろくに降りません。井戸《いど》を深く掘《ほ》って、やっと水をくみあげていますが、どろどろした水で、布で濾《こ》して使っているありさまです」

そこまで話したときに、ひとりの翁《おきな》が現れた。背が高く、あごひげも眉毛《まゆげ》も真っ白なので、一瞬《いっしゅん》タケシは、玉手箱を開けておじいさんになった浦島太郎《うらしまたろう》を思いだした。翁はタケシにうやうやしく礼をして、

「このお方はもしや？」とたずねた。

「タケシです。香月《こうげつ》タケシです」とタケシは、自ら名乗りでた。すると、翁は身をのりだしてきた。

「そうでしたか、香月さまとおっしゃるか？　やはり香月さまが地上の若者を連れて現れるといううわさはまことか？　お姫《ひめ》さまもご存じと思うが、うわさによると香月さまがこの国を救ってくれるとか？」

姫のほうも驚《おどろ》いて、大きな目を見開いて、黒い瞳《ひとみ》でタケシを凝視《ぎょうし》した。三人は互《たが》いに探《さぐ》るように目を見合わせ、しばらく沈黙《ちんもく》が流れたあとで、姫がいった。

「いまから数ヶ月前に、そういううわさを聞きこんだといって、山の向こうの国から客人がたずねてきたのです。わたしたちはそのうわさが何よりもありがたく、いまではただひとつのたよりにしていますから、その客人をお引きとめしているのです」

「まあ、うわさの真偽《しんぎ》を確かめるための人質《ひとじち》のようなものですな。いや、申《もう》し遅《おく》れました。わしはヤスラオカヒトマロと申します。またここにおられる姫は、月姫というお方です」と翁が名乗

ると、月姫はあらためてタケシに頭を下げて、いいそえた。

「この方はお父上のそばで仕《つか》えてくださったお方です。香月さまのお世話もよくしてくれました」

タケシは、自分にまつわるうわさを流しているのはなにものか確かめたくなった。というより、どうしても確かめなければならないと思った。

「そのお客人とお会いしたいのですが」

「そうともそうとも、わしらもおふたりを早く対面させたい。なーに、お客人とは何ヶ月もおつきあいしましたが、とても礼儀《れいぎ》正しく、誠実で、おやさしくて、それに強そうで立派なお方ですよ。香月さまがおいでになるのを、いまかいまかと待ち焦《まこ》がれていましたからね」

こうしてタケシは、屋敷《やしき》の廊下《ろうか》を通って、さらに奥《おく》の座敷に向かった。広い座敷だったが、なかは冷え冷えとしていた。薄暗《うすぐら》い陰気《いんき》な部屋の床《とこ》の間《ま》を背にして、肩《かた》のいかつい大柄《おおがら》な男が、いずまいを正して座っているのが見えた。タケシたちがはいってくると、男はぴたりと頭を下げた。

「お待ち申しておりました。香月さまですね。わたしは、山の向こうの国からまいって、この国に滞在《たいざい》しているキリフリタロウという者です」

「わかっていたんですか？」タケシは驚きの声をあげた。

「そうです。一心に願っておりましたから、香月さまがここにお着きになるや、お姿がわたしめの目に浮《う》かんでまいりました。あなたこそ香月《こうげつ》さまにちがいないとすぐわかりました」

といって、男は黒々とした眉《まゆ》を上げて、大きな眼で睨《にら》みつけるようにタケシを見た。

「この国がひどいことになっているのは、この目で見ました。お姫《ひめ》さまからも聞きましたが、どうしてこんなことになったのですか？」

「恐《おそ》ろしい龍魔王《りゅうまおう》の仕業《しわざ》です。恨《うら》みに燃えあがった龍魔王の仕業です。龍魔王はこの世界が思うままにならないので、恨みと復讐《ふくしゅう》に燃えあがっているのです。龍魔王は、自分の力の邪魔《じゃま》をするあらゆるものに復讐をしようとしています。怒《いか》りに燃えて、すべてを滅亡《めつぼう》にみちびくか自分の手下にして、この世界を思うままにしようとしているのです。自分を地底に追いやった地上の人間を憎《にく》んで、地底だけでなく、地上をも支配しようとたくらんでいるのです。龍魔王はどんな邪悪《じゃあく》なこともできます。このままでは、この国などひとたまりもなく滅《ほろ》ぼされてしまうでしょう。何しろ、龍魔王にできないことはないのですから、水を涸《か》らしたり、洪水《こうずい》を起こしたり、人から魂《たましい》を抜《ぬ》いたりすることなど、やすやすとやりとげます。しかもこのところ、とてもいきり立っているという話です。というのも、地上から若者がやってきて、自分を襲《おそ》うという予言があるからです。それを予感して、迎《むか》え撃《う》とうと待ち構えているのです」

「そんな恐ろしい者を相手に僕《ぼく》に何ができるというんですか」

「龍魔王のそばにのりこんでいくのです。龍魔王を征伐《せいばつ》すれば、この世は平和になります。それをみなが望んでいるのです。とりわけ、それはあなたにゆかりの姫の願いです」

「いや僕は、龍魔王と戦うために地下の国におりてきたのではない。妹のマリーを探すためだ」

「そこですよ。あなたの妹さんをかどわかしたのは龍魔王の手下ですぞ。龍魔王は金のバチとバチの打ち手をわがものにしたいのだ」

「やっぱり、そうか。ではもういちどたずねるけれど、どうしたら龍魔王のそばにいけるんだろうか?」

「三つの山を越《こ》えてください。そうすれば、龍魔王の国にはいれます」

鹿《しか》がいっていたことと同じだとタケシは内心で思った。しかし、鹿のことについてはだまっていた。

「わかりました。その道を教えてくれますか?」

「かしこまりました。善は急げです。さっそく旅の仕度《したく》をしましょう。でも、出発は明日にいたしましょう。どうか一晩、ゆっくりと体を休ませてください。明日からは屋根の下ではお休みにはなれないでしょうから」

＊　＊　＊

その夜、姫と翁《おきな》はタケシを歓待《かんたい》してくれた。野鳥を火であぶり、穀物《こくもつ》の雑炊《ぞうすい》をだしてくれた。

そして、翁は、しきりにおおむかしの香月なる武者が国に滞在《たいざい》したときのことを思いだして、話してくれた。

「不幸な身の上のお方でした。父上は近江《おうみ》の国の香月権守胤諏《こうげつごんのかみたねより》というお方でした。太郎《たろう》、二郎《じろう》というふたりの兄上がおられましたが、父上は、武勇にすぐれ、慈愛《じあい》ゆたかな三郎《さぶろう》さまを跡《あと》とりにされて、お亡《な》くなりになったのです。これが三郎さまの不幸の始まりです。

やがて三郎さまは春日権守《かすがごんのかみ》の孫娘《まごむすめ》の美しい春日姫《かすがひめ》に心惹《ひ》かれて、結婚《けっこん》され、姫を深く愛されていました。ところが、姫が地底の魔王《まおう》にさらわれてしまったのです。伊吹山《いぶきやま》で七日にわたる狩《か》りがおこなわれたときでした。春日姫も狩りにともなわれておりました。ところが、狩りも終わる七日目に、山の上からつむじ風が吹《ふ》きあげ、姫が休まれている仮《かり》の館に三冊のきれいな絵草紙《えぞうし》が舞《ま》いこんできました。姫がそれを手にとって開こうとしたとき、三冊の絵草紙はなんと髪《かみ》の毛《け》を左右に束ねて赤糸で結んだ三人のかわいい童子《どうじ》となって、姫を連れ去ったのでございます。三郎さまの驚《おどろ》きはかぎりなく、狂《くる》ったように日本国中《にほんこくじゅう》を探しまわりました。兄たちもいっしょに探してくれました。

比叡山《ひえいざん》、三輪山《みわやま》、大峰山《おおみねさん》、吉野山《よしのやま》、鈴鹿山《すずかやま》、英彦山《ひこさん》と西の山々をたずね歩いても、姫の影《かげ》ひとつありません。こんどは東の国々に向かい、白山《はくさん》、立山《たてやま》、筑波山《つくばさん》、日光山《にっこうさん》、赤城山《あかぎさん》、浅間山《あさまやま》、白《しら》根山《ねさん》、相模《さがみ》の駒ヶ岳《こまがたけ》、果ては富士山《ふじさん》までもめぐり歩いても、姫の姿を見つけることができません。とうとう日本中の山を歩きました。でも、見つかりません。悲嘆《ひたん》にくれていますと、蓼科山《たてしなやま》の南にそびえる三本の楠《くすのき》の根元に大きな人穴《ひとあな》があり、そこに連れこまれるところを見た人がいるというのです。そこで、その人穴をたずねて、なかをのぞきますと、獅子《しし》に牡丹《ぼたん》を描《えが》いた姫の小《こ》袖《そで》と姫の髪の毛がひとふさ捨てられているではありませんか。姫は人穴に連れこまれたにちがいないと三郎さまは確信なされて、家来たちに命じ、藤《ふじ》づるで籠《かご》をつくり、自分はそのなかにはいって、穴におろさせたのです。いっしょにいた兄たちは穴の外で見張っておりました。

底におりると、横穴があるので、なおも進むと、ひろびろとした原や水をたたえた大きな池がありました。その向こうに大きな岩窟《がんくつ》があり、そのなかからお経《きょう》を読む女の人の声が聞こえてくるではありませんか。その人こそ春日姫でした。やっと姫を探しあて、夢のような再会を喜びました。しかしいまにも魔王が戻《もど》ってきて、遠い魔王の住処《すみか》に連れだすというので、急いで姫を籠に乗せて地上に戻ろうとしました。ところが、姫を籠に乗せようとしたそのときに、姫が祖父からもらった〈面影《おもかげ》〉というふしぎな鏡を置き忘れたことに気づきました。『魔王に鏡をとられると鏡に映った姿からわたしの居どころがたちどころに知れてしまいます』というので、三郎さまは鏡をとりもどそうと岩窟に引き返しました。

一方、穴の外には兄たちも三郎さまを待ち受けておりました。ところが兄たちは、自分らをさしおいて三郎さまが跡とりになったのをかねがね快く思っていなかったのです。そこで悪だくみを思いつきました。姫だけを救いだしたあと、籠の綱《つな》を切って三郎さまを地底に置き去りにしようというわけです。こうして、姫《ひめ》だけを救ってから、三郎さまの一族郎党《いちぞくろうとう》を殺してさらし首にしたばかりか、姫に横恋慕《よこれんぼ》していた二郎《じろう》は、姫を自分の妻にしようとしました。しかし姫は激しく抵抗《ていこう》し、太郎《たろう》もまたそれに反対しました」

ここまで話を聞いて、タケシは顔だけでなく、胸の内まで火のように燃えあがった。胸が波打ち、腹の奥《おく》からうなり声が聞こえてくるようだった。半身の蛇《へび》の怒《いか》りが、自分にものりうつってきたのだ。

「なんと恐《おそ》ろしい。そんな人間がこの世にいるのか？　許せない」

「そうですとも。地上の人間が考える悪行はかぎりありません。地底の魔王《まおう》におとらず悪い人間がいるのです」

「わかった。今夜はもう終わりにしましょう。わがままいってすみませんが、もう休みたいんです」

これ以上聞くと怒りで荒《あ》れ狂《くる》いそうになったので、タケシはぐっと気持ちをおさえて、そうたのんだ。そして、その場はお開きになり、みなは休むことにした。

タケシは、両側に岩山が迫《せま》ってくる狭《せま》い谷間を歩いていた。はるか前方の遠くがぽうっと明るくなっている。その方に向かって歩いているのだ。ところが、道のかたわらに何やら黒いかたまりがあった。近づくと、それがもぞもぞと動きはじめた。そっと通りすぎようとすると、黒いかたまりは急に大きくふくれあがり、爛々《らんらん》と目を光らせた大きな虎《とら》となって、タケシに襲《おそ》いかかってきた。タケシは夢中になって、虎に組みついて、格闘《かくとう》をした。虎の牙《きば》が迫ってくる。タケシの顔に炎《ほのお》のように熱い虎の息がかかってくる。タケシは渾身《こんしん》の力をふりしぼって、虎をねじふせようとした。ふしぎなことに、こんこんと勇気と力が湧《わ》きあがってきて、大きな虎を岩山にたたきつけることができた。そしてタケシは、前方の光の方にまた歩きはじめたが、虎が追ってこないかと後ろを振《ふ》り返《かえ》った。すると、いつのまにか霧《きり》が立ちこめてきた。その霧のなかに、後ろ向きに突《つ》っ立《た》っている男の黒い影《かげ》がぼんやりと見えた。後ろ向きなので顔は見えなかったが、肩《かた》をそびやかしたその格好に見覚えがあるように思えた。男を呼ぼうとして、「おーい」と声をかけようとしたが、声がでない。のどをふりしぼって叫《さけ》ぼうとすると、やっと声がでたが、苦しげな叫び声でタケシは目が覚めた。

夢を見ていたのだ。しばらくのあいだ、なぜこんな夢を見たのか考えていた。虎《とら》というのは、これから出会う危険のことなのかもしれない。いや恐《おそ》ろしい敵かもしれない。虎をねじふせることができたのは幸いだったが、霧《きり》のなかの男の黒い影《かげ》はなんだろう？　あれは誰《だれ》だろう？　あのように角張った肩《かた》には見覚えがある。そうだ、館で自分を待っていたあの客人の体つきに似ている。いやそっくりだ。それとも、男の名がキリフリタロウだから、自分が勝手に夢のなかで霧と男を結びつけたのだろうか？　とにかく振り返って見ると、虎の代わりに霧のなかに男が立っていた。では客人と虎はどんな関係があるのだろう。あの男は自分に危害をくわえようとしているのか？　そんなことがあるはずはない。でも、気をつけたほうがいいかもしれない。

あれやこれや考えているうち、外が白々《しらじら》と明けてきたので、もう起きようと思っていると、とつぜん、ふすまががたがたと振動《しんどう》した。そして、はじけるような音を立てて破られ、テカテカ光る黒いものが、タケシの方に向かって伸《の》びてきた。その先には二本の燃えるように赤い角《つの》か触角《しょっかく》のようなものをゆらゆらと突《つ》きだし、爛々《らんらん》と光る目玉でタケシを睨《にら》みつけていた。その頭のあとには、縄《なわ》のように長い体がつづいた。その体は竹のように節《ふし》がつながって長く伸び、節には二本ずつ足をつけて、ぞろぞろとその無数の足が一斉《いっせい》に動いて、のたくるように進んできた。

「オオムカデだ！　お化けのように大きいムカデだ！」

タケシはとっさに思った。そして、欄間《らんま》に槍《やり》がかけられていることが頭に閃《ひらめ》いて、その槍を引っ

つかんで、オオムカデを突《つ》いた。しかし、ムカデの胴体《どうたい》はよろいのように硬《かた》くて、槍《やり》の先がはじきとばされてしまった。槍で突きながら逃《に》げまわると、ムカデは輪のようになって、タケシの体をかこんでしまった。

〈大声で助けを呼べ！ ムカデは恐《おそ》ろしい！ 助けを呼べ〉と腹のなかから声がした。

「誰《だれ》かきてくれ！ 助けてくれ」

大声で叫《さけ》ぶと、となりの部屋で休んでいた客人がとびこんできた。そして、腰《こし》に差していた短《たん》剣《けん》でオオムカデの目を突くと、オオムカデはのたうちまわったあげく、ぐったりして動かなくなった。そのときは、騒《さわ》ぎを聞きつけて、翁《おきな》や姫《ひめ》や館に仕えている者たちが駆《か》けつけていた。

「龍魔王《りゅうまおう》が差し向けた怪物《かいぶつ》ですぞ。龍魔王は、あなたが地底におりてきたことを感づいて、攻撃《こうげき》しているのです。ご用心！ ご用心！」

すると、翁が感嘆《かんたん》してキリフリタロウをたたえた。

「なんと恐ろしい。ムカデは蛇《へび》より強いといいますからな。でもお客人のおかげで、タケシさまをお守りすることができました。あなたは俵藤太《たわらとうた》の生まれ変わりだ。むかし地上で起きたことですが、藤原秀郷《ふじわらひでさと》という武将が琵琶湖《びわこ》に棲《す》んでいる大蛇《だいじゃ》のたのみで、大蛇を苦しめる三上山《みかみやま》のオオムカデを退治してやったところ、いくら織ってもなくならない絹の巻物と、いくらでも御馳走《ごちそう》がでてくる赤銅《しゃくどう》のなべと、いくらでも米がでてくる俵をお礼にもらったという武勇談がありましてな。それから秀郷は、俵藤太といわれるようになったといいます。だから、あなたは俵藤太のような勇者じゃ」

それを聞いてタケシは、半身の蛇がムカデを恐れたわけがわかった。

「ありがとう。あなたは僕《ぼく》の命の恩人です」

「なーに、このオオムカデは龍魔王の妖術《ようじゅつ》でつくりだされたまぼろしですよ。でも、毒を振《ふ》りまいて人を殺す力があるから恐ろしい。いま退治しましたから、すぐに消えてしまいますよ」

そういって客人はオオムカデを指さした。すると、オオムカデは薄《うす》い影《かげ》のようになって、やがてゆらゆら動いて、あとかたもなく消《き》え失《う》せてしまった。

「ムカデを追っぱらったのは、あなたに龍魔王を退治してもらうためですよ」

客人がこういうと、タケシは悪夢を見たときに客人を疑ったことを恥《は》じた。この人は強くて立派な人だ。この人に案内してもらおう、と心で思った。

「あなたがいっしょなら、龍魔王のところまでいけそうです。案内をお願いします」

「そうですね。わたしたちを案内してください」

そういったのは、駆けつけていた姫だった。

「待ってください。わたしたちっていいましたね」

姫のことばに驚《おどろ》いて、タケシはたずねた。

「そうです。わたしもいっしょにまいります。いいですね？　ヒトマロ」

「わかっておりました。おいでなさい。タケシさまとごいっしょにおいでなさい。タケシさまをお助けなさい」と翁《おきな》もいうのだ。

「そうなさい。姫《ひめ》はこの国でいちばんしっかりした意志のお方だ。この国の者は、男も女もみな弱りきっていて、長くて苦しい旅には耐《た》えられそうもない。この勇気ある姫こそ、この若者を助けることができますぞ」と客人がつけくわえると、タケシも納得《なっとく》した。

「わかりました。お願いします」と姫に頭を下げた。

こうして、一行は旅の準備にかかった。タケシは服を脱《ぬ》いで、この国の狩人《かりゅうど》が着るルパシカのような鹿皮《しかがわ》の衣《ころも》をまとった。衣には、いざというときには背から頭にもちあげてかぶるずきんもついていた。腰《こし》まわりをしっかりと鹿皮の紐《ひも》で結んだが、その腰紐には剣《けん》も吊《つる》されていた。

「この剣は、三郎《さぶろう》さまが地上にお帰りのときにこの国にお贈《おく》りくださったものです。抜《ぬ》いてみなされ」

老人のことばで、タケシは剣を抜いた。白く輝《かがや》く刀身がタケシの目を射た。剣は、いままで見たことのないようなまぶしい光を放っていた。

「大事な守り刀として身におつけになり、いざというときにお使いなされ。並の剣とちがいます。わしにはわかりませんが、ふしぎな力があるにちがいありません」

これは「守り刀」になりそうだと思いながら、タケシは剣を朱《しゅ》の漆塗《うるしぬ》りのさやにおさめた。鹿皮の衣の下は、同じく鹿皮のゆったりしたパンタロンだった。履物《はきもの》も鹿皮だった。もちろん家から背負ってきたリュックももっていくことにした。

姫のいでたちもまったく同じで、姫も革袋《かわぶくろ》を肩《かた》にかけた。そして、髪《かみ》の毛《け》を後ろに束ねて紐で結ぶと、うっとりと見とれるような若者に変身した。

一行の出発は国中《くにじゅう》に知らされ、大勢の人々が集まって、タケシと姫を見送った。笑う者は誰《だれ》ひとりいなかった。みな真剣《しんけん》なまなざしだった。なかには涙《なみだ》を浮《う》かべる者もいた。誰もが、国の運命がふたりにかかっていると知っていたのだ。

＊　＊　＊

「岩づたいにこの谷に沿って歩きましょう」

しばらく歩くと左側がえぐれてきて、深い谷となってきた。岩がひさしのように突《つ》きでているので、それを伝わってかろうじて通れるような道がついていた。

「ここで落ちたら万事休《ばんじきゅう》すですから、お気をつけください」

そういって、客人は月姫の手を引き、タケシは姫の手をしっかりにぎり、そのあとについた。こうして、ふたりで姫を守って進んだが、よくよく考えるとふたりの命は客人ににぎられていたのだ。しかし、客人の足どりはじつにしっかりしていて、危なげがなかった。たぶん、ユイマン国にくるときもここを通ってきたので、慣れているのだろう。

「もうすぐです。この谷を過ぎると、カオールの国に着きますから」

「カオールの国ですか?」

「そうです。谷間の美しい国です。活力のある国です。といっても、いまでは勢いをなくし、死んだようになっています。それもみな、龍魔王《りゅうまおう》の仕業《しわざ》です」

「龍魔王がどうしたっていうんですか?」

「いってみればわかります」

岩でできた危ない段はしだいに低くなり、やがて谷間の下までおりた。すると、目の前の谷間が開けて、川沿いに細長くのびた草原には、白壁《しらかべ》の家が点々と建ち、まるでお伽《とぎ》の国のようだった。といっても、緑におおわれた草原でなく、枯草《かれくさ》の原であった。草原の先にある森も枯れ木《かき》の森になっていた。

「ひどいわ。草がみんな枯れているわ。森の木も枯れている。ユイマン国と同じですわ」

姫《ひめ》が驚《おどろ》きの声をあげると、客人が返した。

「そればかりじゃありません。この国は樽《たる》づくりの国ですが、いまでは樽をつくることができないらしいのです。樽がつくれなければ、うまい酒もつくれません。醤油《しょうゆ》も味噌《みそ》も酢《す》もつくれません。この国のほかには、樽職人も、樽をつくる道具も、樽板になるよい木もありませんから、あちこちから樽を求めようとして、この国にやってきますが、手ぶらで帰るありさまです。このままでは、どの国でも醤油も味噌も酢も酒もつくれなくなる。手桶《ておけ》も風呂桶《ふろおけ》も井戸《いど》のつるべも穀物《こくもつ》桶もつくれなくなりますから、困るのはここだけの話じゃありません。姫の国もそろそろお困りになりますぞ。とにかく、樽づくりの家にいって、様子を探《さぐ》ってみましょう。といっても、ここではたいていの家で樽づくりをしていますがね」

「あなたはおくわしいですね。この国にも寄っていたんですか」

いぶかしげに姫がたずねた。

「ユイマン国にくる前にここを通りかかっていますから、龍魔王がこの土地もどんなにいじめつけたか、よーく知っています」

三人の姿を見つけて、人々が寄ってきた。どの顔にも深いしわが刻まれ、怒《いか》りと焦《あせ》りできびしい表情をしていた。

「樽づくりを、わしらに見せていただけないか？」と客人が聞くと、

「樽づくりなんて、もうできはしませんや。だいたい、板がみな反《そ》り返《かえ》ってしまって、使いものにならないんですから、あそこに桶師のジへイ親方の家がありますから、いってごらんなさい」

そして、三人は桶師ジへイの仕事場に案内された。集まった人々も、ぞろぞろついてきた。太い丸太としっくい壁で組み立てられた仕事場だった。樽づくりのために使うさまざまな形のカン

ナやナタやノミなどが台の上に並べられ、まわりには、百枚以上の板が数十枚ずつそろえて積み上げられていたようだが、どれも反《そ》り返《かえ》ってしまったために板の山は崩《くず》れ、あたりに板が散乱していて、とうてい仕事場とは見えなかった。奥《おく》の木の台の上に中年の男がうなだれるように肩《かた》を落として座りこんでいたが、人々がどやどやとはいってきたので、顔を上げた。

「樽《たる》づくりを見物にきたんだが」と客人がいうと、ジヘイは気が狂《くる》ったように笑いはじめた。

「何をたわけたことをいうのか！　樽なんてもうつくれないことがわからんのか！　このざまを見ればわかるだろうが！　ガワの板は反り返るやら割れるやらで、一枚もまともな板はないんだ。そうか、お見受けすると、あなたがたはわしらの国のお人じゃないな。では説明するが、ガワっていうのはな、樽のまわりの板のことだ。とにかく、これじゃどうしようもないだろう」

こういって、ジヘイはまた高笑いをして、話をつづけた。

「お前さん方、知ってるかい。こうなったのは、龍魔王《りゅうまおう》の呪《のろ》いだっていうことを。悔《くや》しいのはな、わしらには、龍魔王にたいして打つ手がないことだ」

すると、集まった人のなかから、声がした。

「できるんだよ。ジヘイ親方は知ってるじゃないか！」

すると、ジヘイ親方は真っ赤になって、どなった。

「ばかいうんじゃない。そんなこと知らんし、そんなことおれはぜったい許さん。そういうことをいうのは、いったい誰《だれ》だ！　サスケじゃないか？　さあ、お前はここからでてゆけ！」

そうどなると、ジヘイは台の上のナタを手にして、振《ふ》り上《あ》げて、青い仕事着のやせた男を脅《おど》した。すると、客人のキリフリタロウがジヘイの前に立ちはだかった。

「まあ、やめなさい。じつはわしらは、龍魔王退治にでかけるところだから、わしらにまかせてくれないか」

「それじゃ、もしやあの予言のお方がここにいるのかね？　でも、予言では蛇身《じゃしん》の若者ということになっているが、お前さん方はちがうね。それとも、そこにいる若者が蛇身だっていうのかね」

タケシが困ってもじもじしていると、客人が答えた。

「このお方は香月《こうげつ》さまというお方だ。このお方の祖先が地上で大蛇に変身され、いまはこのお方と一体になられているので、予言の蛇身の若者とはこの方のことだ」

すると、まわりはしずまりかえって、みなタケシのことをじろじろ見つめた。しばらく、ジヘイと人々は睨《にら》みあっていたが、とつぜんまた声があがった。

「なんだ！　予言だ、予言だといっているが、ただのうわさじゃないか？　こいつのどこが蛇《へび》だっていうんだ。それよりおれの女房《にょうぼう》は夢のお告げを聞いたんだ。龍魔王にジヘイの娘《むすめ》を生けにえに差しだせば、災《わざわ》いはなくなるってな」

それを聞くと、ジヘイはまたナタを振り上げ、青い仕事着の男に突進《とっしん》した。すると男は外に逃《に》げだし、まわりの者はジヘイをとりおさえ、手からナタをとりあげた。そのとき、姫《ひめ》が叫《さけ》んだ。

「わたしは香月《こうげつ》さまと、龍魔王《りゅうまおう》のもとを目指して、これからまいります。龍魔王が、若い娘《むすめ》を生けにえに差しだせば災《わざわ》いを断《た》つというのなら、わたしがその生けにえになりましょう。こんな姿をしていますが、じつはわたしは娘なのです。ですから、ジヘイさんの娘さんを生けにえに捧《ささ》げることは、おやめください」

「そうです。僕《ぼく》たちは龍魔王退治にいくのです。僕が龍魔王退治をするまで、待っていてください。それまでは、この国の人々は耐《た》えられないほどの苦しみと悲しみをなめるでしょうが、どうか耐えてください。僕たちを信じてください」

現代の時代に生けにえということばを聞くなんて、タケシは信じられなかった。というのに、人々は真剣《しんけん》にそれを口にしている。そうだ。ここは地上の世界じゃない。ここにいるのは自分の祖先の時代をまだ生きている人々なんだ。そうなると、妹はどうなんだ、妹は生けにえにされるために、かどわかされたのではないか?

タケシの血は不安と怒《いか》りで煮《に》えたぎっていた。そして、一刻も早く、ここからでていきたくなった。そのとき、客人がみなをさとすような口調で話しはじめた。

「いまどき龍魔王は生けにえの娘など求めないだろう。龍魔王はそんなことでは動かない。龍魔王の呪《のろ》いはそんなことでおさまるような、ちっぽけなものじゃない。でも、仮《かり》に生けにえが捧げられれば怒りが解けるのだったら、この姫が生けにえにされるかもしれない。姫にはその覚悟《かくご》があるといわれている。お集まりの方々、この国から生けにえをだすのはまったくむだなことだから、おやめなさい」

それを聞いて、ジヘイの顔がすこし明るくなった。

「どうだい、聞いたかい！　このお方のおっしゃるとおりだ。あんたはものわかりのいいお方だ。わしは信じよう。ここにおいでのお方は予言の香月さまで、龍魔王をきっと退治してくださるとな。そうすれば、この国にもまた樽《たる》が戻《もど》ってくる。酒も味噌《みそ》も酢《す》もつくれるし、手桶《ておけ》も風呂《ふろ》桶《おけ》もつるべもつくれる。みな戻ってきて、まわりの国に配ることができる。ああ、早くかたくてきれいな板をこのカンナで削《けず》り、つなぎ合わせ、まん丸にしたり、楕円形《だえんけい》にして、底板をかこみ、竹のたがをぎゅっとしめて、水一滴《いってき》ももらさないような樽をつくりたいもんだ。うまい酒やうまい味噌が醸造《じょうぞう》されるような樽がつくりたいもんだ。いまはこの腕《うで》が泣いてるだ。そして、なんの因果か、いままでできあがった樽さえも、ばらばらにこわれていくんじゃないか」

「みなさんのお気持ちは痛いほどわかります。僕はやります。うまくいくかわからないけれど、命がけでやります。みなさんのためなら僕の命なんかいらないんだから」

タケシがいうと、みなが駆《か》けよってきて、はげました。

「その気持ちだけでわしらは嬉《うれ》しい！　久しぶりに望みが見えてきた！」

「そうだ。みなでこの方々をはげまそうじゃないか。出発をお祝いし、ご成功をお祈《いの》りしようじゃないか」

「よーし、火を燃やせ！　祝《いわ》い餅《もち》を焼くんだ！　酒をふるまうんだ！　クミ、でてこい。お客人にお酌《しゃく》をしろ！　このお客人たちはお前の恩人だからな！」

ジヘイが作業場にとなりあっている家に向かって叫《さけ》ぶと、しばらくして、ジヘイの娘《むすめ》のクミがおずおずと現れた。十四、五歳《さい》の少女だった。頬《ほお》を紅潮させていたが、透《す》き通《とお》るように白い肌《はだ》なので、まるで京人形のようにかわいく、まだあどけなかった。彼女《かのじょ》は丸い小さな餅が積み上げられた大皿をもち、大柄《おおがら》な彼女の母親は片手に酒樽《さかだる》をさげて、ぐい呑《の》みをのせた盆《ぼん》をもうひとつの手にかかげていた。一方、ジヘイはそこらに散らばっている板きれを集めて、それに火をつけた。

「厄払《やくばら》いだ！　飲んでくだされ」

ジヘイは、酒樽からぐい呑みに酒を注ぎ、三人にすすめた。タケシにも差しだした。タケシは驚《おどろ》いて、いった。

「僕《ぼく》、未成年なんです」

「なーに、この酒は特別じゃ。遠慮《えんりょ》することはない。あなた方の成功の前祝いの酒じゃ。さあ、どなたもぐっと飲みなされ。クミ、注いでさしあげなさい」

クミは慣れない手つきでタケシに酒を注いだ。タケシは、断りきれなくなって、思いきって飲みほした。ジヘイは、餅が焼けると小皿にのせて、それを無骨に突《つ》きだした。そればかりか、まわりの人々にも「前祝いだ、前祝いだ！」といいながら、酒と餅をふるまった。タケシの胸が熱くなって、この人たちを救うためなら、どんなことでもやろうと決意をかためた。とにかく、いまは娘さんの命を助けることができたのはどんなによかったことだろう、と思った。そうこうするうち、姫《ひめ》がタケシに耳打ちをした。

「そろそろ出発しましょう」

「そうですね。先があるから、ここでぐずぐずしてもいられない」

その会話が耳にはいったキリフリタロウも、立ち上がった。

「ではみなさん、わしらは出発いたす。どうかわしらの武運を祈っていてくだされ」

タケシもいった。

「では、いってまいります。みなさん、どうか気を落とさないで、がんばってください。ぜったいにだめだということは、この世界にはありませんから」

タケシは、自分に言い聞かせるようにそう叫《さけ》んで、ほかのふたりに出発をうながした。すると、ユイマン国を発《た》ったときと同じように、みなは歓声《かんせい》をあげたり、涙《なみだ》を流して、見送ってくれた。

紙漉《かみす》きの里

「龍魔王《りゅうまおう》の住処《すみか》にいくには、もうひとつの国を通らなければなりません」

「こんどはどういう国ですか？」

客人にタケシはたずねた。

「ナクバの国といって紙漉《かみす》きの里です」

「紙漉きの里っていうと、紙をつくるところですか」

「そのとおり。そこにいくには、石の森を通らなければなりません」

まもなく一行は、木の幹のような褐色《かっしょく》の石がごろごろしている場所にさしかかった。さらに進むと、数十メールもある同じような石の樹《き》が無数に立ちならんだ林にはいりこんだ。足もとは落葉でおおわれていたが、琥珀《こはく》でできた落葉なので、黄色がかった褐色に鈍《にぶ》く光り、まるで木の葉文様《もんよう》の豪華《ごうか》な敷物《しきもの》の上を歩いているような気分だった。ひやりと冷たい感覚が、鹿皮《しかがわ》の履物《はきもの》を通して伝わってきた。

見渡《みわた》すかぎり石の樹が林立し、琥珀の落葉の敷物が広がっている。そのふしぎな林のなかを歩いているうち、進んでいるのかあともどりをしているのかわからなくなってきた。そうなると、たよりになるのは案内しているキリフリタロウだけだった。

「いつまでこんな石の森がつづくのかしら？」

はじめはうっとりとそのすばらしい眺《なが》めに魅《み》せられていた月姫《つきひめ》が、だんだん不安になってタケシに問いかけると、キリフリタロウが代わりに答えた。

「もうすこしです。ほら、前の方をごらんなさい」

ふしぎなことに石の樹の幹の皮がだんだん硬《かた》くて冷たい石ではなくて、本物の木の幹に見えてきた。試しに手でさわってみると、ざらざらとした木の肌《はだ》そのものだった。いつのまにか、石の林は本物の樹林になっていたのだ。踏《ふ》みしめていた琥珀の落葉も、すっかり湿《しめ》って柔《やわ》らかな落葉になっていた。ただ気になるのは、どの木も立《た》ち枯《が》れになっているとしか見えなかったことだ。落葉が散ったあとの枝は枯れて、曲がったり折れたりして、勢いがなかった。そのありさまを見て、タケシも月姫も不吉《ふきつ》な予感がした。

目の前に川が現れた。木の橋を渡らなければならなかった。橋を渡りながら、一行は流れを見おろした。すると、川の水が、黒い靄《もや》が立ちこめたように、あるいは墨汁《ぼくじゅう》を流したように、黒い色に染められながら流れているのが見えた。

「見てよ。流れが黒く濁《にご》っているわ」と月姫が流れを指さしながら、ふたりにいった。

「ひどく汚染《おせん》されているのだろうか？」といいながら、タケシの胸は不安のためにどきどきと鼓《こ》動《どう》を打ってきた。

橋を渡《わた》ると、すこし先に白壁《しらかべ》の倉づくりの人家が見え、すぐ村里にはいった。

すると向こうから、息を切らして着物姿の子どもが駆《か》けてくるのが見えた。真っ青な顔をしていた。三人の姿を見ると、やさしそうな月姫《つきひめ》を選んで、その胸にとびこんだ。

「怖《こわ》いよ！　助けて！」

「どうしたの、何かあったの？」

「後ろから化け物が追っかけてくるよ！」

そのことばで一斉《いっせい》に三人は子どもの後ろを見たが、誰《だれ》もいない。

「誰もいないわよ。大丈夫《だいじょうぶ》よ。悪者がきたら、ここにいる人がやっつけてくれるわ。とても強いのよ」

そういわれて少年は、はあはあと大きく息をつきながら、後ろを振《ふ》り返《かえ》った。

「本当だ。もういない。ああ、怖かった！」

「いったいどうしたの？」

「紙を漉《す》いていたら、一《ひと》つ目《め》小僧《こぞう》の化け物がとびだしてきて、僕《ぼく》に襲《おそ》いかかってくるので、一生《いっしょう》懸命《けんめい》逃《に》げてきたんだ。父さんに紙を漉くんじゃないよっていわれていたんだけど、どうしても漉いてみたくて、漉いていたら、化け物がでてきたんだ」

「もう怖くないから、お家にお帰りなさい。送ってあげるわ」

「うん」

子どもはすなおにうなずいた。そして、一行はまだぶるぶる震《ふる》えている子どもに案内されて、その子の家まで送っていった。しかし、家に着く前に、家から子どもの父親らしき人物が現れた。

「おいこら！　いいつけを守らずにいたずらをしたな！　罰《ばち》があたったんだ。せめて無事だったのが幸いだ。とりつかれて死んじまった者もいるんだぞ。ぜったい紙漉きをしてはならん。ここじゃ、もう紙漉きはできなくなったんだ」

そうどなって、父親は子どもを家のなかに連れこもうとしたが、見慣れない男女がいるので、警戒するような顔つきでたずねた。

「どちらさまですか。この村の人ではありませんね」

「旅の者です。お子さんに話は聞きましたが、いったいこの村に何が起こったのですか？」

「紙が漉けなくなったのです。紙漉きはこの国の命ですから、国は死んだも同然です。この国が死ねば、地底の国ぜんぶが死んだも同然です。何しろ、地底の国中《くにじゅう》の紙は、ここでつくられているんですからね」

「どうして、紙が漉けなくなったのですか？」

「まあ、すこしなかでお休みください。ゆっくりお話ししますから」

家の主人は三人をなかに招きいれた。はいると、そこは紙漉《かみす》きの作業場で、木造りの水槽《すいそう》が並んでいた。

「紙漉きのやり方をご存じですか?」

「いいえ、わかりません。説明してください」と、タケシは好奇心《こうきしん》を燃やして、たのんだ。

「まず皮剥《かわは》ぎといって、コウゾの木の皮を剥ぎます。そして、一晩水に浸《ひた》してから、外側の表皮《ひょうひ》を削《けず》りとり、残った白皮を洗ってから乾燥《かんそう》させ、それをまた水に浸すといったことを二回ほどくり返すのです。そのあと、ヨモギや雑木を燃やしたあとの灰をくわえて、あのかまどで煮《に》たてます」

そういって、男は作業場のすみにある石と粘土《ねんど》で固めた大きなかまどを指さした。それから引き戸を開けて、三人を裏庭に連れだした。そこには、川から水を家の裏手に引きこんだ池があった。しかし、その水も黒く濁《にご》っていた。

「ごらんなさい。水が濁っているでしょう。何もかもおかしくなったのは、そのためですよ。ふつうは、あの池で木の皮を二晩ほどさらします」

そういってから、主人はまた一行を作業場に連れもどし、真んなかが摩滅《まめつ》してへこんでいる平らな石の台、大きな木槌《きづち》、濁った水で満たされている漉き船、竹のひごに細かく糸を通した簀《す》を張った長方形のスキカタ、紙床《かみゆか》の板、紙を重ねて重石《おもし》で圧搾《あっさく》する圧搾機などを指さしながら、説明していった。

「紙打ちといって、外で水に浸した木の皮のかたまりを、あの石の台の上で木槌を使ってたたきます。それを漉船に入れて丹念《たんねん》にかきまぜてから、簀を張ったスキカタを揺《ゆ》り動《うご》かしながら、簀ですくいあげ、板の上に簀をうつぶせにしてそっとのせていきます。そして、一晩寝《ね》かせて水分をとって、さらに圧搾機にかけて残りの水を抜《ぬ》きます。それを一枚ずつはがして外で干すと、紙のできあがりというわけです」

「何回も水につけるんですね」タケシがいうと、主人は顔を真っ赤にして、まくしたてた。

「わかりますか。水が命なんです。ところが、半年も前から水が濁りはじめた。それも妙《みょう》に黒く濁っている。それにつけると、白皮が黒くなってしまうんで、灰水《あく》を思いっきりたくさんぶちこんで、煮たてたんですが、どうしても色が落ちない。どの作業場も川の水を利用して紙漉きをしているんで、国中《くにじゅう》がそうなってしまったことが、あとでわかりました。どこでも、誰《だれ》でも、紙漉きができなくなっちまったんです。とーんとーんっていう紙打ちの調子いい音も聞こえなくなっちまったんです。みんなやる気をすっかりなくして、酒を飲んだり、遊びほうけたり。ごろごろ寝ころんだりするようになりました。家に貯蔵していた食糧《しょくりょう》を食いつくしたら、もう死ぬのを待つばかりだっていっている者もいます。百姓《ひゃくしょう》やきこりや猟師《りょうし》に商売替《しょうばいが》えをしようと考えている者もいます。でもねえ、この国ができてからというもの、代々紙漉きに打ちこんでいた者に、ほかのどんな仕事ができるっていうんですか？　だいたい、わしらが紙漉きをしなければどこの国でも紙がなくなって、お触《ふ》れもだせなければ、手習いもできなければ、草双紙《くさぞうし》も読めなくなっちまうんです」

主人の説明を聞いても、タケシたちにはまだ不可解なことがあった。どうして、子どもが化け物に追いかけられたといって、おびえて逃《に》げてきたのかということだった。そこで、タケシがたずねた。

「でも、どうして息子《むすこ》さんが逃げだしたんですか？　化け物に追いかけられたっていっていましたけど」

「それをこれからお話ししますよ。こいつは、紙漉《かみす》きができないどころの話じゃありません。いまでもわけがわからんが、恐《おそ》ろしいことです」

そういって、紙漉きの主人は、こんどは声をひそめて、なんとも信じがたい話を語りはじめた。

「はじめは黒く濁《にご》った水が流れてきて、紙漉きが台無しになったというんで大騒《おおさわ》ぎになったのですが、それどころではなくなったのです。説明しても信じてもらえないでしょうが、奇妙《きみょう》なことが起きはじめたんです。どうにか黒い汚《よご》れを落とそうと何度も漉いているうちに、漉いている紙に何やらもやもやとふしぎな形が見えてくるんです。なんだろうと漉きながら見ていると、それがだんだんと怖《こわ》い化け物や恐《おそ》ろしい怪物《かいぶつ》になってきます。そればかりか、やがて爛々《らんらん》と眼を光らせて、漉いている人を睨《にら》むんです。そこで、たいていは悲鳴をあげて、簀《す》を投げだしてしまうんですが、勇気と好奇心《こうきしん》がある者が、その先どうなるかともっと漉いていると、ぺったり簀に張りついてきたその怪物がもぞもぞ動きだして、簀からとびだしてくるように見えてきて、じっさい、とびだして、襲《おそ》いかかったり、逃げだすと追いかけてきたりするんです。そこで、わしは子どもに紙漉きを禁じたんですが、子どもっていうのはだめですね。かえって好奇心を燃やしやがって、人の目を盗《ぬす》んで紙漉きをやらかして、怪物に追われたにちがいありやせんよ。ご迷惑《めいわく》をおかけしました」

この話を聞くと、三人は互《たが》いに顔を見合わせた。キリフリタロウは、そんなばかな話があるはずはないと、なかば笑っているように見えた。月姫《つきひめ》はこんな恐ろしい場所から早く逃げだしたいといった表情を浮《う》かべていた。タケシは、紙漉きの親方がいうことをこの目で確かめてみたいという気持ちを正直に顔にだしていた。

「信じられないでしょうがね。でも、まことなんです。現に、うちの子どもがいま化け物に追われたじゃありませんか」

「でも、はっきりいって申しわけありませんが、そんなふしぎなことは、じっさい目の前で起きてみないと信じられませんが」とタケシがいうと、紙漉きの親方はしばらく考えこんでいた。やがて、きっぱりといった。

「よろしい。うそかまことか試していただきましょう。わしらも、いま起こっていることをほかの国のお方に知っていただきたい。いまこの国に何が起こっているか、紙漉《かみす》きの里に何が起こっているか知っていただきたい。そして、できることなら助けていただきたい」

「それには、どうすればいいんですか」

タケシがたずねると、男はいきなり簀《す》を張ったスキカタをもちだして、それをタケシに差しだしたが、思い直して、年長のキリフリタロウに押《お》しつけた。

「さあ、これでここにある漉き船に入れて、ゆっくりと漉いてみなさい」

キリフリタロウが面食《めんく》らっていると、

「いいんです。おいやならいいんです。これには危険がともないますからね。たぶん、とてもいやな気分になって、夜も眠《ねむ》れなくなりますからね。でも、わしとしては、お疑いならやってみなさいっていいたいんです」

「よろしい。わたしがやりましょう」

そういって、キリフリタロウはスキカタを手にもった。そして、恐《おそ》れることなく、それを漉き船にそっと浸《ひた》した。そして、静かに左右に動かしはじめた。その動きは、まるで紙漉きの熟練工のように堂にいっていた。タケシも月姫《つきひめ》も、そして親方も、固唾《かたず》を呑《の》んでスキカタをじっと見つめた。スキカタに薄《うす》い膜《まく》が張りはじめたが、その膜にはあちこち黒いまだらができていた。それをさらに左右に揺《ゆ》らしていると、まだらは何やらけもののような形になった。四本の足が支えている長くてしなやかなからだ、上に巻きあげているしっぽ、ぴんと立てている丸い耳のついた大きな鼻づらと牙《きば》のようなもの。それらの形が浮《う》きだしてくると、全身に縞《しま》がはいっているけものが見えてきた。はじめは白黒の縞だったが、それがだんだんと褐色《かっしょく》の縞になった。けものは顔を上げた。どう猛《もう》な瞳《ひとみ》が火のように燃えていた。

「虎《とら》だ！」

タケシが叫《さけ》ぶと同時に、虎はスキカタからとびだして、キリフリタロウに襲《おそ》いかかった。

「危ない！　逃《に》げろ！」

タケシが思わず叫び、腰《こし》から剣《けん》を抜《ぬ》いて、虎に突進《とっしん》した。しかし、いつのまにか虎はキリフリタロウのなかに吸いこまれたように、消えてしまった。キリフリタロウはと見ると、彼《かれ》は落ち着きはらっていた。

「恐れることはありません。すべてはまぼろしですから。どうです。こんどはあなたがやってみますか？」

いわれるまでもなかった。タケシは自分がやると何がでてくるかどうしても確かめてみたくなっていたのだ。そして、キリフリタロウから渡《わた》されたスキカタを両手にもった。しかし、手はぶるぶると震《ふる》えていた。全身にも震えが走り、心臓が早鐘《はやがね》のように鼓動《こどう》を打って破れそうになっているのがわかった。でも、好奇心《こうきしん》のほうがまさっていた。キリフリに負けまい。遅《おく》れをとるまいという気持ちのほうがまさっていた。そして、気持ちをしずめて、スキカタを静かに水面に沈《しず》め、左右に動かしながら、もちあげるようにした。しかし、手ばかり震《ふる》えて、簀《す》に膜《まく》のようなものが張る気配はなかった。

「もっと落ち着いてゆっくり動かして、そっともちあげるんですよ」

親方のことばが耳にはいったので、タケシは心をしずめて、腹に力を入れて、呼吸をととのえ、ゆっくりとスキカタを動かした。すると、簀に膜ができはじめた。黒いまだらがあちこちにできた。手を動かしながら、それが何の形になるか息をこらして見つめた。どうやら人の姿に見えてきた。人の横顔である。それも女の子である。顔にかかった髪《かみ》の毛《け》がくるりと巻いているようだ。見覚えのある髪型だ。つんと上を向いている鼻先も見覚えがある。マリーにちがいない。どう見てもマリーだ。マリーにちがいない。

「マリー！　マリー！」とタケシは、思わず叫《さけ》んだ。しかし、叫んだとたんに、女の子のプロフィルは黒い水に溶《と》けていった。「マリー！　マリー！」とタケシは、なおも叫びつづけ、漉《す》き船《ぶね》に目を注いでいたが、たちまち消えてしまった。

と思うと、こんどは影絵《かげえ》のようにはっきりした姿と動きが浮《う》かびあがった。男の子が一足の靴《くつ》らしきものをかかえこんで、木の茂《しげ》みらしきところにかくしている。つぎに、またも女の子の姿が現れ、顔を手でおおって泣いているようだった。それどころか、泣きじゃくっている声さえ聞こえていた。「わたしの靴がない」といって、女の子は泣いていた。それを見て、タケシは真っ青になった。

「これは僕《ぼく》だ。僕は、靴に小便をされたり、靴をかくされたりして、意地悪をされていたんで、腹いせにクラスの女の子の靴をかくしたことがあった。僕の意地悪がいまになって、目の前に見えるんだ。僕はなんて悪いことをしたんだ。僕は悪いやつだ。ひとにいじめられて、腹いせに弱い者いじめをするなんて、僕はとんでもない卑怯者《ひきょうもの》だ。その姿がいま目の前に見えるんだ。なんて恐《おそ》ろしい。僕には龍魔王《りゅうまおう》を退治する資格も力もない。僕は、弱い者いじめをする卑怯者なんだ」

タケシは体をぶるぶる震わせながら、その場面を見るまいとしたが、目をそらすことができなかった。そのうち、もっと恐ろしいことが起こった。靴をかかえた自分の姿がとてつもなく大きくなって、もやもやとした黒い巨大なかたまりになって、女の子を包みこんでしまった。

「わあ!」

とタケシは叫んで、倒《たお》れそうになった。そのとたん、その場面もたちまち溶けて消えてしまい、タケシが簀から手をはなしたので、どす黒い水面に簀だけがゆらゆらと浮いていた。タケシは恥《は》ずかしさでうなだれていた。

そのあいだにも漉き船がざわめいているのがわかった。水面がゆらめいていた。簀も勝手にゆらゆらと左右に揺《ゆ》れていた。そして、簀《す》に黒い長くて細い影《かげ》が現れた。すこしずつ太くなり、不気味にくねりはじめた。先が丸くなり、そこから二本の突起《とっき》が伸《の》びてきた。細長い帯から毛のようなものが無数に生えだした。

「ひゃー！」

タケシは、とびあがって、倒《たお》れた。太くなった黒い帯が水面からとびだし、タケシに襲《おそ》いかかったのだ。

「オオムカデだ！」

キリフリタロウが叫《さけ》んで、腰《こし》の剣《けん》を抜《ぬ》いて、オオムカデに斬《き》りつけた。すると、オオムカデはたちまち消《き》え失《う》せた。

「これも、前と同じようにオオムカデのまぼろしにすぎません。恐《おそ》れることはありません。あなたの胆力《たんりょく》を試しに現れたようなものです」

そういわれると、タケシは恥《は》じいって、顔を真っ赤にした。

「僕《ぼく》は恥ずかしくてなりません。僕は卑怯者《ひきょうもの》で臆病者《おくびょうもの》です。でも、僕は、マリーを探しにいかなければならない。龍魔王《りゅうまおう》の住処《すみか》にたどりつかなければなりません。僕はどうしても、マリーを探しだします。こんな僕でも、どうか助けてください」

「いいですとも。わたしはタケシさまの味方です。何があろうと、お助けします。ところで月姫《つきひめ》さま、あなたは、この漉《す》き船《ぶね》の妖怪《ようかい》をごらんになりますか。なーに、わたしがついていますから、恐れることはありません。どうですか、やってごらんになりますか？」

「もちろんです。わたしもやってみたくてしょうがないのです。わたしには、いったいどんな化け物が現れるか、試してみたくてしょうがありません。でも、わたしも臆病者ですから、いざというときには助けてくださいよ。タケシさんもお願いします」

そういって、月姫は交互《こうご》にふたりの顔を見た。タケシは、体を縮こめるようにしていたが、そう声をかけられると、気をとり直した。月姫にどんな災《わざわ》いが降りかかろうと、守らなければならないと覚悟《かくご》を決めた。そして、背筋を伸ばして、いった。

「大丈夫《だいじょうぶ》です。僕たちがついていますから、どんな怪物《かいぶつ》が現れようと、やっつけますから」

「心配しないで」といいながら、月姫はスキカタを両手にもち、静かにそれを左右に揺《ゆ》らせはじめた。タケシは固唾《かたず》を呑《の》んで簀を見つめていた。黒い水が簀にからまりはじめ、何やら低いうなり声まで聞こえるように思えた。みなしずまりかえっていた。これから起こることにそなえるように、緊張《きんちょう》していた。

「ウオー！」

とつぜん、低いうなり声が漉き船のなかから響《ひび》いてきた。そして、突如《とつじょ》黒い水が筒《つつ》のようにとびだしてきた。いや筒ではなかった。黒いうろこを輝《かがや》かせた胴体《どうたい》だった。先は二本の突起《とっき》がある長い頭となり、その頭はたちまち三つに割れて、三頭の龍《りゅう》となった。その頭がまた割れて、九頭の龍になった。そして、九頭の龍が月姫《つきひめ》に襲《おそ》いかかり、月姫に噛《か》みつこうとした。タケシは腰《こし》の剣《けん》を抜《ぬ》き、キリフリタロウは太刀《たち》を振《ふ》りかぶった。しかし月姫だけは、まるで根を生やしたように身じろぎもせずに立っていた。そして、叫《さけ》んだ。

「退散せよ、まぼろしの黒龍！　まぼろしでわたしを脅《おど》しても、わたしは恐《おそ》れません！　退散するがよい！」

すると驚《おどろ》いたことに、九頭の黒龍はするすると漉《す》き船《ぶね》のなかに引きこまれ、たちまち姿を消した。

「お見事！」キリフリタロウは拍手《はくしゅ》した。「しょせん、心のなかのまぼろしなのです。それを見破って退散させたのはお見事！」

タケシはといえば、うろたえて逃《に》げまわった自分を、ただただ恥《は》じていた。

「さあ、こんなところでうろうろしていてはなりません。先を急ぎましょう。龍魔王《りゅうまおう》は、わたしたちが迫《せま》っていることをとうのむかしに知っていて、迎《むか》え撃《う》つ策を講じていますから」

こういって、キリフリタロウはタケシたちをせかした。作業場のかたすみで震《ふる》えながら一部始終を見ていた紙漉きの親方は、ただぺこぺこ頭を下げて、三人を止めようともしなかった。

＊　　＊　　＊

紙漉きの里をあとにすると、一行の行く手を幾重《いくえ》にも険しくそびえる山がふさいだが、山腹に大きな穴がぽっかり口を開けていた。その穴からは、紙漉きの里に向かって、不気味な黒い濁流《だくりゅう》がぶくぶくと泡《あわ》を立てて流れでていた。それを見て、タケシも月姫も足がすくんだ。キリフリタロウは、その穴を指さして声をかけた。

「この穴を通《とお》り抜《ぬ》けないことには、先に進めませんぞ」

ふたりが濁流を眺《なが》めてためらっていると、「さあ、なかにはいりましょう」と、キリフリタロウがうながした。

「暗いので、松明《たいまつ》をつけましょう」

いつのまに用意していたのか、キリフリタロウは火打ち石をとりだして、松明に火をつけた。それをかざして、一行は暗い穴にはいった。川が流れているくらいだから、大きな洞窟《どうくつ》だった。しかし、岸壁《がんぺき》も地面も、まるで黒い濁流をかぶったように、あるいはすすを塗《ぬ》りつけたようにどす黒かった。そのなかを歩くと、三人が着ている服まで黒く染まるようだった。洞窟にはいると、キリフリタロウの顔が黒く光り、彼《かれ》の両眼だけが爛々《らんらん》と光っているように見えた。そのうちタケシには、その鋭《するど》い目の輝《かがや》きをどこかで見たように思えてきた。それがどこであったか、それが誰《だれ》であったか懸命《けんめい》に思いだそうとして、何度も何度も彼の顔を見つめていた。すると、彼がとつぜん高笑いをはじめた。

「わっはっは！　そろそろ気づいたか、蛇冠者《へびかんじゃ》めが！　わしは龍魔王《りゅうまおう》の命で、貴様らを待ち受けていたのさ。ここらで貴様らの影《かげ》をちょうだいしよう。覚悟《かくご》するがいい！」

そういうなり、彼《かれ》が手を振《ふ》り上《あ》げると、白い蜘蛛《くも》の巣《す》のような網《あみ》が洞窟《どうくつ》の天井《てんじょう》いっぱいに広がり、タケシと月姫《つきひめ》におおいかぶさった。そして、ふたりは網にからまれてしまった。

「貴様らをこの流れに放りこめば、貴様らは真っ黒に染まってただの影となってしまう。それをこの網でさらって、龍魔王に献呈《けんてい》すれば、貴様らはもう終わりだ」

無数の網の目は、蜘蛛の糸のようにねばねばタケシと月姫の体にまとわりついた。すると、ふたりの体は麻痺《まひ》してきた。手足を自由に動かすことができなくなった。相手を罵《ののし》ろうとしても、唇《くちびる》がしびれ、声ものどに引っかかってでてこない。月姫も、無念そうな目でタケシを見つめながら、もがいていた。

「甘《あま》かったんだ。だまされるなんて、お前はなんてだらしない。これで一巻の終わりだ。マリーを助けるどころか、敵にやられちゃった」

タケシの脳裏《のうり》には、またも、マリーの顔、お母さんの顔、ジョージの顔、叔父《おじ》の顔が、つぎつぎに浮《う》かんだ。すると、「負けてたまるものか」という意地がむくむくと湧《わ》いてきた。そのときだった。胴体《どうたい》のうろこがぴくぴくと動くのを感じた。そして、胴体のなかから声がした。

〈巻物を投げよ！〉

そのとたんに、しびれていたタケシの手が動いて、ふところに滑《すべ》りこみ、巻物をつかんだ。すると、タケシの体は軽くなった。手足も自由に動いた。タケシは巻物をつかんで、網に向けて投げた。網はたちまちしおれたようにへなへなになった。タケシは剣《けん》を抜《ぬ》き、網の目をずたずたに切った。

「うおー!」という吠《ほ》え声《ごえ》がした。キリフリタロウが凶暴《きょうぼう》な虎《とら》になって、牙《きば》をむきだして、タケシに襲《おそ》いかかってきたのだ。タケシが剣を振り上げると、巻物もたちまち帯のように伸《の》びて、虎に向かって飛んでいった。そして、巻物の軸《じく》が虎の頭を打った。虎は「ぐおー!」という叫《さけ》びをあげた。そのあとは、悔《くや》しそうなしゃがれた声がつづいた。

「覚えてろ! 今日は退散してやるわい! でも、わしらを見くびるんじゃないぞ!」

牙をむいたどう猛《もう》な虎の姿はかき消すように消えていた。松明《たいまつ》も消えて、あたりは闇《やみ》に包まれた。タケシは、リュックに懐中電灯《かいちゅうでんとう》があるのを思いだし、それをとりだした。そして、左手にそれをにぎり、右手でしっかりと月姫の手をにぎって、はあはあと苦しげな深い息をつきながら、月姫にいった。

「僕《ぼく》の力じゃない。巻物の力だ。巻物を投げろって蛇が教えてくれたんだ」

「いや、タケシさまのお力です。タケシさまは、蛇と一体です。タケシさまは蛇身《じゃしん》なのです。でも、ちょっと巻物をごらんなさい」

月姫《つきひめ》は、広がっている巻物を指さした。見ると、系図のあとに地図が描《えが》かれているではないか。ふたりは広がった巻物に近より、手にとって眺《なが》めた。

見れば見るほどふしぎな地図だった。白い巻物に描かれているのに、土地の凹凸《おうとつ》が浮《う》きだすように見え、さらに目をこらすと、洞窟《どうくつ》をでたところで草原が広がっている。そして、そのかなたには峨々《がが》たる山がそびえているのが見えたが、なぜかその山は靄《もや》におおわれ、山頂は赤々と輝《かがや》いていた。

「この山はなんでしょう」

月姫がいうと、タケシの頭に閃《ひらめ》くことがあった。

「わかった。この山は、僕《ぼく》が越《こ》えなければならない三つの山のひとつだ。そのさいしょの山だ」

「そうなら、早くここからでて、そこまでたどりつかなければならないわ。それには、この道を選べばいいんだわ」

そういって、月姫は洞窟のなかで道が二股《ふたまた》に分かれているところを指さした。黒い川に沿っている左の道をとると、どこまでも暗く、どこまでも深く、まるで地底におりていくようで、先が見えない。一方、右の方は穴の出口につながり、そこをでると、先には緑の草原が広がっている。

迷うことはなかった。その道をいけばいいのだ。しかし、草原の先はどうなっているのだろうか？　山に突《つ》き当《あ》たったらどうすればいいのだろうか？　その先は何も描かれていない。その先は地図が消えて、表装が布張りの白い和紙がつづいているだけだった。何かないかとタケシが巻物をひっくり返して布張りの裏地を眺《なが》めると、そこには、緑の山並みの上を雁《かり》が群れをつくって飛んでいる模様が見えた。それまでは、その模様をちゃんと眺めたことがなかったので、はじめてそのような模様があるのに気づいた。でも、この闇《やみ》のなかで明るい大空を自由に舞《ま》っている雁の群れを見ると、どんなにほっとすることか、自分も模様のなかの雁になったらどんなにいいことだろう。タケシのそんな気持ちを察したのか、月姫も模様を見て、タケシに声をかけた。

「これは地上の風景ね。タケシさまは早く地上に戻《もど》りたいでしょう」

「いや、とんでもないよ。いまは地上に戻れっこない。とにかくここからでなければ。地図に描かれているこの火の山が、きっと越えなければならない三つの山のひとつなんだと思う。そうだとすると、山のふもとまでいかなければならない」

こうして、ふたりは懐中電灯《かいちゅうでんとう》の光をたよりに洞窟の出口を目指した。

燃えあがる山

外はまぶしかった。草原には若草が萌《も》えていた。アザミやキクやユリのような花が、赤や、黄や、白の花びらをキラキラさせて咲《さ》き乱《みだ》れていた。草原のなかを大きく湾曲《わんきょく》しながら、一筋の川が流れていた。その水は澄《す》みきっていて、川底の小石やゆらゆら揺《ゆ》れる緑の水草がくっきりと見えた。

「ここは、龍魔王《りゅうまおう》に汚《よご》されていないんだろうか？　きれいだなあ。この眺《なが》めを見ると、疲《つか》れがとれるね。それになんてまぶしい光だ」

タケシは明るい声でいった。地下世界にきて、こんなに嬉《うれ》しくなったことはなかった。そして、月姫《つきひめ》をせかして、先を急いだ。のどが渇《かわ》くと清流の水をすくって飲み、おなかが空くと、川辺《かわべ》の果樹にみのっている果物《くだもの》や、栗《くり》に似た木の実の皮をむいて、食べた。そればかりか、先の旅にそなえて、果物や木の実を、タケシのリュックや月姫の革袋《かわぶくろ》につめた。水もタケシと月姫の竹筒《たけづつ》につめた。

さらに進むと、奇妙《きみょう》なことに、草花の種類が変化してきた。というより、だんだんと白っぽい花が一面に咲いている風景になってきた。茎《くき》には綿毛があり、葉の裏にも綿毛が厚く生え、花びらは白っぽくて、まるでうっすら雪がかぶったように見える。ウスユキソウに見えたが、タケシが覚えているウスユキソウよりはもっと白い。それが、原一面に咲いている。というより、草原をおおっている。そして、いつのまにか草原はまったくの白い花畑となってしまった。やがて、行く手に山がそびえているのが見えた。あれこそ目的の山にちがいない。

足を速めると、遠くに望んでいた山が見る見る近づいてきた。山には、絵図に描《えが》かれているように靄《もや》がかかっていた。そのうち、ふたりの顔に汗《あせ》がにじんできた。山から熱い風が吹《ふ》いてくるようになったのだ。タケシは全身汗びっしょりとなってきた。体が蒸《む》れそうになって我慢《がまん》できなくなった。タケシは鹿皮《しかがわ》の衣《ころも》を脱《ぬ》いだ。すると、熱風が直《じか》にあたり、タケシはとびあがった。

「鹿皮を脱がないで！　この鹿皮の衣は暑さにも強いのよ。霊力《れいりょく》のある鹿からとったので、皮衣《かわごろも》にも霊力があるの。だから、ずきんもかぶって」

「そうか、わかったよ。僕《ぼく》は鹿男に出会ったことがあるけど、鹿には霊力があるんだ。きっと、鹿男は僕らを守ってくれるだろう」

「霊力のある鹿は考える力もあるし、ことばも話せるっていうわ。龍魔王のいちばん手強《てごわ》い敵も鹿族だっていうわ。きっと、鹿族がわたしたちを守ってくれるわ」

「よーし、僕は火の山を越《こ》える自信がでてきた」

タケシは、鹿皮の紐《ひも》を衣の上からしっかりと結び、背中からずきんを上げて、それをすっぽりかぶった。そして、腰《こし》に吊《つる》してある剣《けん》をにぎりしめた。

＊　　＊　　＊

山のふもとにやっとたどりつくと、山からは熱い湯気《ゆげ》が吹きおろしていたので、いままでよりひどい汗がどっと吹きだした。暑さの正体はこの湯気のためだったこともわかった。しかも、山《やま》肌《はだ》は急傾斜《きゅうけいしゃ》のなめらかな黒い岩になっていて、それが湯気《ゆげ》で濡《ぬ》れていた。それは一本の木も生えていないはげ山だった。これでは、とうていのぼれそうもなかった。

試しに、タケシは手で岩に触《ふ》れてみた。岩はべっとりと水の層におおわれ、手はぬるぬるした岩肌の上を滑《すべ》るだけだった。岩をかかえてのぼろうとしたが、むだだった。月姫《つきひめ》も同じように岩に手をかけたが、つるつる滑るので、悲鳴をあげるだけだった。

「どこかのぼれる場所があるはずだわ。探してみましょう」

月姫のことばで、ふたりは山のふもとを歩きはじめた。しかし、どこまで歩いても、湯気で濡れた黒い岩肌が見えるだけだった。しばらくゆくと、滔々《とうとう》と水が流れる音が響《ひび》いてきた。

「川が流れているらしい」

ふたりは急ぎ足で水音の方に進んだ。すると、水音に近づくにつれて濃《こ》い湯気が立ちこめてきて、前方が見えないくらいだった。顔は汗《あせ》ではなくて、熱い湯気でべっとりしてきた。それに、湯気の立った風呂場《ふろば》にいるように、互《たが》いの顔もよく見えない。

「わかったわ。湯気とあの水音とは関係があるにちがいないわ」

「冷たい水ではなくて、熱湯《ねっとう》だな。それが川となって流れて、湯気と熱気をまき散らしているんだ。それを確かめてみよう」

ふたりの推測にまちがいはなかった。目の前に、もうもうと湯気を立てて川が流れていた。しかも、それは山から流れている渓流《けいりゅう》だった。

タケシたちは、渓流が流れてくる地形を湯気を透《す》かして調べてみた。すると、渓流の左側の岩が不規則な形でえぐれていて、あちこちに岩の突起《とっき》もあるのが見えた。そればかりか、渓流に沿って溝《みぞ》のようなものができていた。渓流が熱湯の川であるのを別とすれば、どこの山にも見られる渓流沿いの地形だった。

「ここをのぼろう。それしかない」

タケシは月姫をうながして、月姫の手をとってのぼりはじめた。しかし、それはどれほどつらい登山であったことか！　顔には熱い湯気が吹《ふ》きつける。足は滑る。やっと岩の突起に手をかけると、ぬるぬるしている。足や手を滑らして転びでもしたら、熱湯のなかに落ちてしまう。こんな山登りは聞いたことも、見たことも、読んだこともない。しかし、もうあともどりはできない。この山を越《こ》えるしかない。どんなに時間をかけても仕方がない。一歩一歩前進するだけだ。

タケシの決意が、にぎりしめている手を通して月姫にも伝わっているのは、たしかだった。月姫の覚悟《かくご》と意志も手を通して、タケシに伝わってきた。タケシには、お寺で見たことのある恐《おそ》ろしい地獄《じごく》の絵図が浮《う》かんできた。炎《ほのお》が燃えさかる炎熱地獄《えんねつじごく》で亡者《もうじゃ》たちが苦しんでいる情景だった。釜《かま》ゆでになっている亡者たちもいた。自分たちも炎熱地獄に投げこまれたのかと思った。しかし、そんなはずはないとすぐに否定した。自分は、マリーを救うためにいまここにいるのだ。

そのために進んでここにとびこんだのだ。これは、大きな目的をとげるためのひとつの段階だ。そう思いながら、タケシはのぼっていた。

といっても、のぼるということばはふさわしくなかった。なぜなら、岩の突起《とっき》にかける手が滑《すべ》らないよう、足が滑って転ばないようにと、超《ちょう》スローモーションの映画のようにじりじりと進むほかなかったからだ。こんなときに、キリフリタロウが襲《おそ》ってきたらどうしよう。きっとあいつは僕《ぼく》らを熱湯《ねっとう》の川に突《つ》き落《お》とすにちがいない。

そう思ったとたんに、タケシの手がぐいっと引っぱられた。そして、「ああ！」という悲鳴が聞こえた。後ろで月姫《つきひめ》が足を滑らせたのだ。月姫はひざをついて、片手で岩肌《いわはだ》をやっとのことでおさえていたが、それが精一杯《せいいっぱい》で、あとはずるずると滑り落ちるだけだった。それにつれて、岩にかけたタケシの手も滑りはじめていた。このままだとふたりとも落ちてしまう。タケシは腹に力をこめて、岩にかけた手に力を入れた。それでも手が滑り、あわやタケシも倒《たお》れそうになった。

そのときだった。タケシの手がたちまち縮んで、タケシの胴体《どうたい》は岩の先に引きよせられた。そして、その胴体が伸《の》びて、岩に巻きついた。タケシは無我夢中で月姫の手を引っぱり、月姫の体を起こした。

「忘れていた。僕の半身は蛇《へび》なんだ」

タケシは叫《さけ》んだ。タケシは何度も「僕は蛇なんだ」とくり返した。すると、ふしぎな力が体にみなぎってきた。体を自由自在にひねり、岩の突起に巻きつくことができた。こうして、ふたりは助かった。タケシは元気をふきかえした。そして、この難所を越《こ》えられるという自信が沸々《ふつふつ》と湧《わ》いてきた。

しばらくいくと、ふたりの前を大きな鳥がさっと近づいて、たちまち飛び去っていった。翼《つばさ》は蒸気のために濡《ぬ》れていたが、黄金色に輝《かがや》いていた。それに見とれていると、こんどはムササビのような黒いけものが岩を這《は》いまわっているのも見えた。

「驚《おどろ》いたね。こんなところに鳥やけものが住んでいるんだ。あの鳥はむかし話にでてくる金の鳥みたいだ。生き物っていうのは、どんなところでも住むことができて、うまく適応して生きてゆくものなんだね。光の届かない海底にも洞窟《どうくつ》にも、わずかな光を感じる目をもっていたり、触覚《しょっかく》だけで生きていける生物がいるって聞いたけど。こんな湯気《ゆげ》と熱気のなかに暮らしている生物がいるんだ！」

「それはそうよ。そもそも、わたしたちはこの世界に暮らしているけど、あなたは地上からおりてきたんでしょう。つまり、わたしたちの世界の上にもうひとつ世界があるっていうことね。わたしたちから見れば、頭の上にもうひとつふしぎな世界があって、そこで暮らせる人がいるのだから、ふしぎでしょうがない」

「僕だって、同じだよ。地下の世界がこうなっていたなんて想像もつかなかった。『地底旅行』

というとても面白い科学読み物を読んだことがあるけど、この地下世界はまったくちがうね」

「この世界はわたしたちの想像力がつくった別世界なのよ。でも、本当の世界なの。わたしたちの心から生まれた世界なの。すばらしい世界なの。それを龍魔王《りゅうまおう》がこわそうとしているんだから、恐《おそ》ろしいわ。龍魔王は夢を破壊《はかい》して、自分の思いどおりの国をつくろうとしているのかしら。それとも、自分のおなかにこの世界を呑《の》みこんでしまうつもりかしら」

煮《に》えたぎる川に落ちるという危険を逃《のが》れたふたりは、こんな会話をかわすこともできた。そして、すこし心も足も軽くなって、山頂目指してのぼっていった。といっても、見上げると、相変わらず白い蒸気が立ちこめ、それがうごめいて不気味な形に見えてくるので、巨大な怪物《かいぶつ》が待ち受けているように思えてならなかった。

＊　＊　＊

どのくらいのぼったことだろう。これでは天までのぼってしまうのではないか、というより突《つ》きぬけて地上の世界にでてしまうのではないかと思うほど高くのぼったころに、靄《もや》がしだいに薄《うす》くなってきた。そして、あたりが明るく輝《かがや》いてきた。風も吹《ふ》いてきた。といっても、相変わらずの熱風だった。しかしタケシには、頂上が近いのではないかという予感がした。

そのときだった。ひゅうひゅうと風を切るような音がした。その音はしだいにばさっばさっという空気を打つ大きな音になった。そして、巨大な鳥が近づいてくるのが見えた。それは先ほど

舞《ま》っていた黄金の鳥ではなかった。真っ黒な鳥だった。鳥はふたりのそばに低空飛行したかと思うと、月姫《つきひめ》をわしづかみにして、タケシの手からもぎとっていった。月姫は悲鳴すらあげなかった。あっというまの出来事だった。タケシはただあっけにとられていたが、すぐに「うおー！」という叫《さけ》びをあげて、月姫をさらっていった黒鳥が飛び去る方を睨《にら》んだ。

黒鳥は明るく輝《かがや》く方に舞い上がっていった。タケシは、そのあとを追うように渓流《けいりゅう》沿いに駆《か》けあがった。いつのまにかタケシは腹ばいになり、身をよじらせて、ものすごい速さですすると這《は》いあがっていた。そして、たちまち山頂にたっしていた。しかし、なんという山頂であろうか。赤々と炎《ほのお》が燃えあがっていた。山頂が炎に包まれていた。熱湯《ねっとう》の渓流はその燃えあがる山頂から流れでているのだ。その燃えあがる山頂に近づくことなどできるはずはなかった。

「わっはっは！　どうだ、思い知ったか、蛇冠者《へびかんじゃ》めが！　お前は焼け死ぬだけだ。影《かげ》よりも黒い黒こげの死体になって、やがて灰になってしまう。いい気味だ！」

炎のなかから、恐《おそ》ろしい声がした。そして、炎を通して、人の顔をした巨大な黒鳥が曲がった大きな爪《つめ》で月姫の体を引っつかみ、翼《つばさ》を広げているのが見えた。その顔には見覚えがあった。

「お前はキリフリタロウだな！　こんどは鳥の化け物になって現れたか！　月姫をさらったのはお前だな！」

「龍魔王《りゅうまおう》にさしあげるすばらしいお土産《みやげ》ができた。姫はもうこちらのものだ。うわっはっは！」

高笑いが響《ひび》いて、炎のなかから黒鳥の姿は消えた。

こうなると、タケシは炎にとびこんで、月姫をとりもどすほかなかった。しかし、どうして炎のなかをくぐりぬけることができるだろうか。そうでなくとも、タケシの体は燃えあがるように熱くなっていた。それでも、タケシは炎に近づいた。顔に熱気があたり、思わず顔をそむけた。岩に腹ばいになると、岩はまるで燃えあがっている石炭のように熱かった。タケシはひるんで、動きを止めた。というより、機械的にあとずさりをした。そのときだった。声がした。

「お前はしりごみをするのか！　お前はいま、進むか戻《もど》るか、望みをもちつづけるか捨てるのか、自分に勝つか負けるのか、分かれ道にいるのだぞ」

聞いたことのある声だった。タケシは声のする方を見た。すると、炎を背にして、岩の上に枝のある角《つの》を生やした動物が立っていた。タケシが見ると、動物はたちまち二本足で立ち、その顔はひげの生えた老人の顔となった。まぎれもなかった。地下世界に滑《すべ》り落《お》ちたときに、出会った鹿男《しかおとこ》だった。しかし、その顔はきびしく、茶色の瞳《ひとみ》は鋭《するど》く光っていた。

「いいかな。どんな災《わざわ》いも災いと思えば災いとなる、試練と思えば試練となる。どんな障害も障害と思えば障害となる。試練とも思えば試練となる。試練をのりこえると、道が開けてくる。そこが分かれ道だ。わたしたちはお前に賭《か》けているが、お前がここで退《しりぞ》いてしまえば、終わりだ。わたしたちも、この地下世界も、地上世界も、すべてが終わりだ。いいかな。お前は地獄《じごく》をひとつ越《こ》えてきた。そのあげく、こんどは目の前には炎《ほのお》が燃えさかっている。自分が燃えてもいいと思ったら、この炎のなかを進むがいい。お前も燃えあがるかもしれない。でも、お前は人を助けるために燃えあがるのだ。それが定めと思ったら突《つ》っこめばいいのだ」

そういうと、鹿男《しかおとこ》の姿はかき消すように消えた。しかし、そのことばはタケシを打ちのめした。タケシは呆然《ぼうぜん》と立ちつくしていた。はじめは恥《は》ずかしさでかっとしていたが、それを押《お》しのけるように不屈《ふくつ》の意志が湧《わ》き起《お》こってきた。そして、それが炎のように燃えあがった。というより、炎となって燃えあがる自分の姿が見えるようだった。

「僕《ぼく》も火の玉なんだ。火の玉なら火のなかにはいっても、熱くなんかない。いっしょに燃えあがればいいんだ。ここを通《とお》り抜《ぬ》けなければ先に進めないというのなら、そうでなければマリーを救えないというのなら、月姫《つきひめ》を救えないというのなら、龍魔王《りゅうまおう》を退治できないというのなら、とびこむほかない！　きっと神さまが助けてくださる！　進むんだ」

タケシは鹿皮のずきんをかぶりなおして、またのぼりはじめた。ふしぎなことに、もう熱さを感じなかった。ごうごうというふいごのような炎が立てる音も聞こえなくなった。あたりはしずまりかえり、炎の動きは凍《こお》りついたように止まった。タケシの体も氷のように冷たくなった。タケシは落ち着きはらって、炎のなかにはいった。まわりは一面に赤く燃えているので、赤い壁《かべ》がつづく階段をのぼっているようだった。というのも、足もとには燃えあがる階段がどこまでもつづいていたからだ。その階段は真っ赤に焼け、段のふちからは炎が噴《ふ》きでていた。そこを踏《ふ》んでのぼることなどとうていできそうもなかった。しかし、タケシはのぼっていった。ふしぎなことに足が焼けることはなかった。そして、どのくらいのぼったことだろう。階段の踊《おど》り場《ば》のようなところにでた。

「これで階段は終わりだ。すると、ここが山頂なんだ」

そう思うと、とつぜんタケシの体も炎に包まれた。というより、タケシの頭や肩《かた》や背中が炎に包まれ、体のいたるところからめらめらと炎が噴きだし、両手を上げると両手も松明《たいまつ》のように燃えていた。まるで、全身が炎の輪にかこまれているようになった。自分の体が業火《ごうか》に包まれ、燃えあがったと思った。「熱い」という声もでなかった。焼きごてが全身にあてられたように、頭の先から足の先まで焼けただれたように感じ、ことばもでなかった。もうだめだ。ここで自分は焼け死ぬのだと思った。そのとき、腹のなかから声がした。

〈弱虫め！　お前はもう並の人間ではない。お前はわたしだ。お前は蛇《へび》になって、千年近くも生きのびてきたわたしだ。わしがお前だ。お前は人蛇だ。ただのタケシではなくて三郎蛇《さぶろうへび》でもある。戦いはこれからだぞ〉

「僕は焼け死んじゃうんじゃない？」

〈ばかめ！　疑うな！　疑ったとたんにお前の体は灰になってしまう。疑うな！　へばるな！

腹にぐっと力を入れるんだ。息を止めるんだ！　耐《た》えるんだ！　体と炎《ほのお》のあいだに壁《かべ》があると信じるんだ！　そうだ、燃えない壁ができただろう。さあ、ここでがんばらなければ、お前の体は白い灰と骨になってしまうぞ。そうなると、わしも灰になってしまう。わたしの力を貸すこともできなくなる。いいか、自分を信ずるんだ！〉

するとタケシの体の奥《おく》から熱いものが湧《わ》きあがってきた。それは、ものを燃やす熱ではなかった。心を燃えあがらせる炎だった。どんな障害にも立ち向かえる熱い意志であり、熱い情熱だった。われとわが身から突《つ》きあげるこの熱いものに圧倒《あっとう》されて、タケシは声をあげて倒《たお》れてしまい、気を失った。

どのくらいたったことだろう。タケシは目を開けていた。見ると、あたりに燃えさかる炎は消え、タケシの体からも炎の輪が消えていた。しかし、まわりには何が見えたであろう。身の毛もよだつような眺《なが》めだった。一面に白い灰におおわれ、あちこちに骨が転がっている。馬のように鼻づらの長い動物の頭のような骨、左右に肋骨《ろっこつ》を並べた脊椎《せきつい》のような骨、脚《あし》のような骨、そして歯をむきだした頭蓋骨《ずがいこつ》はどう見ても人の頭のようにしか見えない。ぞっとするような光景だった。まるで、巨大な焼き場のかまどのなかをのぞいているようだった。

タケシは震《ふる》えあがった。こんどは体中《からだじゅう》を冷《ひ》や汗《あせ》が流れた。倒れそうになった。月姫《つきひめ》のことを思ったからだ。よもや、怪鳥《けちょう》にさらわれた月姫が山頂で炎のなかに落とされて、黒こげになっているのではないだろうか？　それどころか白骨になっているのではないだろうか？　タケシは恐《おそ》る恐るあたりを見回した。ここに月姫がいるかどうかわからない。しかし、なんという光景だろう。ここで燃えあがった動物や人間は龍魔王《りゅうまおう》の領界にいくためにこの山をのぼったのではないだろうか？　少なくとも自分はそうだ。でも、なぜ自分だけ助かったのだろう。タケシは自分の体を見回した。自分の体は焼けなかった。灰にも骨にもならなかった。タケシは助かった自分を許すことができなかった。そして、すすり泣きをし、涙《なみだ》をとめどなく流した。

さいごにたどりついた考えは、これは龍魔王と戦えという神さまの意志にちがいないという理由だった。それが腹のなかの蛇《へび》にのりうつって、自分に山の火よりも強い見えない炎をあたえてくれたのだ。

＊　＊　＊

タケシはすっくと立ち上がって、山頂をおりはじめた。すると蒸気は霽《は》れ渡《わた》ってきて、目の前にはなだらかな斜面《しゃめん》が広がっていた。やがてまわりに白い光が満ちあふれてきて、タケシもまぶしい白光《びゃっこう》に包まれていた。下り道で相変わらず岩だらけだったが、ふもとの方には緑が見え、振《ふ》り向《む》いて見上げると、山頂の炎すら望めた。

そのときだった。一羽の黒い鳥が岩陰《いわかげ》から舞《ま》い上《あ》がった。月姫をさらった鳥にちがいない。タケシは、腰《こし》から短剣《たんけん》を抜《ぬ》いて、黒鳥に向かって力いっぱい投げた。狙《ねら》いたがわず、短剣は黒鳥の羽の根元を刺《さ》した。黒鳥はくるくると回転して、落下していった。タケシは、黒鳥が舞《ま》い上《あ》がったあたりに駆《か》けおりた。そして、岩陰《いわかげ》を探した。しばらく夢中になって探しまわると、洞窟《どうくつ》が目にはいった。

勘《かん》が働いてなかにはいると、月姫《つきひめ》が気を失って倒《たお》れているのが見えるではないか。駆けよって、名前を大声で呼んで抱《だ》きおこそうとすると、その叫《さけ》びで目を開けた。ところがそのとたん、姫はなんと血まみれになっているタケシの剣《けん》を手にして、身構えた。とっさにタケシは、姫は裏切って僕《ぼく》を殺そうとしているのかと思い、こちらも身構えて、剣の攻撃《こうげき》をかわそうとした。しかし、そうではなかった。姫の目は血走り、肩《かた》を動かして苦しそうに大きな息をしながら、とぎれとぎれにいった。

「飛んでいってしまったわ、あいつは。わたしを龍魔王《りゅうまおう》のところに連れていこうとしたんだわ。でも、タケシさんの短剣で胸を刺されて、ここに舞いおりたときは虫の息になっていた。わたしは、あいつを短剣でやっつけようとして、これを引《ひ》き抜《ぬ》いたの。すると、あいつはぎゃーと叫んで、お礼をいってたわ。『ありがたい！　おかげで助かった！　わしは傷を治してからでなおすから、ここで待ってるがいい。お前の連れは、いまごろ山の火でまるこげになっている。いい気味だ！　命が惜《お》しかったらここで待ってろ！　穴からでたらひねりつぶしてやるからな。貴様らはもう終わりなんだ。これからは龍魔王の世界がくるんだ』。こういってあいつは、ふらふらした飛び方でここから逃《に》げていったの。でも、あいつがまた戻《もど》ってきたと思ったから剣を構えたの」

そういうと、姫は剣をタケシに返した。

「よかった、よかった！　きみが助かってよかった。きみはすごいよ。きみのおかげでこの剣が戻ったんだ。もう大丈夫《だいじょうぶ》！　僕は炎《ほのお》の山を越《こ》えたんだ。ふしぎなことに、僕の体は焼けなかった。誰《だれ》かが僕を守ってくれたんだ。そればかりじゃない。あの鳥の化け物のおかげで、きみも山を越えてしまった。目に見えない大きな手が働いたとしか思えない。さあ、すこし休んでから、あいつがまたここに戻ってくる前に、この山をおりよう」

タケシはそこで、月姫に、どうして炎の山頂を越えたか話した。しかし、あらためて話すと、じっさいに自分の身に起こったことがどうしても信じられなかった。すると、月姫はいった。

「この地下の世界では何が起こってもふしぎではないわ。これからも、どんなことが起こるかわからない。でも、恐《おそ》れることはないわ。タケシさんは、火の山を越えてきっと不死身の身になったんですから」

こう語り合うと、ふたりは洞窟からでて、山をおりていった。

迷い森

タケシたちは、早く炎《ほのお》の山からおりようと思い、山腹を転がるように駆《か》けおりると、山麓《さんろく》には黒々とした森林が、切れ目なくつづいていた。先に進むには、あの大森林地帯を横断しなければならない、それにはどれだけの日数がかかるだろうか？　そう思いながらやっとのことでふもとまでおりると、目の前には、森が黒い壁《かべ》のように左右に広がって、行く手をふさいでいた。それを見て、ふたりの足は止まってしまった。

「この森を突《つ》っ切《き》るほかないわ」

「そのとおりだ。まず、森にはいってみよう」

暗くて陰気《いんき》な森だった。ブナのような落葉樹の巨木がそびえる森で、タケシにはそれがまるで生まれ故郷の裏山のつづきのように思えたが、風はあくまでも冷たく、煙《けむり》のように黒い色に染まった空気の流れが走っているように見えた。木々の梢《こずえ》がゆらゆらと揺《ゆ》れていた。前を見ても、左を見ても、西を見ても、森また森だった。そびえる木はどれも巨木だったが、なかには朽《く》ちて倒《たお》れている木があったり、根元に空洞《くうどう》ができている木があったりで、なんとも荒《あ》れ果《は》てた風景だった。前方を見渡《みわた》そうとしても、森がつきる先は霧《きり》に包まれている。聞こえるのは、森を渡る風の音だけだった。ザワザワという枝や葉むらのざわめきに、ヒュウヒュウと鳴る風の音がまじり、冷たい風が腹のなかを通《とお》り抜《ぬ》けた。

燃える山の酷熱《こくねつ》の世界を先ほど越《こ》えてきたばかりだが、それは遠いむかしのように、あるいは夢のように思われた。

「寒くなったね」

「木の枝が震《ふる》えたり、風が鳴ったりで、気味が悪いわ」

まことに寒々として、不気味だった。ひとりだけだったら、タケシも月姫《つきひめ》もとうてい我慢《がまん》できなかったろう。そもそも、道があるのかないのかも見当がつかない。シダやクマザサのような丈《たけ》の高い草が茂《しげ》り、大きな岩もあちこちに転がっている。しかし、道がついていないので、落ち葉がクッションのように積もっている地面を歩いているだけだった。これでは方向も定まらず、迷子《まいご》になってしまうだろう。

どのくらい歩いただろうか。せせらぎの音が聞こえてきた。しかし、せせらぎは、楽しげに歌うというよりは、か細くてさびしげだった。まるで嘆《なげ》き悲しんでいるような水音だった。それでも水は透《す》き通《とお》り、水晶《すいしょう》のような光を放っていたので、思わず岸辺に駆《か》けよって、手ですくい、のどに流しこむと、冷たくてさわやかだった。そして、いままでの疲《つか》れがうそのように消え去ったが、眠気《ねむけ》がにわかに襲《おそ》ってきた。

「疲《つか》れたね？　このへんで休もうよ」

　タケシのことばで、ふたりは休む場所を探した。そのうち、ぽっかり幹に大きな洞《ほら》があいている巨木が目にはいった。目配《めくば》せをしてその洞にはいりこむと、ふたりが寝《ね》るだけの広さがあった。いつのまにかふたりの体は横に倒《たお》れ、たちまち深い眠《ねむ》りに落ちた。

＊　＊　＊

「助けてください。お願いです。このままじゃ死んでしまいます。命をとりもどしてください」

　苦しそうなしわがれ声が頭の上の方から聞こえてきたような気がした。タケシは体を起こして、洞の上を見上げた。すると、ぼろぼろになった朽《く》ち木《き》の丸天井《まるてんじょう》が揺《ゆ》れて、ぱらぱらと木くずが落ちてきた。

「そうだ、木の洞を見つけて休んだんだっけ。月姫《つきひめ》も寝ているのかな」

「やっと目を覚ましたのね」

「なーんだ、もう起きていたの」

　ふたりは綿のように疲れていたので、深い眠りに落ちたっきり、どのくらいの時間寝たかわからなかった。地底の世界にきてから、タケシは時間の感覚をなくしていた。一日の時間も地上と同じように感じることがなかった。そもそも太陽が見えなかった。月姫という名の少女がいても、天空というものがないので、空に月も星も見たことはなかった。それでも、あたりはいつも光に満たされていた。夢と同じ世界だった。夢では太陽がなくても、ものがはっきり見えたり、いつのまにか暗い夜になったりすることを、夢をよく見るタケシは知っていたのだ。

そこでタケシは、いまは昼であるのか夜であるのか確かめようと思わなかった。暗いのは、ここは暗い森のなかで、しかも大木の洞のなかにいるからだとしか思わなかった。

「何か声が聞こえてこなかった?」

「さあ、わたしはまだ目が覚めきっていないの。ぼーっとなっていて、あなたの声しか聞こえないわ。何か聞こえてきたの」

「いいや、僕《ぼく》も目が覚めきっていないらしい。錯覚《さっかく》だよ。でも、とにかくよかった。やっと山をひとつ越《こ》えられ、疲れもとれた。でもまだまだ先がある。早くマリーを救いださなければ。休んでばかりいられないよ。そうだ、また巻物を開いて、森からでる道を探してみようじゃないか」

ふたりは外にでて、木くずや枯《か》れた木の枝を集めて火を燃やし、体を暖めながら、巻物を開いた。ふしぎなことに炎《ほのお》の山がいつのまにか巻物から消えて、ただ黒々とした森ばかりが広がり、そのはるかかなたに白く光る山脈がそびえていた。目指すべきはその山にちがいない。

しかし、巻物の森を見ているうち、森の木々のざわめきが巻物から不気味に聞こえてきて、冷たい風さえ巻物のなかから吹《ふ》きあげてきて、いままでの森の風も巻物から吹きだす風のように感じられたほどだった。そのうち、巻物のなかの森とまわりの本物の森との見分けがつかなくなり、自分たちがいま巻物の森のなかに吸いこまれているような錯覚《さっかく》になってきた。

「変な気分だね。絵のなかの森に吸いこまれているように感じるなんて。怖《こわ》いから、これは巻いておこう」

そういって、タケシは巻物をくるくると巻いて、ふところにしまいこんだ。

「とにかく、森を抜《ぬ》けよう」

タケシはこういって、先に立って歩きはじめた。木の洞《ほら》をでたところから、窪《くぼ》みが道のようにのびていた。荷車のわだちこそなかったが、えぐれたような窪みがつづいていた。

「どう見てもこれは道だな」

「そうね。けもの道にしては幅《はば》があるわ。土を掘《ほ》って踏《ふ》みかためないと、こんな窪みにはならないでしょう。誰《だれ》かが道をつけたっていう感じだわ」

「よーし、この窪みをたどっていこう。なにものかが通っている道なら、森からでられるはずだ」

ふたりは窪みの真んなかを進んでいった。しかし、その道はまっすぐではなく大きく曲がっていた。しばらくいくと、道は二筋に分かれていた。

「困ったね。どちらにいけばいいのかな」

タケシはそういって、二本の道筋の先の方を探《さぐ》るように見つめたが、どちらも同じような眺《なが》めだった。窪みに落ち葉が積もり、先の方が湾曲《わんきょく》し、道に沿って両側にはそびえ立つ巨木が高い壁《かべ》のように立ちならんでいた。

「どうしよう。まちがった道を歩くとあとがやばいね」

「わたしたちはこんなとき、背中越《せなかご》しに履物《はきもの》を投げて決めるわ」

「僕《ぼく》たちも似たようなことをやったよ。でも、どちらがやるの？」

「それはタケシさんよ」

「よーし」

タケシは十歩ほど下がって、後ろ向きになって、片方の靴《くつ》を脱《ぬ》ぐと、目をつぶって、それを二股道《ふたまたみち》に向かって投げた。靴は左寄りに飛んでいった。ふたりは顔を見合わせ、左の窪み道にはいっていった。ところがまもなく、窪み道はまた二筋に分かれた。

「また分かれ道だ。こんどはきみがやれよ」

タケシは靴投げを月姫《つきひめ》に押《お》しつけた。月姫が投げると靴は右寄りになった。その窪み道に進みながら、タケシがいった。

「また分かれ道になるんじゃないかな。すこしおかしいと思わないか？」

「いってみないとわからないわ。とにかく歩きましょう」

タケシの予想どおり、また窪み道は分かれていた。

「これでは、迷うばかりだ。僕たちは迷路にはいりこんだんじゃないかな。うっかりすると、永久にでられないかもしれない。迷路からでる方法を考えなければ、森からもでられないぞ」

「どうすればいいの？」

「でたらめに右や左にいってはだめだ。迷路から抜《ぬ》けるには片側の壁《かべ》だけに沿っていったらいいとか、目印をつけながら進むといいと本で読んだことがあるけど、どうかな？　両方やってみようよ」

「わかったわ。では二股《ふたまた》があるたびに右の道にはいって、並んでいる木を壁だと思ってそれに沿って進みましょう」

「僕《ぼく》は、分かれ道にはいったら、すぐそばの木の幹をかならず蔓《つる》で縛《しば》りつけておこう」

こうして、タケシはリュックからナイフをとりだし、あちこちの木にからみついている蔓をはぎとって、それをたくさん集めてから出発した。

＊　＊　＊

行けども行けども、二股道はつぎつぎと目の前に現れた。そのたびに右の道を選んだ。そう決めたのだから迷うことはなかったが、分かれ道の連続ばかりなのでうんざりしてきた。何時間歩いたか、何日歩いたか、もうわからない。それに、どの方向に進んでいるのかもわからない。森からでられる保証もない。タケシはめまいを覚えてきた。蔓がなくなると、道の外にでて蔓を集めては、つぎつぎと木の幹を縛りつけるくり返しで、手もこわばってきて、力がはいらなくなった。それに、木の幹を縛るたびに老木が悲鳴をあげているように聞こえてならなかった。こんなことをくり返していたら、森が怒《いか》りだすんじゃないかと心配になってきた。しかし、もっと信じられないことが起こった。右に曲がって、すこし歩いて、木に印をつけようとしたら、その木にはもう蔓が巻きつけられているではないか。しかも、もともとからみついた蔓なんかではなく、どう見ても、自分が巻きつけた蔓にちがいなかった。とすると、ひとまわりして、もとの場所に戻《もど》ってきたことになる。月姫《つきひめ》を呼んで、ふたりで調べたが、月姫も同じように考えた。

「右に曲がりつづけていたんだから、出口があれば外にでられるはずだ。同じところに戻ってきたっていうのは、この道は循環《じゅんかん》するようになっているだけじゃないか」

「すると、昨日の夜泊まった木の洞《ほら》も近くにあるはずだわ」

玉探し

ふたりは、窪《くぼ》み道《みち》から外にでて、洞からの道筋を思いだして、たどっていった。すると、見覚えのある巨木が現れ、そこにはまぎれもなくふたりで休んだ洞があった。

「いいかい。僕らは右へ右へと道を選んできた。すると、しまいには森の右側のいちばん外の道にでて、それをたどってきたことになる。あげくの果てに、もとの場所にでたというのは、この迷路は出口なしで、森のなかにはりめぐらされているだけの迷路じゃないか。そこを僕《ぼく》たちは歩いてきたんじゃないか」

「でも、おかげでそのことがわかったんですから、これからどうすればいいか考えましょう」

「窪《くぼ》みをたどることはやめて、ほかの手段をとろう」

「窪みから外にでるのね」

「そうだ。まず道の左側にでて、道にたよらずに歩いていこう」

ふたりは窪みから外にでて、落ち葉のあいだを歩きはじめた。しばらくいくと、月姫《つきひめ》が声をあげた。

「あら、あれはなんでしょう」

月姫が、落ち葉の上から何かを拾いあげた。

「何！　この光っている玉は？　何か文字も書いてあるわ」

月姫はタケシに黄色く光った玉を渡《わた》した。直径一センチほどの黄色く輝《かがや》いた玉だったが、小さな文字が見えると聞いて、タケシの心臓が破れんばかりに激しく鼓動《こどう》を打った。文字が刻まれている玉には、見覚えがあったからである。震《ふる》える手で玉をつまんで、文字を読んだ。

「タンっていう文字じゃない？」

月姫も目を近づけた。

「そう、むずかしい字だけれど、さんずいにつくりが甚だから、水を湛《たた》えるといったときに使う(湛《たん》)という字だわ」

「漢字にくわしいね。でも、それよりちょっとふしぎなんだ。僕の家に伝わっていた大きな数珠《じゅず》の玉も黄色い水晶《すいしょう》の玉で、文字が刻まれていた。お父さんが亡《な》くなって遺品を整理していたときにでてきたので、母がそれをマリーに預けたんだ。身につける飾《かざ》りものだから、大きくなったら役に立つかもしれないっていってね。数珠の玉には、どれにも字が刻んであった。僕はよく見ていなかったけれど、どうもそれにそっくりなんだ。それにごらんよ。玉には細い紐《ひも》を通せるような穴も空いている。数珠玉だった証拠《しょうこ》じゃないかな。でも、そうだとしたらどうして、こんなところにあるのかな。それとも、同じようなものが転がっていたのかな」

「妹さんが家からもちだしたんじゃない？」

このことばはタケシがいちばん聞きたくないことだったが、またいちばん知りたいことだった。しかし、そうだとしたら、どうして数珠の玉がひとつだけ落ちてしまったのだろう。マリーの身に何か起こったのではないか。タケシの心臓はいっそう激しく鼓動を打ち、体が震えてきた。

「妹さんのものだったら、手がかりになるんじゃない。ほかの玉も落ちているかもしれないわ。そうすれば、妹さんの足どりがわかるわ」

それを聞いて、タケシはすこし冷静になってきた。

「とにかく歩いてみよう。マリーのものだとしたら、マリーのあとを僕《ぼく》らが追っていることになるし。地面を調べながら歩いていこう」

＊　＊　＊

玉がもうひとつ見つかれば、それがマリーのものかどうかがわかるだけではない。マリーの足どりもわかるし、この森をでる道筋もわかるだろう。こうしてふたりは、洞《ほら》のある木から探索《たんさく》の範囲《はんい》を扇形《おうぎ》の末広がりにして、目を皿のようにして地面を見つめながら、歩きはじめた。しかし、いたるところで窪《くぼ》みの道にぶつかった。でも、もうそのなかにはいりこまなかった。窪み道はかならず突《つ》っ切《き》ることにして、そこを横切って進んだ。でも、落ち葉が積もったこの深い森で、どうして小さな玉が見つかるだろうか？

しかし、奇跡《きせき》が起こった。またしても月姫《つきひめ》が玉を見つけだした。月姫が扇形の外側に目をやると、落ち葉のあいだから妙《みょう》に土が盛りあがっているのに気づいた。そのてっぺんがぴかりと光ったからである。急いで近よってみると、そこには同じような黄色い玉があった。拾いあげて透《す》かしてみると、文字が刻まれていた。月姫の声でタケシも駆《か》けより、ふたりで文字を読んだ。

「〈賞〉っていう字だね」

「さっきの玉とほとんど同じ大きさで、黄色い水晶《すいしょう》みたいで、穴も空いているから。さっきの玉べてみた。

とくらべてみて」

タケシは鹿皮《しかがわ》の衣《ころも》についている物入れにしまいこんであった玉をとりだして、二つの玉をくらべてみた。

「文字がちがうだけで、大きさも玉の色も同じだ」

「まちがいないわ。数珠玉《じゅずだま》の仲間よ」

「ほかの玉もでてきそうだ。もっと探そう」

ふたりの探索《たんさく》に勢いがついた。もうふたりは扇状に探索しなかった。二つの玉を結ぶ線の先にふたりは進んで、その左右を見渡《みわた》していった。玉はわざと置かれたかわざと落とされたかであるとしたら、玉の主が歩いた方向にあるはずだからだ。ふたりの目はそれこそ玉のようにまん丸に大きく見開かれ、動物のように爛々《らんらん》と輝《かがや》いてきた。しかし、数十メートルという二つの玉の間隔《かんかく》と同じくらい先を歩いても、見つからなかった。そこでこんどは、また扇形に戻《もど》って、百八十度の広がりの範囲で、半円を広げながら探索していった。すると、腐《くさ》った木の株の上に、タケシがまたも黄色い玉を見つけた。文字を調べると、〈微《び》〉という文字が刻まれていた。またしても文字がちがうので、こんどは文字の意味が気になってきた。ところが月姫が妙なことをいった。

「文字の意味が何かわかってきたわ。つぎの文字が見つかれば、はっきりしそうよ」

謎《なぞ》のような月姫のことばを、タケシはあえて追求しようとしなかった。謎を解くためにも、つぎの玉を見つけることのほうが大事だと思ったのだ。そして、同じように半円を描《えが》いて探しはじめたが、四つ目はなかなか見つからなかった。これは玉がもうないからではなく、玉のあいだの間隔《かんかく》がだんだん大きくなっているからにちがいないと思ったので、ふたりは失望しなかった。

「あった、あったわ。こんどは盛り土の上だわ」

月姫《つきひめ》が盛り土の上から黄色い玉をつまみあげた。月姫は、玉の文字を見ないでいった。

「こんどの文字が〈降〉という文字だったら、文字の意味が解けるわ。タケシさん、文字を確かめて」

そういって、月姫は玉をタケシに渡《わた》した。すると、まちがいなく玉には〈降〉という文字が刻まれていたので、タケシは驚《おどろ》いた。

「どういう意味？　なぜきみにわかるの？」

「この地底の世界に関係した文字だからよ。〈湛《たん》〉〈賞〉〈微《び》〉とつづいたときに、あなたのご先祖の三郎《さぶろう》さまがめぐった国の名前に関係しているのじゃないかと思ったの。もしそうなら、順序としてはこんどは〈降〉のはずだと推測したけど、自信がなかったから、この玉がでてくるのを待っていたの」

「思いだした。きみとはじめて会ったときに、香月《こうげつ》三郎がたどった国の名をあげてくれたね。そのなかに……」

「思いだしてくれた！　そうなの、三郎さまがさいごにたどりついた国は、わたしの国の〈ユイマン国〉だけれど、漢字では〈維縵《ゆいまん》〉って、意味がわからないむずかしい漢字を書くの」。こういって、月姫はふところから筆と鹿皮《しかがわ》の端《は》切《ぎ》れをとりだして、〈好湛《こうたん》〉〈好賞《こうしょう》〉〈草微《そうび》〉〈雪降《せっこう》〉〈草留《そうる》〉〈自在《じざい》〉〈蛇飽《じゃほう》〉〈道樹《どうじゅ》〉〈好樹《こうじゅ》〉〈陶倍《とうばい》〉〈半樹《はんじゅ》〉〈維縵〉という文字を書いて見せた。

「三郎さまが遍歴《へんれき》した国は〈好湛〉からはじまって、さいごは〈維縵〉になるけど、その国名の二番目の文字は〈湛〉、そのあとは、〈賞〉、〈微〉、〈降〉、〈留〉、〈在〉という順序でつづくわ。つまり、三郎さまがたどった国の文字よ。その四番目の文字の〈降〉を玉に刻んだのではないかな。玉のなかを透《す》かしてみたら」

そういって月姫は、自分でも水晶玉《すいしょうだま》のなかをのぞいてから、玉をタケシに渡した。タケシが玉のなかをのぞいて見ると、冬山の風景が広がっているのが見えたかと思うと、タケシはあっというまに玉のなかに吸いこまれてしまった。

タケシは、一面冬景色の山道を歩いていた。雪は激しく吹雪《ふぶ》いて、目を開けて歩くことすらできなかった。おりしも山道に三人のきこりが現れたので、きこりたちに案内してもらって村里にでた。家の数は三千軒《さんぜんけん》もあろうかという大きな里だった。そのなかでひときわ立派な構えの屋敷《やしき》の前でタケシは立ち止まった。というより、〈この屋敷がわたしが世話になったところだ〉と腹のなかから三郎蛇《さぶろうへび》がつぶやいたので、自然に足が止まったのだ。

〈でも用心するんだ。これは敵の罠《わな》だ。早く外に逃《に》げださないと、玉のなかに閉じこめられてしまうぞ。お前は玉を手にしている。その玉を投げてしまえ〉

　タケシは驚《おどろ》いて、手もとを見ると、自分の右手がしっかりと玉をにぎっているではないか。そのなかに自分がいるというのがふしぎでならなかったが、とにかく玉をあわてて地面に投げた。すると、いつのまにかタケシは玉から抜《ぬ》けだして、森に立っていた。そして足もとを見ると、玉が落ちていたので、拾いあげた。

「どう。見えたでしょう。この玉が雪降国《せっこうこく》の玉よ。さあ、もういちど玉の順序を確かめて」

　そういって、月姫《つきひめ》はタケシに文字を綴《つづ》った鹿皮《しかがわ》を渡《わた》した。月姫はどうやら、タケシが玉のなかに閉じこめられたことを知らないようだった。すると、あれは錯覚《さっかく》か幻想《げんそう》だったのだろうか。それにしても、玉をぜんぶ見つけるまでは、これからは玉のなかはけっしてのぞくまい。

　こうしてタケシたちは、ふたたび水晶玉《すいしょうだま》探しに熱中した。何よりもマリーの足どりをたどるためだったが、結果として、森から抜けでる道筋がわかるかもしれない。

　残る国名は〈自在《じざい》〉〈蛇飽《じゃほう》〉〈道樹《どうじゅ》〉〈好樹《こうじゅ》〉〈陶倍《とうばい》〉〈半樹《はんじゅ》〉〈維縵《ゆいまん》〉だから、〈在〉〈飽〉〈樹〉〈樹〉〈倍〉〈樹〉〈縵〉の玉を見つければいいのだが、はたして見つかるかどうか、それも順番どおりに見つかるかどうか、雲をつかむような話だった。森はあくまで深くて、薄明《はくめい》のような光が差しこむだけで、見通しが悪い。どこを探せばよいだろうか。まるでつかみどころもない。そうなると、いままでどおり半円状に探《さぐ》っていくほかしようがない。しかしそれでは斜《なな》め後《うし》ろを見落とすことになるから、じつは欠陥《けっかん》だらけの探索《たんさく》だった。でも、ほかにいい智恵《ちえ》が浮《う》かばないので、ふたりはまたも、その方針で探しはじめた。

ふしぎであった。そのやり方で目を皿のようにしていたら、かなり歩きまわったあとに、またもや木の朽《く》ちた株の上に玉が光っているではないか。それも、〈在〉という三郎《さぶろう》が遍歴《へんれき》した国の順番どおりの〈自在国〉の〈在〉であった。見つかったのがその文字となると、ふたりは、玉が落とされたか置かれたかの順番に沿って歩いているわけだった。タケシは〈降〉の玉を拾いあげたときのように、いちいち玉のなかをのぞきこもうとは思わなかった。また玉のなかに閉じこめられるのが怖《こわ》かったからだが、それよりマリーの行方《ゆくえ》を追うことが大事だと思ったからだ。そのためには、道草を食うことは許されないと思った。しかし、一方ではタケシたちの心には、途方《とほう》もない疑いが黒いむら雲のように湧《わ》き起《お》こっていた。

「ちょっとおかしいと思わない？　いままで玉はかならず木の株か、地面の盛りあがりの上に落ちているわ。しかも、順番どおり玉が現れてくる。何かおかしいと思わない？」

「いや、じつは僕《ぼく》もそう思いはじめていた。でもね、もしマリーが僕たちに目印として落としてくれたのだとしたら、おかしくないさ。そうだとすると、わざと見えるような場所に置いて、しかも順番をたどれるようにしているのはふしぎじゃない。そうでなければ、僕らはマリーのあとを追うことができないじゃないか」

それを聞いて、月姫《つきひめ》はいぶかしげな表情を浮《う》かべながらも、うなずいて、また歩きはじめた。

一方、タケシの心は別の不安に襲《おそ》われてきた。そして、蛇飽《じゃほう》国の〈飽〉、道樹《どうじゅ》国の〈樹〉、好樹《こうじゅ》国の〈樹〉と、まったく遍歴《へんれき》国の順番どおりに玉が現れるたびに、その不安はむら雲のようにタケシの心を包みこみ、大きくなった。玉が見つかるたびにマリーに近づいているかもしれないが、はたしてマリーは無事でいるだろうかと、心配はつのるばかりだった。それに、もし〈縵《まん》〉と刻まれたさいごの数珠《じゅず》がでてきたらどうすればいいのだろう？　それで探索《たんさく》は終わりになってしまい、マリーは見つからず、森からでられないじゃないか。そう思うと、ポケットに玉がたまるたびに、恐《おそ》ろしくなってきた。

それとも、これはマリーがもちだした数珠玉じゃないかもしれない。とすると、誰《だれ》が置いた水《すい》晶玉《しょうだま》であろうか？　つぎつぎと疑問が湧《わ》きあがるばかりだった。しかし、いまは数珠玉を探しだして、道をたどっていくほかかない。それ以外にマリーに近づく手だてはない。

こうして、玉が見つかるたびに不安はふくらむばかりだった。玉が木の株と盛り土の上にだけあるのも奇妙《きみょう》だった。タケシは、町の裏山の森でよく見かけた盛り土を思いだした。モグラがでてくるのを見たことはないが、それはモグラがつくった盛り土だということは知っていた。するど、この森にもモグラが棲《す》んでいるにちがいないと思った。とにかく、盛り土はタケシの知っているモグラの盛り土のように黒々として、すこし湿《しめ》っていた。

不安と恐れをかかえながら、タケシたちは森のなかをさまよった。何時間も、何日も、何ヶ月も、さまよっているようだった。時間ばかりか距離《きょり》の感覚もなかった。これでは、せっかく迷路から脱出《だっしゅつ》したのに、またもや同じように数珠玉に誘《さそ》われて、森をさまよっている。でも、マリーの足どりと関係しているとあらば、どうしてもほかの玉も見つけなければならない。そのうち、顔中《かおじゅう》が目になり、首の下が足だけになって、目が足をつけて歩いているように感じられてきた。もうでてこないだろうと絶望しかかったとき、玉はふたたび出現した。またしても〈樹〉の玉である。〈樹〉の文字は三つ目だったのも、〈道樹〉〈好樹〉〈半樹《はんじゅ》〉とあるから、予想どおりだった。しかも、〈半樹国〉は〈維縵国《ゆいまんこく》〉のひとつ前の国である。

「あとは〈縵〉だけだ。それでさいごだ」

タケシは声を震《ふる》わせた。あとひとつで探索は終わり、マリーの行方《ゆくえ》もわかるかもしれない。心も声も震えるのは当然だった。

「怖《こわ》いわね。それにしても、ずいぶん歩いたから、森のいちばん奥《おく》にきてしまったみたいね」

「そうだね。玉探しというより、何かに引っぱられるか、吸いこまれるように、ここにきてしまった。ここは、森のいちばん奥かもしれない。そうなると、森の出口からますますはなれてしまったのかな」

こんな会話をかわしながら、相変わらず目を皿のようにして落ち葉を踏《ふ》みわけていくと、ふたりの体は先の方に引っぱられるように感じた。というより強い風に押《お》されるように進んでいた。引っぱられているのか押されているのかわからないが、あやつり人形のようにひとりでに足と体が動いていた。やがて目の前に、あざやかに黒く光る盛り土が現れ、その上に燦然《さんぜん》と黄色い水晶《すいしょう》玉《だま》が輝《かがや》いていた。近くまでいかないのに、〈縵《まん》〉の一文字がくっきりと空中に浮《う》かぶように見えた。

「おー、〈縵〉の文字が刻まれている水晶玉だ！」

そういってから、タケシは叫《さけ》びはじめた。

「マリー！　マリー！　お前はどこにいるんだ！　いるんなら、目の前にでてこないか！」

声をかぎりに叫んで、タケシは、水晶玉をとるのも忘れて、まわりをうろうろして、四方八方を見回した。誰《だれ》もでてこないことがわかると、タケシは水晶玉をとろうと、盛り土の方に向かった。そのとき、盛り土がぱっと散って、もうもうたる土煙《つちけむり》が立った。土煙がおさまると。そのなかから人影《ひとかげ》が現れた。白いブラウスに包まれた少女の姿だった。ふっくらしたその顔はばら色に輝き、赤い唇《くちびる》はほころんで、タケシに笑いかけた。

「マリー！　マリー！」

マリーという声は、こんどは呼びかけの叫びとなって、タケシの口からはじけるようにでてきた。そして、タケシはマリーに向かって突進《とっしん》していった。

〈危ない！　穴のなかに吸いこまれてしまうから、いってはいけない〉

タケシの腹から声がした。三郎蛇《さぶろうへび》の声だった。

〈これはお前をおびきよせるまぼろしの影だ。近づくと、穴に吸いこまれてしまうぞ。この穴は、影の世界の中心に通じる、万物《ばんぶつ》を呑《の》みこんでしまう恐《おそ》ろしい穴だ。お前の剣《けん》で、あのまぼろしを切《き》り裂《さ》くんだ〉

そのことばでタケシは剣を抜《ぬ》いたが、ひるんだ。まぼろしであろうとなかろうと、マリーの姿を切り裂くことなどとうていできなかった。すると、磁力のように強い力が働いて、タケシはマリーの方に引きよせられ、一瞬《いっしゅん》ふらりと倒《たお》れそうになった。タケシはきっとなって剣を構えなおした。どこからか、「わっはっは！」という笑い声が聞こえてきたようだった。聞き覚えがある笑い声だった。キリフリタロウにちがいなかった。

えいっとばかり剣を振《ふ》りおろすと、マリーの姿はたちまち消えた。同時にマリーの悲鳴が聞こえた。そしてまたも、マリーの姿が現れた。マリーは岩牢《いわろう》に入れられ、手足を縛《しば》られ、もがいていた。牢のそばに、巨大な龍《りゅう》が目を爛々《らんらん》と光らせて、うずくまっていた。タケシには、剣を刺《さ》す相手がわかった。そして、龍に向かっていった。すると、タケシの足はものすごい力で穴に吸いこまれていった。タケシの体も、穴のなかにずるずると滑《すべ》っていった。目の前は真っ暗になった。顔にも手足にも体にも黒い靄《もや》がまといつき、それが粘《ねば》ついてきて、タケシはしびれたようになった。体は穴のなかにずんずん吸いこまれていく。やがて目の前に、二本の節《ふし》くれ立《だ》った大きな角《つの》をつけ、真っ赤な口のまわりに蛇《へび》のような長いひげを生やした恐《おそ》ろしい巨大な龍《りゅう》の顔が見えてきて、それは大きく開いた口から真っ赤な火を吐《は》いた。その龍がマリーを閉じこめている鉄の檻《おり》がはめこまれた岩牢《いわろう》の前で、マリーをのぞきこんで、ときどき天地が震《ふる》えるようなうなり声をあげている。いよいよマリーを助けだす好機到来《とうらい》とばかり、タケシは剣《けん》を振《ふ》り上《あ》げた。すると、龍の巨大な首はタケシの方に向かってカッラカッラと途方《とほう》もない高笑いをして、タケシに迫《せま》ってきた。タケシが剣を振りおろすと、龍は巨《おお》きな胴《どう》をひねらせて、天をおおわんばかりの巨大な翼《つばさ》を広げ、飛び去ってしまった。タケシは岩牢に向かってマリーに話しかけようとすると、そこには鉄の檻などなく、大きな岩がどっしり据《す》えられているだけだった。タケシが「マリー、マリー」と呼びながら、まわりを駆《か》けまわっていると、あたりはたちまち暗闇《くらやみ》になって、その闇のなかで、タケシはわめきながら、剣を振りまわしていた。そのうち、体がしびれてきて、自分も闇に溶《と》けてしまい、意識ももうろうとなっていった。

なかば意識を失いながら、タケシは涙《なみだ》を流していた。情けないことに、自分は龍魔王《りゅうまおう》にやられてしまったのだ。これでマリーもおしまいだ。龍魔王の餌食《えじき》になってしまうんだ。この世界は龍魔王に征服《せいふく》されてしまうんだ。僕《ぼく》は大事な使命を果たさずに、この世界から消えていくんだ。なんて情けない。お前は生きている価値がなかったんだ。こう思いながら、タケシは闇のなかに沈《しず》んでいた。

森の王

気がつくと、月姫《つきひめ》の顔があった。タケシの手はしっかりと月姫ににぎられていた。

「しっかりしてね、あなたは無茶よ。三郎蛇《さぶろうへび》の忠告も聞かないで穴に突進《とっしん》してしまうなんて。そんなことでは、マリーを救えないわ。龍魔王とも戦えないわ」

「僕はいったいどうしたんだ？」

「奈落《ならく》の底に引きずりこまれそうになっていたタケシさんの体を、わたしがしっかりつかまえたの。わたしもいっしょに吸いこまれそうになったわ。あなたは夢中で剣を振りまわしていた。そのうち、あなたの体から力が抜《ぬ》けて、ぐったりしてしまい、ものすごい力でずるずると穴の奥《おく》に引きずりこまれていくの。わたしはとっさにあなたの剣をもぎとって、その柄《え》にわたしの腰《こし》にまわしている鹿皮《しかがわ》の紐《ひも》を結びつけてから、その剣を穴の壁《かべ》に突《つ》き立《た》てて、紐の片方の先であなたの体を縛《しば》ったの。そして、剣を抜きだして、引っぱり上げたら、軽々とあなたを穴の外にだせたの。恐《おそ》ろしかったけれど、ふしぎだったわ。剣《けん》の力と鹿皮《しかがわ》の紐《ひも》の力があなたを引っぱり上げてくれたようだった」

タケシは何も記憶《きおく》していなかった。ただ、闇《やみ》のなかで絶望しながら気を失ってしまったのをうっすら覚えているだけだった。これで万事休《ばんじきゅう》すと覚悟《かくご》していたのだが、剣の力で助かったのであろうか？　いや、月姫《つきひめ》が自分を引き上げてくれたのだ？　とにかくこうして、またも天の助けで危機から抜《ぬ》けだすことができた。それにしても、これは自分へのいましめだ。人の忠告を聞かなかったいましめだ。まぼろしに迷ったいましめだ。恐ろしい暗い穴の力をみくびった罰《ばつ》だ。お前は何度だまされたら目を覚ますのか。これでは、マリーを救いだすことも、龍魔王《りゅうまおう》と戦うこともできないぞ！

タケシの後悔《こうかい》は際限がなかった。そして、そのとき、タケシをあざ笑う声がした。

「わっはっは！　お前の妹の本当の姿を見たか。どうしても、金のバチをにぎらないというので、牢《ろう》につながれている。バチをにぎるまでお前の妹はこのままだ。とにかく強情《ごうじょう》なやつでな。龍魔王さまも手を焼いている。お前も同じような目にあわせてくれよう」

まちがいなかった。キリフリタロウの声だった。それにしても、どこから聞こえるのだろう？　どこかにひそんでいて、僕《ぼく》らを森で迷わせ、僕らをおびきよせて、穴のなかに吸いこもうとしたのか。タケシは立ち上がって、剣を構えたまま、盛り土が消えたあとにぽっかり大きな穴が空いた場所から、あとずさりをした。そして、自分を助けてくれた月姫に寄りそい、この森では何が起こるかわからないという恐怖《きょうふ》に襲《おそ》われながら、月姫の体を守るように抱《だ》いた。

身を震《ふる》わせながら、しばらく立ちつくしていると、後ろの方から何やら騒々《そうぞう》しいざわめきが近づいてくるようだった。振《ふ》り向《む》くと、地面が波打って、こちらに寄せてくる。「キュンキュン」「キィキィ」と奇妙《きみょう》な叫《さけ》び声《ごえ》をあげながら、怒濤《どとう》のように押《お》しよせる黒い波だった。無数の小さな目がいたるところで光っていた。あちこちにある盛り土からも黒いものがとびだして、黒い波はますますふくれあがり、大きな波になって、迫《せま》ってくる。

よく見ると、それは大群になって押しよせる小さな生き物だった。そうだ、タケシが地底におりたときに出会った黒コメネズミの群れだった。黒い盛り土は黒コメネズミがつくったものだったのだ。これだけのネズミに襲われれば、人間などひとたまりもない。タケシは先ほど見たマリーのまぼろしのように、黒コメネズミの大群もまぼろしであることを願った。しかし、それを確かめるひまはない。いまは、早く逃《に》げなければならない。そのうち、一匹《いっぴき》、二匹と、群れから抜けだして、ものすごい勢いで突進《とっしん》して、ふたりの足から肩《かた》や胸に駆《か》けあがってきて、のこぎりの刃《は》をつけている口先で鹿皮の服を裂《さ》き切《き》ろうとしたり、鹿皮の上から体のなかに突《つ》き立《た》てようとする。

小さいので短剣の刃先で突《つ》いたり、片手で振《ふ》り払《はら》ったりすると、「ギャオー」といった鋭《するど》い叫びをあげて、あっけなく地面に転がり落ちる。一匹《いっぴき》、二匹ならそれほど怖《こわ》くないことがわかったが、そのあとには大群がひかえている。大群に襲《おそ》われたら、ふたりともずたずたにされて、骨までかじられてしまうだろう。早く逃《に》げないと大変である。

こうして、タケシは月姫《つきひめ》の手をとって、前方に走りだした。あちこちに腐《くさ》った木片や朽《く》ちた木の株が転がっていて、それにつまずくと転びそうになった。ついに、「あっ」と叫んで、タケシは転んでしまった。月姫も、地面にたたきつけられた。しかし、タケシはすかさず月姫を抱《だ》きよせ、抱きかかえた。するとこ、信じられないほどの恐《おそ》ろしい勢いでタケシの体はくねりながら、前進しはじめた。タケシの半身の三郎蛇《さぶろうへび》が活動しはじめたのだ。というより、タケシが蛇になったのだ。こうしてタケシは敏捷《びんしょう》な動きで、小動物の黒い波をじりじりと引きはなしていった。蛇の動きがこんなに素早《すばや》いとは思わなかった。しかも、逃げる先がわかっているように、障害物を巧《たく》みによけながら、決まった方向に向かっていた。月姫をしっかり抱いていたが、地面には落ち葉が積もっていて、その上を滑《すべ》るように楽に運べるのには、タケシは驚《おどろ》いた。そのうち、タケシは自分の行く先が決まっているように思えてきた。何か途方《とほう》もなく大事なことが待っているような気がしてきて、身も心もひきしまってきた。

＊　＊　＊

タケシたちの動きはぴたりと止まった。というより、もう先には進めなかったのだ。目の前には、すき間なくぎっしりと木がからみあっていた。というより、幹がねじれ、枝がからみ、木と木が枝や幹で互《たが》いを縛《しば》り合《あ》っていた。そして、うめくような、嘆《なげ》くような、すすり泣くようなざわめきを立てていた。

タケシと月姫はすっくと立ち上がった。驚きのあまり口もきけずに、幹や枝がからみあってできた高い垣《かき》を見上げた。すると、枝や幹がすこし動いて、ぽっかりとすき間があいて、そのすき間から、直径一メートルもあろうかと見える節《ふし》くれ立《だ》った太い幹がこつ然と現れた。幹にはくさりがぎりぎりと巻きついて、前に組み合わされた二本の枝を縛りあげていた。驚いていると、その老木は見る見る巨《おお》きな人の姿に変じて、タケシに語りかけた。

「待っていましたぞ。タケシ殿《どの》、そなたは三郎さまの末裔《まつえい》とか。わしたちを救ってくれ」

「お前はなにものだ？　木の化け物か？　このありさまはどうしたことか？」

「わしは年老《としお》いたカシの木だ。この森の王だ。といっても、それも夢のようなむかしのこと。いまはこうして縛られて、ここに押《お》しこめられている。わしが縛られてしまったので、森の半分は悪者に支配され、あとの半分はわしといっしょにこのかたすみに押しこめられ、互いに互いを縛り合っていて、動きもとれない。ここには、一本たりとも自由な木はない。みんな死んだも同然で、残りの命はわずかしかない。森で遊んでいた動物たちも動けなくなって、永遠の冬眠《とうみん》にはいってしまった。その一方で、悪者は自分のものになった森を勝手気ままに切《き》り倒《たお》している。こうして悪者が支配している森は荒《あ》れ放題《ほうだい》、枯《か》れ放題、朽《く》ち放題、倒《たお》れて死んでいくばかりだ。たまに元気な木があると、炉《ろ》に運ばれて、鉄の武器をつくるために燃やされてしまう。わしらを押《お》しこめている残りの森は縛《しば》られているから、伸《の》びることもできなければ、緑をつけることもできなければ、若芽をだすこともできない。そのうちここの木も倒され、燃やされて、この森は全滅《ぜんめつ》してしまうだろう」

「悪者というのは龍魔王《りゅうまおう》のことでは？」

「そうだ。龍魔王がわしを縛りつけて、ここに閉じこめ、龍魔王の手下どもが森を勝手に荒らしまわっとる」

「どうすれば、王さまを助けられるのですか？」

「三郎《さぶろう》さまの剣《けん》で、わしを縛っている両手のくさりを断《た》ち切《き》ってくれればよい。タケシ殿《どの》がたずさえている剣は三郎さまの霊剣《れいけん》じゃ。霊妙摩訶不可思議《れいみょうまかふかしぎ》な力をもったその剣でなければ、わしを縛っているくさりは切れない。タケシ殿は〈ゴルディオンの結び目〉の伝説はご存じかな？　むかしむかしのこと、地上の世界でマケドニアのアレクサンドロス大王という英雄が東方に進軍し、東方の国々を征服《せいふく》したとき、リディアの都ゴルディオンにやってきた。その都のゼウスの神殿《しんでん》には古い戦車が祀《まつ》られていたが、その戦車は〈ゴルディオンの結び目〉といわれる誰《だれ》にも解けない結び目の綱《つな》で縛りつけられていた。そしてこの結び目を解くか断ち切った者こそアジアの支配者になるという言い伝えがあった。そこにたどりついたのがアレクサンドロス大王だが、大王はなんと一刀のもとに綱を断ち切ったという。こうして大王はアジアの支配者になった。そういう伝説だ。この言い伝えと同じように、三郎さまの霊剣を三郎さまの末裔《まつえい》が振《ふ》るうときだけ、このくさりは切れる。すると、この森はよみがえる」

「さすが森の王さま、地上の古今東西のことまでよく知っていますね。でも、とんでもありません。僕《ぼく》は大王でも英雄でもない。ただ、妹を探しに地下世界におりてきただけなんです。どこかを支配しようなんて思っていないし、そんな考え方になることはけっしてありません。だから、その伝説は忘れてくれないと。それより、あなた方は鉄のくさりで縛られている。そのため、森は死にかかっているというのなら、それをだまって見ているわけにはいきません。まして、これが龍魔王の仕業《しわざ》となればなおのことで、僕のかたきでもあり、いままで出会った人々のかたきの仕業なら、だまっているわけにはいきません。切れるかどうか僕にはわからないけど、やってみます。ただ、ひとつお願いがあります。あなたが森の王なら、僕たちを森から解放してくれますか?」

「お安いご用だ。わしは森の王だ。森がよみがえったら、どんなことでも叶《かな》えてやろう。それに、もっとよいこともあるぞ。わしは、もう何百年も縛られているんだから早く自由にして、わしとこの森を解放してくれ」

タケシは決心した。できるならばくさりを切って、森の王を解放してやろう。あらためて観察すると、幹は太いくさりでコイルのようにぎりぎりと巻かれていて、その同じくさりが手前の太い二本の腕《うで》を縛《しば》りあげている。くさりは錆《さ》びついて、幹や組み合った枝に深く食いこんでいた。断《た》ち切《き》るとしたら、ちょうどタケシの目の高さにあるその結び目しかない。でも、こんなに太くて錆びついたくさりを断ち切るのは容易ではない。しかし、約束である。やってみるほかない。タケシは剣《けん》を振《ふ》り上《あ》げた。すると剣はぎらりとまぶしい光を放ち、大きな円を空中に描《えが》き、まるで意志があるようにひとりでにくさりめがけて走った。

「グアーン」と、巨大な鐘《かね》が鳴らされたような音響《おんきょう》が森中《もりじゅう》に響《ひび》き渡《わた》って、くさりは二つに断ち切られ、その先がばらりと垂れさがった。同時に幹をぐるぐる巻きにしていたくさりも一気にゆるんで、木の根元にどさりと落ちた。

「おお！」という叫《さけ》びを巨木があげたかと思うと、ぎしぎし、めりめり、ぎゅうぎゅう、ごつんごつん、とんとんと、まわりの木がはねあがったり、こすり合ったり、ぶつかり合ったりして、なんとも騒《さわ》がしいにぎやかな音がいたるところで沸《わ》き起《お》こった。

「木が縛りを解かれて、自由になったんだわ」

月姫《つきひめ》が叫ぶと、森の王も大きな声をあげた。

「そうだ。ありがとう。くさりを切れば、わしだけでなく、縛られていた森の木たちも、自由になる。これは森を縛る魔《ま》のくさりだったんじゃ。それを見事に断ち切ってくれた。お前はかのアレクサンドロス大王が〈ゴルディオンの結び目〉を断ち切ったように、くさりの結び目を断ち切った。お前はすごいことをやった」

そういって森の王は、ぐるぐる巻きに自分を縛っていた長いくさりを、タケシの前につきつけた。

「これをタケシ殿《どの》にお預けしよう」

「困るよ。こんなものもらっても荷物になるばかりだし、それにこいつは恐《おそ》ろしい魔のくさりでしょう？　僕《ぼく》に巻きついたら、とんでもないことになってしまう」

こう叫んで、タケシはくさりを地面に投げ捨てた。ところが、ふしぎなことに、くさりは吸いつくようにタケシの手に戻《もど》ってきた。

「くさりはもうタケシ殿の持ち物になった。くさりの主人はこれからはタケシ殿だ。このくさりはタケシ殿に打ち負かされたから、これからはタケシ殿を主人にして仕えよう。だから、もっているといい。いいかな。毒も使いようっていうじゃないか。敵の武器を自由にあやつれないと、龍魔王《りゅうまおう》には勝てないぞ。これは、どんな場所にもおさまるし、どんな太さにも、どんな長さにもなる」

そういわれてみると、くさりはいつのまにか細くなり、アルミかニッケルのように軽くなっていた。

「ふしぎだなあ。これならリュックにはいってしまう」

タケシは危険なものをしまうように、こわごわくさりをリュックにつめこんだ。

「驚《おどろ》くのはまだ早い。森が生き返るというのはどういうことか、見るがいい」

そういって、森の王はくさりを渡《わた》して自由になった腕《うで》を上げてから、指揮棒のように振《ふ》りおろした。すると、それぞれ一本立ちをした木々に緑の葉がつき、自由になった枝がさわやかな風にざわめき、大小の無数のけものの足音が聞こえてきた。

「やー、ノウサギだ」

「リスだわ。キツネやタヌキが走ってくる」

「あれはテンじゃないかな。イノシシまで突進《とっしん》してくる」

「見上げてごらん。ヤマゲラやシジュウカラやカケスやコマドリやら、フクロウやワシまで飛んでいるよ。いや、見たことのない鳥たちもとびだしてくる。やー、あれは挿絵《さしえ》で見たことのあるフェニックスじゃないか。燃えるような緋色《ひいろ》と金色をしている。火に焼かれても、灰のなかから再生する不死鳥だ。まるでよみがえった森を代表するような鳥だ。始祖鳥も飛んでくる。すごいなあ」

「見てよ！　蝶《ちょう》が群らがって、飛びあがってきたわ。紺色《こんいろ》や黄金色や紫色《むらさきいろ》や白や真っ黒な蝶が、宝石の塔《とう》のように輝《かがや》いて、回転しながら、上に伸《の》びてくる。きらきらしてまぶしい」

「この蝶が群らがって舞《ま》い上《あ》がる塔は、僕《ぼく》が子どものころ見た夢と同じだ。昆虫《こんちゅう》採集に夢中だったころ、僕は一生忘れられないようなこれと同じすばらしい夢を見たんだ。夢の場面がここでは本当になった。すごいよ！」

タケシは息がつまって、ことばもでなくなった。こうしてふたりが目を丸くしていると、隊列を組んでいるような規則正しいひづめの音が近づいてきた。そして、遠くから鹿《しか》の一隊が姿を現した。節《ふし》くれ立《だ》った枝のような角《つの》を立て、褐《かっしょく》色の美しい毛並みを輝かせて、整然と進んでいる鹿は、解放された森からでると、列を組んだままもしだいに速度を増して、走りはじめた。やがて、鹿の一隊の先がタケシたちを追ってきた黒コメネズミの群れに迫《せま》った。二つの群れは激突《げきとつ》した。またも、「ギャオー」とか「キューン、ケ、ケ、ケ」といった黒い魔物《まもの》と鹿のけたたましい悲鳴があがった。しかし、それも長くつづかなかった。鹿の隊列は崩《くず》れることなく、頭を下げて、角を突《つ》き立《た》てて前進するので、黒い群れはばらばらになって逃《に》げまどい、退却《たいきゃく》しはじめ、あちこちにある穴に逃げこんでいった。やがて、森は平和をとりもどした。

それればかりか、どこからか心おどるような音色が聞こえてきて、リズミカルな旋律《せんりつ》を奏《かな》ではじめた。耳を澄《す》ませると、木々の梢《こずえ》を渡る風に、木の枝や葉むらが揺《ゆ》れて音を響《ひび》かせ、森のあちこちから動物や鳥たちがメロディーを奏でていた。

「ふしぎだなあ！　ドボルザークの〈新世界〉か、シベリウスの〈フィンランディア〉か、ショスタコヴィッチの〈森の歌〉か、それをぜんぶ合わせたような、力と希望があふれた音楽だ！　ふしぎだなあ！　僕《ぼく》の好きな曲がみんないっしょに聞こえてくる！」と、クラシックのレコードやCDを収集していたタケシは叫《さけ》んだ。

「これこそ森の音楽ね」

「これは森が生き返った喜びの歌だ。また、お前への感謝のシンフォニーだ」

後ろで、聞き覚えのある声がした。振《ふ》り返《かえ》ると、いつのまにかひげを生やした年老《としお》いた鹿男《しかおとこ》が、森の王と並んで立っていた。

「お前は、立派に森を解放してくれた。おかげで、この森のかたすみに閉じこめられていたわが鹿族も、解き放たれた。ここの鹿族は、わしにとっていちばん大切な一族で、いつもおとなしく行儀《ぎょうぎ》正しいのに、ごらんのように、いざとなったら勇敢《ゆうかん》な部隊になる。これで、お前もこの森からでられるようになった。ただその前に、呪《のろ》いの穴をどうにかしないといけない」

年老いた鹿男がこういって、タケシたちが通った森の奥《おく》の方に歩きだすと、タケシも月姫《つきひめ》もあとについた。森の王も、のっしのっしと歩いていた。やがて、マリーのまぼろしが出現した呪いの穴のそばにたどりついた。

「まず、森の邪気《じゃき》を穴に押《お》しこめないといけない。森の王さま、あなたは森の邪気を祓《はら》う法をご存じですな」

「承知した」

こういって、森の王は、冠《かんむり》のように野ブドウの蔓《つる》がからんで頭上をおおっている緑の葉むらをとって、腕《うで》にもった。そして、それで何度も円を描《えが》いて、低い声で祈《いの》りを捧《ささ》げた。腹に響《ひび》くように低い震《ふる》え声《ごえ》があたりに響《ひび》き渡《わた》った。長いあいだ祈りを捧げると、森の王はまた葉むらで円を描いた。すると、四方八方からなまぐさい風が、落ち葉を舞《ま》い上《あ》げながら、穴に向かって吹《ふ》きよせ、穴に吸いこまれていった。タケシと月姫は風に身を押されないように、肩《かた》を寄せ合い、手をにぎり合っていた。やがて、なまぐさい風が吹きやんだ。というより、すべての邪気が穴に吸いこまれてしまったように見えた。すると、王は葉むらを穴にかぶせた。それから、鹿の老王に合図《ず》をすると、鹿の王は、遠くにひかえていた鹿の一隊に近づいて何やら命じた。すると、何匹《なんびき》かの鹿が、森のなかから、大きな岩を角《つの》でもちあげて、運んでくるではないか。円盤状の白い光沢《こうたく》のある岩で、表面はざらざらした岩肌《いわはだ》だった。

「森の邪気を穴のなかに追いだして、閉じこめたから、この石で穴をふさごう」

「これで、穴がふさがるの？」

タケシがたずねると、森の王はいった。

「もともと穴をふさいでいた神聖な岩だ。わしたちの守り神で、わしたちはこの岩に祈りを捧げていたんじゃが、悪党どもはこの岩をとり除いて、森を邪気《じゃき》でいっぱいにしてしまった。ここにかぶせた葉には霊気《れいき》があるから、しばらくはこの穴から、邪気が噴《ふ》きだしてこないだろう。それに、こうして岩がもとのように安置されたので、動物たちが穴のなかに吸いこまれることはないだろう」

「穴を埋《う》めなくてもいいのですか」

「埋めることはできない。なぜかというと、これは底なしの穴で、土をいくらかけても下に落ちるだけで、けっしてふさがることはないからだ。この穴は、埋めることができないし、埋めないでおくしかないのだ。どんな場所にも、どんなものにも、一か所は暗い底なし穴がある。それを無理にふさごうとすると、いずれ押《お》しこめられた毒気がものすごい勢いで噴きだし、すべてを破《は》壊《かい》してしまう。危険だがこの穴は残して、監視《かんし》し、やがて誰《だれ》かが悪の中心にたっして、その本丸で戦うしかない。それまで、わしらがこの穴を監視しよう」

そのとき鹿男《しかおとこ》がタケシの顔をじっと見つめた。それは、森の王が語っていることがわかるかと、問いかけているようだった。森の王はさらにつづけた。

「タケシ殿《どの》と月姫《つきひめ》に心からの感謝を捧《ささ》げたい。しかし、ここで別れねばならないだろう。というのは、タケシ殿にどんなに大事な仕事が待っているか、わしは知っているからだ。そのためには、タケシ殿は、一刻も早くこの森からでなければならない。見るがいい。森にはもう道がついている。この道をいくと、森からでられる。この森はもう暗い〈迷い森〉ではない。光が差しこみ、緑が輝《かがや》き、若芽が吹きだし、木の実がみのり、動物が遊び、鳥たちが飛《と》び交《か》い、さわやかな風がそよぐ、命ある森になった。安心して、森からでるがいい」

鹿男も、そのことばにうなずいた。こうしてタケシたちは、いつのまにか目の前にまっすぐのびている小道に踏《ふ》みこみ、森の王と鹿男に手を振《ふ》りながらしっかりした足どりで歩きはじめていた。

氷雪の魔界《まかい》

「雪が降ってきたんじゃない？」

森を抜《ぬ》けだして山道を歩いていたタケシが月姫に向かっていうと、月姫も薄暗《うすぐら》くなった空を見上げてうなずいた。白雪がちらちらと舞《ま》いおりていたのが、見る見るあたりは雪の乱舞《らんぶ》となり、ふたりの体にも粉雪がまとわりついた。そこでふたりは、あわててずきんを頭にかぶった。やがて、ひゅーひゅーと雪はうなり声をあげはじめ、一面に激しく吹雪《ふぶ》いてきた。

「見たことがあるような風景だな」

タケシは、地上の冬景色や、ジョージとスキー旅行にいった信州《しんしゅう》の雪山を思いだしていたが、ここには地上の雪降りの日の眺《なが》めにはない雰囲気《ふんいき》があるのに気づいた。雪が降ったり、雪におおわれた冬景色を眺めると、街で暮らしているタケシは、まぶしい銀世界の幕が上がってお祭りがはじまるような、胸がときめくような気分にいつもなったものだが、この雪景色は陰気《いんき》で、どこか凶暴《きょうぼう》だった。それなのに、この感じに包まれたことがあったように感じてならない。それも、つい最近のことだ。

「そうだ。これは雪降国《せっこうこく》にはいったあのときの感じだ」

「雪降国?」

「そうだ」

といってタケシは、リュックのなかにしまいこんでおいた数珠玉《じゅずだま》のなかから、「降」という文字が刻まれた玉を探しだした。三郎蛇《さぶろうへび》に注意されてタケシがあわてていっときは放りだした玉である。手のひらにのせて玉を見ると、玉はムラサキの妖《あや》しい光を放っていた。タケシは驚《おどろ》いて、以前のように玉を雪の上に投げ捨てた。しかし、またそれをあわてて拾いあげた。

「迷い森でさまよっているときに、玉のなかの雪降国に閉じこめられたことがあったが、こんどは本当に雪降国にきてしまったらしい。この玉をもっていることと関係がありそうだけど、マリーの数珠玉を捨てることもできないし」

「捨てるのは待って。玉があるから雪降国にはいりこんだのじゃなくて、ここにきたから、玉が反応《はんのう》したんじゃない？　それより、あの巻物で確かめてみましょうよ」

タケシはリュックから巻物と懐中電灯《かいちゅうでんとう》をとりだして、電灯で巻物を照らしだした。すると、巻物からも冷たい吹雪《ふぶき》が吹《ふ》きつけ、体を通《とお》り抜《ぬ》けるので、体が氷になったように震《ふる》えあがった。さらに眼をこらして吹雪のなかを眺めていると、先の方に峨々《がが》たる白い峰《みね》が現れた。それは雪山というより、巨大な氷の山に見えた。

「この先には氷の山があるらしい。雪降国の吹雪に耐《た》えるより、この峰を越《こ》えることのほうが大変だ。でも、この峰を越えなければ、先に進めない。心配なのは三郎蛇のことだけど、あまり寒いので凍《こご》えてないといいいんだけど」

「蛇は冬眠《とうみん》するから、きっと眠《ねむ》りこんで身を守っているんじゃない」

「そうならいいけど」

「とにかく、蛇の助けはあてにしないで、ふたりで切《き》り抜《ぬ》けましょう。それにしても、寒くなったわ。氷のなかを歩いてるみたい」

こういいながら、ふたりはまた歩きだしたが、タケシには、〈迷い森〉で閉じこめられた雪降国の山道を歩いているように思えた。ちがうのは、きこりたちがいないだけであった。とすると、やがて村里が見えてくるはずである。はたせるかな、しばらくすると、たしかに村里らしきものが目の前に現れてきた。しかしあのとき見た、屋根がこんもりと雪をかぶった家並みではなかった。どの家も厚い雪の重さで傾《かたむ》いたり、崩《くず》れ落《お》ちたりしていた。家の前をうずめた雪も凍《こお》ってしまい、崩れた家の形をした氷のかたまりが並んでいるだけだった。ところどころに木材や萱葺《かやぶ》きのはしが見えるので、氷のかたまりのなかに家があるのがわかった。

「これはひどい。住んでいる人はどうなってしまったのだろう。あの家ならなかにはいれそうだから、はいってみよう」

まるで氷の山に穴を掘《ほ》って住処《すみか》にしたように、入り口だけがぽっかり開いている家があったので、ふたりは体をかがめて、なかにはいりこんだ。すると、土間らしき場所に氷を彫《ほ》ってつくったように見える猫《ねこ》がうずくまっていた。

「猫の彫りものだ。でも、灰色のこの毛並みと緑色に光っている眼はまるで本物の猫みたいだな」

「ちがうわ。本物の猫が凍ってしまったんだわ。かわいそうに！」

月姫《つきひめ》が生きた猫を抱《だ》くようにして氷の猫をかかえあげ、頬《ほお》ずりをした。

「ごらんよ。いろりの火が凍っている！　こんなこと、ありえない！」

本当であった。いろりには炎《ほのお》の形をした氷が立っていた。炎がそのまま凍ってしまうというのは、どういう物理的な現象なのだろうか？　これでは、人間も氷になっているにちがいないと、タケシが恐《おそ》る恐る奥《おく》まではいってゆくと、ふたりの人間が抱き合って氷になっていた。どうやら老夫婦らしい顔だった。むかしイタリアのポンペイが大噴火《だいふんか》に襲《おそ》われ、火砕流《かさいりゅう》で家も人もあっというまに灰の下に埋《う》もれてしまった惨劇《さんげき》があったが、千七百年近くたってから、わが子を守ろうとしている母親の形などがそっくり残っている空洞《くうどう》に石膏《せっこう》を流しこんで、当時の一瞬《いっしゅん》の悲劇をまのあたりに見るように遺体《いたい》の姿を復元した生々しい写真を、タケシは思いだしてしまった。そのことから考えると、ここでも一瞬の間《ま》に凍結《とうけつ》が起こったのだろうか。しかし、そんなことは物理的に考えられない。これには、何か不吉《ふきつ》な恐ろしい力が働いたのだろうか。

「そうだ。ここにも龍魔王《りゅうまおう》の力がおよんできたにちがいない。ここも、龍魔王に支配されてしまったんだ。やはり目指す相手は龍魔王だ」

タケシは月姫をうながして、外にでた。

「大丈夫《だいじょうぶ》だわ。わたしたちは鹿皮《しかがわ》をまとい、鹿皮のずきんをかぶり、鹿皮の履物《はきもの》をはいているから、どんなに寒くなっても大丈夫だわ。手も守らないといけないから、リュックから手おおいの皮をだして、つけましょう。それに、ここにある食糧《しょくりょう》をすこしいただいていきましょう。こんな極寒《ごっかん》の国では、木の実も果物《くだもの》も魚もとれないでしょうから」

月姫はそういって、台所や階段下の戸棚《とだな》や、床下《ゆかした》の貯蔵庫を開けて、なかから凍った果物や乾《ほ》し飯《いい》や梅干しを見つけ、それをできるだけたくさんリュックにつめこんだ。

タケシは、屋根に厚い雪が白い布をぐるぐる巻きにしたようにかぶさり、その重みで倒《たお》れかかっている裏庭の物置《ものおき》小屋にもぐりこんだ。そして、雪山登りのピッケルのように使われているにちがいない先に鎌《かま》のような鉄の器具がついているかたい木の杖《つえ》と、皮の紐《ひも》と握《にぎ》り手《て》のついた先の尖《とが》った杖を、ふたそろい探しだした。

ふたりはそこで、あらためて防寒のそなえをして、鎌先の杖と握り手のついた杖をたずさえて、家をでた。まるで雪山にのぼる登山家のいでたちだった。

歩きだしてまわりを見渡《みわた》すと、村里のまわりは一面に樹氷で、さまざまな格好で白く輝《かがや》いている怪物《かいぶつ》や巨人が立ちならんでいるようだった。白銀の鎧兜《よろいかぶと》に身をかためて出陣《しゅつじん》する武将もいれば、敵に切られてあわや倒《たお》れそうな侍《さむらい》もいれば、立ち上がっている白クマやオランウータンもいれば、大きな口を開けた怪獣《かいじゅう》もいた。

その奇妙《きみょう》で恐《おそ》ろしい雪の巨像たちの行列に目を奪《うば》われながら歩いていると、近くの山陰《やまかげ》にかくれていた氷雪の山が突如《とつじょ》として姿を現した。まるで急に現れて、タケシたちを脅《おど》すようだった。その白い姿はなんと不吉《ふきつ》に見えたことか！　雪と氷におおわれた巨《おお》きな山の頂には、巨大な牙《きば》を突《つ》き立《た》てたように峰《みね》が立ちならんでいた。

＊　＊　＊

道は急な上り坂になってきた。樹氷の林を見おろすようになって、あたりは凍《こお》った雪におおわれたごつごつした岩ばかりになったが、岩の表面には無数の細かい氷の破片が散らばっていて、きらきら光を放っていた。吹雪《ふぶき》はいつのまにかおさまり、その代わり、空中にはダイヤモンドのような氷の結晶《けっしょう》が浮遊《ふゆう》してきた。タケシたちは、その珍《めずら》しい光景に目を奪われた。しかし、すぐにその顔は恐怖《きょうふ》でゆがんだ。浮《う》かんでいた氷の結晶が集まって人の顔になったからである。耳も鼻も尖った女の顔である。その顔は醜《みにく》い老婆《ろうば》にも見えたかと思うと、つぎの瞬間《しゅんかん》には美しい若い女になった。耳も鼻も尖ったその不気味な顔は、タケシたちを睨《にら》みつけていた。タケシはその顔を見つめながら、月姫《つきひめ》の腕《うで》をつかんでいたが、月姫も空中に浮かんだ女の目に魅入《みい》られたように釘付《くぎづ》けになっていた。やがて、その顔は気味悪い笑いを浮かべて、消えてしまった。というより、こなごなに砕《くだ》けて、散ってしまった。あとには、無数の氷の結晶が空中にただよっているだけだった。

「また魔物《まもの》が現れた」

「氷の化け物にちがいないわ」

「でも氷の山越《やまご》えをしなければならない。魔物も怖《こわ》いけれど、氷の山も怖い。氷の山を征服《せいふく》すれば、魔物も降参するさ」

「魔物は、山への恐怖が生みだしたまぼろしかもしれないわ」

「そのとおりだ。氷の山に突撃《とつげき》しよう」

＊　＊　＊

ふたりは氷雪の山のふもとにたどりついた。すると、凍《こお》りついた雪のかたまりが壁《かべ》のように立ちはだかっていた。雪が固まって、雪崩《なだれ》にもなれずに、凍りついたまま上からずり落ちて、ふもとで止まっているにちがいない。

「これが氷河っていうものかな？」

「わたしもはじめて見るのでわからない」

ふたりはここで立ち止まってしまった。タケシはピッケル状の杖《つえ》で氷を突《つ》ついてみると、氷がかなり固いことがわかった。

「登り口が見つかるかもしれないから、もうすこしまわってみよう」

ふたりは氷の壁をまわりこんで、歩いてみた。しばらく歩くと、大きな洞窟《どうくつ》の前にでた。洞窟といっても、氷の壁にぽっかり空いた氷の穴で、アーチになった天井《てんじょう》や足もとも壁も氷だった。

「ここを進んでいけば、どこかにでられないかな？」

タケシはこういって、月姫《つきひめ》の手をとって、用心しながら氷の洞窟にはいりこんだ。先に進むにつれて薄暗《うすぐら》くなるので、タケシは懐中電灯《かいちゅうでんとう》をとりだして、あたりを照らした。アーチの天井は波のような文様《もんよう》でふくざつな凹凸《おうとつ》をつくっていた。しかし、それに見とれるような気分にはとうていなれず、どこかに出口がないかと、ふたりともひたすら目を皿のようにしていた。

タケシはときどき懐中電灯を消してみた。光がもれてくる箇所《かしょ》がないか調べるためである。とつぜん、月姫が「きゃー」という悲鳴をあげた。

「どうしたの？」

「何かけもののようなものが、飛ぶようにしてそばを通《とお》り抜《ぬ》けたの」

「動物が住んでるのかな。村では猫《ねこ》が凍りついているのに、変だね」

「洞窟のなかは、外よりかえって暖かいわ」

「そのせいかな。それに、この雪山では動物が住めるのかもしれない。どこかに動物がはいりこめる口があるはずだから、もっと探してみよう」

しかし、洞窟は暗くなるばかりだった。それに、顔に冷気《れいき》が張りつき、内臓のなかまで凍りつくようだった。そればかりか、ときどき闇《やみ》のなかに耳も鼻も尖《とが》った妖婆《ようば》の顔がぽっかり浮《う》かんでいるような錯覚《さっかく》にタケシはとらえられた。そのたびに振《ふ》り返《かえ》って、月姫があとからついてきているのを確かめ、月姫の顔を見た。そして、月姫が緊張《きんちょう》した顔つきで歩いてくるのを見て、安心するのだった。何回目かそうして振り返ったときに、月姫が叫《さけ》び声《ごえ》をあげた。

「ちょっと懐中電灯を消してみて。前の方が明るくなったようよ」

タケシはさっそく懐中電灯を消して、足を止めて、目をこらして前方を見つめた。すると、白い薄明かりがぼーと見えるように思った。ふたりは足を速めた。まちがいなかった。前方には、薄明かりがふたりを誘《さそ》うように淡《あわ》い光を散乱していた。進むにつれてその薄明かりに近づいいたが、といって明るくなるわけではないので、そこが洞窟《どうくつ》の出口でないことはたしかだった。それでも、しまいにはタケシはほとんど走りだしていた。そして、薄明《うすあ》かりのなかにさしかかろうとしたときだった。

とつぜんタケシはぞっとして足を止め、地面に這《は》いつくばって叫《さけ》んだ。

「ストップ！　気をつけろ。目の前に穴が空いている」

腹ばいになったタケシの目の前にはぽっかり大きな穴が空いていた。タケシは、暗い穴をのぞきこんでから、光が差しこんでくる穴の上を見上げた。すると、空が見えた。真っ青で丸い空だった。

「月姫《つきひめ》、ここに穴が空いているから、気をつけないと落ちてしまう。ところが上も吹《ふ》き抜《ぬ》けで外にでられそうだ。でも、気をつけて！　穴に落ちたら大変だ。でも、ここからよじのぼって、どうにかして洞窟からでよう」

タケシは氷壁《ひょうへき》のロッククライミングを思いだしていた。自分がロッククライミングをやろうなんて、夢にも思わなかったが、いまはそれをやるしかないように思われた。いや、自分ばかりか、月姫も上にあげねばならない。どうすればよいのか？　穴の壁《かべ》はでこぼこしているが、全面氷なので手足をかけてよじのぼることはとうていできない。

タケシは、左手にもっている杖《つえ》と右手の鎌先《かまさき》のついた杖を交互《こうご》に見た。村人は雪山をのぼるためにこれを使っていたにちがいないから、これをうまく使えばどうにかなる。月姫の考えも同じだった。しかし、問題はロープだった。ロッククライミングにはロープが必要だというのは、誰《だれ》でも知っていることだ。でも、そのロープがない。

「わかった。迷い森で森の王からくさりをもらったでしょう。それをなんとか利用できない」

タケシは、あわててリュックからくさりをとりだした。

「ようし、これを使ってやろう」

タケシは、くさりを体に巻きつけ、くさりの先端《せんたん》の輪を杖の鎌先に入れた。そして、試しにその鎌先で氷の壁を突《つ》いてみると、氷の壁に穴を空けることができた。といっても、はじめはとてもむずかしいことだった。というのは、真上の壁を崩《くず》すことは不可能だったので、斜《なな》め上《うえ》を狙《ねら》わねばならなかったからだ。体をねじらせ、腕《うで》を伸《の》ばして壁を突いているうちに足を踏《ふ》みはずして、暗い穴に墜落《ついらく》したらさいごである。そうでなくとも、鉄棒をとり落としたら大変である。十分の時間をかけても、壁にやっと凹《へこ》みができる程度だった。月姫も鉄棒をもっているので、ときどきタケシに無理やり交代するように迫《せま》って、渾身《こんしん》の力をしぼって、タケシを助けた。

こうして、かなりの時間をかけると、掘《ほ》りあげた凹みにやっと手がかかるくらいになった。さらに穴を広げて、やっと人が乗れるほどの段にした。そこで、苦心しながら鎌先を凹みのなかの固い氷の面にしっかりと差しこみ、つないであるくさりを両手でにぎって、体をあずけてみた。

「すごいぞ。くさりにぶらさがることができる。ここまでできるとは思わなかったよ。まるで奇跡《きせき》だ。神さまがお守りくださったんだ。とにかくこれをくり返せば、ほんのすこしずつでもよじのぼれる。きみは、上から僕《ぼく》がくさりをおろすから、それにつかまってくればいい」

＊　＊　＊

こうしてふたりは、穴からの脱出《だっしゅつ》をはじめた。ふしぎなことに、くさりは磁石のように鎌先《かまさき》にぴったり吸いついていた。くさりには、ものに吸いついてはなれない強い力があるようだった。龍魔王《りゅうまおう》がこのくさりを自在にあやつっていたら、タケシたちはひとたまりもなく縛《しば》りあげられてしまっただろう。幸い、くさりは持ち主の命令に従うので、いまはタケシがくさりの主《あるじ》だった。こうして、タケシはくさりを自在に使えるようになった。というより、くさりが鎌先を巧《たく》みにあやつっていた。くさりのついた鎌先は氷に段を刻み、そこに差しこまれたり、くさりが巻きつくような引っかかりの突起《とっき》をつくったりすると、タケシを自然に吊《つ》りあげた。タケシは、段にたどりつくと、こんどはくさりを月姫《つきひめ》のところまで下げて、月姫にくさりにつかまらせ、吊りあげた。こうして、ふたりは上へ上へと近づいた。いよいよ穴の出口に鎌先を打ちこんで、外にでる準備をしようというときだった。とつぜん穴の底から冷たい風が吹《ふ》きあげてきた。そして、気味悪い笑い声が聞こえてきた。

「ひっひっひっ！　よじのぼるがいい。穴からでるがいい。でも、この山からはでられないぞよ。

わしはお前らを待ち受けていたのじゃ。この山に閉じこめるためにな。お前たちは、やがてこの暗い穴に落ちこんで、わしのものになる。男はわしの花婿《はなむこ》になる。女は凍《こお》りついて、未来永劫《えいごう》村人のように氷になってしまう。わしはこの氷の国を支配している者だ。わしが息を吹きかければ、誰《だれ》でも凍ってしまう。わしの願いは世界をことごとく凍らせてしまうことだ！　ひっひっひっ！」

底知れぬ暗い穴から立ちのぼってくるぞっとするその声を耳にするだけで、ふたりは体中《からだじゅう》が凍りついてしまった。鹿皮《しかがわ》をまとっていなかったら、〈凍りつくように〉という比喩《ひゆ》でなく本当に凍ってしまったにちがいない。

もううかうかしていられない。「早く穴からでよう」と叫《さけ》んで、タケシたちはさいごの力をふりしぼって、出口に近づいた。そして、ついにくさりつきの鎌先は穴の出口のふちに突《つ》きささった。そこで、タケシがまず外におどりでて、それから月姫を引っぱり上げた。

＊　＊　＊

外にでると、左右に氷雪におおわれた広い眺望《ちょうぼう》がまぶしく目を射るので、思わず顔を伏《ふ》せたが、落ち着いて行く手を眺《なが》めると、牙《きば》のように鋭《するど》く尖《とが》った山の峰《みね》が立ちはだかっていた。険しい山腹も真っ白で、張りついた氷が巨大な縦縞《たてじま》をつくっている。山越《やまご》えのためにこのように険しい斜面《しゃめん》をのぼって山頂を目指すのは得策《とくさく》ではないので、ふたりは迂回《うかい》して山頂の裏側にでることにした。しかし、そのルートすら容易には踏破《とうは》できそうもなかった。表面は雪におおわれていたが、その下は固い氷だった。場所によっては雪の層が厚く、体が半分近く沈《しず》んでしまうこともあれば、雪の下がすぐ凍《こお》っているところもあった。あるいは氷塊《ひょうかい》が岩のように突《つ》きでていたりした。しかしいちばん怖《こわ》いのは、クレバスという氷の割れ目だった。浅い割れ目は足を踏《ふ》みはずしてもたいしたことはないが、深い割れ目に落ちたら大変である。そのようなクレバスで足を踏みはずさないように、ふたりは二本の杖《つえ》を使い、一歩一歩安全を確かめながら前進した。しかしタケシの耳には、「この山からはでられないぞよ」という妖婆《ようば》の恐《おそ》ろしいことばが張りついていた。

「気をつけろ！　大きなクレバスだ」

目の前に斜《なな》めに走るクレバスが現れ、まるでふたりを呑《の》みこむように、口を開けていた。のぞくと割れ目の側面は青いあやしい光を放っていたが、底は暗くかすんで見えない。深い奈落《ならく》になっているのにちがいない。そこに落下したら万事休《ばんじきゅう》すである。だから、跳《と》び越《こ》えることは危険きわまりない。手前で足を滑《すべ》らせることもぜったい避《さ》けねばならない。そこで、ふたりはクレバスが切れるところまで遠回りをした。しかし、それですんだというわけではなかった。クレバスはいくつもいくつも出現し、行く手をはばんだ。またも、「この山からはでられないぞよ」という妖婆のことばが響《ひび》いてきた。ついにタケシは、万一の事故にそなえて自分と月姫《つきひめ》の体にくさりを巻きつけて、歩くことにした。そのうち強風が吹《ふ》きはじめ、降雪もともなって、あたり一面吹雪《ふぶ》いてきた。雪が散弾《さんだん》のように顔面に襲《おそ》いかかってきた。雪と戦いながら、足もとに注意を払《はら》

わないといけない。

そのとき、どどーんというような重い響《ひび》きが風に乗って聞こえてきたので、タケシははっとした。

「危ない！　雪崩《なだれ》かもしれない。あの岩の下にかくれよう」

タケシは素早《すばや》く月姫《つきひめ》をかかえて、山のような岩の下が大きくえぐれた穴ぐらを見つけ、そのなかに逃《に》げこんだ。その瞬間《しゅんかん》、十メートルほど先の目の前で、濛々《もうもう》と雪煙《ゆきけむり》が上がり、ごーっという爆音《ばくおん》とともに、雪の層が山を下る巨大な列車のように滑《すべ》り落《お》ちてきた。あたりの空気は振動《しんどう》し、雪や氷のかけらが弾丸《だんがん》のように飛んできた。岩山のかげでふたりは体を縮め、身をすくめ、震《ふる》えあがっていた。しばらくすると轟音《ごうおん》はしずまり、雪煙もおさまってきた。

「すごい雪崩ねえ。はじめてだから怖《こわ》かったわ」

「怖い！　怖い！　まさか魔女《まじょ》の仕業《しわざ》じゃないだろうね」

「魔女は雪山を支配しているようだから、ここで起こることはみんな魔女の仕業よ。これからも、何が起こるかわからないから、ここですこし休みましょう。おなかも空いたわ」

ふたりはリュックから、村里で仕入れた食べ物をとりだした。もともと凍《こお》っているので、どのようにかじればいいのか、わからない。タケシはマッチで、月姫は火打ち石で火を起こそうとしても、そもそも炎《ほのお》まで凍ってしまうくらいだから、火種《ひだね》などとうていつくれない。ただ、タケシの剣《けん》で凍った果物《くだもの》を切ると、すぱっと切れたので、それをかじると、まるでシャーベットのようだった。固まって凍っている乾《ほ》し飯《いい》もばらして噛《か》むと、こんな美味《おい》しいものはないとさえ思われて、ふたりは顔を見合わせ、いっとき妖婆《ようば》の声も忘れて、久しぶりに微笑《びしょう》をかわした。外ではときどき、どどーんというような雪崩らしい重い響きが聞こえてきたが、岩のかげは意外に暖かかったので、そのうちふたりはうとうとしてきた。鹿皮《しかがわ》に守られているので、凍傷《とうしょう》になったり、凍死したりすることはないだろうと、安心してそのまま寝《ね》こんでしまった。

＊　＊　＊

どのくらい眠《ねむ》ったことか。シューとかジューとかいった鳴き声のような音が聞こえ、何かが穴の入り口をかすめたようなので、タケシはがばととびおきた。たしかに何か灰白色《かいはくしょく》の毛皮のようなものが岩山の上の方から斜《なな》めに飛んできたのが見えたのだ。タケシが月姫を起こそうとすると、月姫も目を覚ましていた。

「変な声がしたわね。けものの鳴き声かしら」

「それに、羽を広げたような灰白色のものが、下の方に飛んでいった」

「こんな雪山でもけものがいるかもしれないわ。そういえば、洞窟《どうくつ》を走《はし》り抜《ぬ》けたけものも灰白色だったわ」

「気をつけよう！　こんな餌《えさ》もないようなところにけものが生きられるはずはない。とにかく、猫《ねこ》でさえ氷にされていたじゃないか。けものがいるとすれば、氷女の手下かもしれない。ひと眠《ねむ》りしたから、ここからでていこう」

こうして、ふたりはまたくさりを互《たが》いの体に巻きつけて、歩きはじめた。足もとの雪はほとんど固まって氷の面を歩くのと同じであった。昨日は吹雪《ふぶ》いていたのに、雪が積もっているように見えないのは、ふしぎであった。一晩で雪が氷になってしまったのかとしか思えなかった。それに、クレバスをこわごわ跳《と》び越《こ》えたかと思うと、またも斜《なな》めに横にと裂《さ》けているクレバスが現れ、際限もない。クレバスの下をのぞくと、裂け目から数メートル先は真っ青に輝《かがや》いていたが、光が届かない奥《おく》の方は底のない暗い穴で、奥の方からゴーといった風のうなり声のような音が立ちのぼってきた。そのふちで滑《すべ》ったり、足を踏《ふ》みはずしたり、張りだした氷を踏《ふ》み砕《くだ》いたりしたら、奈落《ならく》の氷地獄《じごく》に落ちるのはたしかだった。そんなクレバスがあとからあとから現れるのである。

「ここはふつうの氷雪の山ではない。魔《ま》の山だ。この山を越《こ》えられるかな。でも、どうしてもここを越えなければ先に進めない」

そう思いながら、タケシはほとんど自棄《やけ》半分の気持ちになってきたが、後ろからついてくる月《つき》姫《ひめ》の方を振《ふ》り返《かえ》ると、月姫に勇気をあたえねばならないと、すぐ反省した。

「クレバスに落ちないことがいちばん大事だからね。大きなクレバスを跳び越えるときは、僕《ぼく》が手を貸そう。小さなクレバスを越えるときは、足もとに気をつけてね。いまはほかのことは考えずに、クレバスを越えることだけを考えよう」

月姫の緊張《きんちょう》した口もとがすこしほころんで、ほほえみが一瞬浮《いっしゅんう》かんだ。そのときだった。空から四角い羽のようなものを広げたけものが舞《ま》いおりてきたかと思うと、それは空中にぴたりと停止し、黒いガラス玉のような小さな瞳《ひとみ》で、ふたりを突《つ》き刺《さ》すようにに見すえた。そして、ぞっとするような冷たい声でタケシに語りかけた。

「そうはいかないよ。お前たち。お前たちは氷の山に閉じこめられる運命になっている。それは前世から決まっていることだ。タケシの祖先の三郎《さぶろう》が、いまから千数百年前に地下をさまよい、地上で恨《うら》みに燃えて蛇《へび》となり、いまはお前と合体《がったい》して、またも地下をさまよっている。いまはお前を助けようとしても凍《こご》えるばかりなので、お前の胸のなかでただ眠っているだけだ。その眠りは永遠の眠りになろう。というのは、外にでればたちまち凍《こお》ってしまうからだ。わたしは、三郎蛇のようにいっときの恨みに燃えているわけじゃない。またわたしは、龍魔王《りゅうまおう》の手下でもない。わたしは、人間が生まれる悠久《ゆうきゅう》の太古《たいこ》から、この山に住みついている。住みついているというより、わたしはこの山そのものだ。龍魔王とはむかし激しい戦いをしたが、さいごに龍魔王と兄妹のちぎりを結び、和解したのだ。その代わり、わたしがこの山を支配することになった。わたしの望みは、やがては世界を冷たい氷にしてしまい、わたしが支配することだ。お前らは、このわたしの世界に迷いこんできた。このまま帰すわけにはいかない」

「なんのために、そんなことを考えているんだ。この魔女《まじょ》め！」

「魔女だと？　勝手にわたしに名前をつけるな！　わたしは人間でもないから、わたしには名前などない。雪女とか、雪の女王とか、氷の女王とか、お前らがなんとでも呼ぶのは勝手だが、わたしは名前のないものだ。わたしは、雪であり、氷であり、雪山のクマであり、ワシであり、キツネであり、ウサギであり、モモンガだ。鹿《しか》だけはわたしから逃《のが》れて、わたしに反抗《はんこう》しようとしておるがな。お前ら人間のようにな」

「では、お前は雪山のモモンガだな。というより、モモンガに化けているんだな」

「わからん子どもだ！　わたしは、雪であり、氷であり、モモンガだ！」

　こういうと、空中にとどまっていたモモンガは、たちまちかき消えてしまった。そのときだった。月姫《つきひめ》が「きゃー」と絹を裂《さ》くような悲鳴をあげたかと思うと、タケシの体に巻きつけたくさりが強い力で引っぱられた。振《ふ》り向《む》くと、月姫の姿はなく、氷の大きな割れ目に垂れて、強い力でタケシの体を引いているくさりだけが見えた。

　タケシはあわててくさりを両手でつかみ、思いきり引っぱった。しかし、こらえて突《つ》っ張《ぱ》っている両足もずるずると割れ目に向かって滑《すべ》ってゆき、タケシの体はじりじりと割れ目のふちに引きよせられた。これでは、自分もクレバスに落ちてしまう。それより月姫を引っぱり上げねばと思ったときだった。「あっ」と叫《さけ》んで、タケシは仰向《あおむ》けに倒《たお》れこんだ。ぴんと張っていたくさりは一気《いっき》にゆるんで、タケシの胸にどさりと落ちた。タケシは起き上がって、あわてて、くさりをたぐった。すると、くさりはずるずるとたぐりよせられ、その先に月姫の姿はなかった。たぐりよせられたのは、くさりだけだった。

「月姫！　月姫！　どうしたんだ？」

タケシは深い割れ目をのぞきこんで、大声で叫んだ。しかし、返事はなかった。タケシの声は割れ目に吸いこまれ、こだまさえなかった。割れ目をのぞきこんでも、ぽっかり空いたふちしか見えない。タケシは、気が狂《くる》ったように鎌先《かまさき》を氷に突《つ》き立《た》てて、つないであるくさりを割れ目に投げおろし、自分はくさりにつかまって、下におりはじめた。くさりの先まですぐに滑りおりてしまったが、その下は無限の暗黒の穴だった。そのとき、またも四角い翼《つばさ》をつけたけものが上から飛んできて、爪《つめ》の生えた足でタケシの両手につかみかかり、思いきり爪を立てたので、タケシはあっと叫んで、手をはなしてしまった。

「落ちる、落ちる、地下世界に落ちて、ここでまた落ちる！　このままでは地球の中心に落ちてしまう！」

下へ下へと落下しながら、タケシはそんなことを考えていた。

「落ちれば、その先で月姫に再会できるだろうか？　それなら、落ちるところまで落ちればいい。これでは不思議の国のアリスもかなわないだろう。落ちろ！　落ちろ！」

タケシはいつのまにか、「落ちろ！　落ちろ！」と叫《さけ》んでいた。そうすると、しだいに落ち着きをとりもどして、まわりを見回せるようになった。まわりの壁《かべ》は氷だった。ぴかぴかに磨《みが》かれたなめらかな氷だった。見おろすと、下は何も見えない空洞《くうどう》だった。まったく何も見えなかった。それはもう割れ目なんかではなくて、ずどんと丸く空いた大きな穴だった。不気味な空洞だった。そのうち、落下のスピードが増してきて、タケシの脳髄《のうずい》が振動《しんどう》をはじめ、タケシは意識が薄《うす》れてきた。

＊　　＊　　＊

「この子は健気《けなげ》な娘《むすめ》だ！　お前を助けようと、自分の体から無理やりくさりをほどいて、ここに落ちてきた。本当に健気な娘だ！　だからといって、お前が助かるものではない。お前もここに落ちる運命だったからな」

意識が戻《もど》ったタケシに、どこからともなく語りかける声が聞こえた。タケシは目を開けた。暗い穴の底に落ちたはずなのに、そこはどこまでも薄明かりに満たされた場所だった。先が見えないので、広いのか狭《せま》いのかさえわからない。その地べたにタケシは横たわっていた。声はまぎれもなく妖婆《ようば》の声だったが、姿は見えない。ただ、自分のかたわらに氷の彫像《ちょうぞう》が立っているのに気づいた。それも若い女の彫像だった。タケシははっと胸をつかれた。

「まさか月姫《つきひめ》じゃないだろうな」

そう思うと、心臓が激しく鼓動《こどう》を打ちはじめた。まちがいなかった。鼻筋《はなすじ》が通った高貴な顔は、まぎれもなく月姫の顔だった。

「なんてかわいそうな！　鹿皮《しかがわ》の衣《ころも》をまとっているのにどうして氷にされてしまったのだろう）

そのタケシの疑問に答えるように、また声が聞こえた。

「わしが呪《のろ》いをかければ、なんであろうと氷にできる。お前だって、同じことだ。ただ、いまはまだお前に呪いをかけていないだけだ」

タケシは、月姫の顔をなでた。つい先ほどまで、話したりほほえんでいた顔である。それが、いまは冷たく固い氷になっている。目も唇《くちびる》も鼻もぴくりともしない。固い氷の彫像そのものだ。月姫の体を抱《だ》いて暖めようとしたが、その表面は溶《と》けようともしない。かえって、タケシの腕《うで》も胸も凍《こお》りついてしまうようだった。タケシは恐怖《きょうふ》でことばにならないような叫びをあげて、倒《たお》れ伏《ふ》した。目から涙《なみだ》がこぼれたが、それはたちまち氷の粒《つぶ》となって、ぱらぱらとこぼれ落ちた。

いっそうのこと自分も氷になって、月姫のそばにいたいと思い、また月姫の顔を見上げた。すると、眉《まゆ》ひとつ動かさない月姫が、何かタケシに語りかけているように思えた。

「なんのために、わたしがくさりをほどいたの？　あなたに生きてもらうためなの。氷雪の山を越《こ》えて、大きなお仕事を、やりとげていただくためなの。さあ、わたしのことはいいから、智恵《ちえ》と力をふりしぼって！　その気になればやりとげられないことはないわ！」

そのことばは、月姫《つきひめ》が語っているのか、自分がひとりごとをいっているのか、タケシには見分けがつかなかった。そのうち、タケシにはっと閃《ひらめ》くことがあって、リュックのなかを探《さぐ》って、何かとりだした。

＊　＊　＊

タケシが手にしたのは、巻物だった。緊張《きんちょう》した面持《おもも》ちで、タケシは巻物を広げていった。そして、自分が火に包まれたあの火の山が描《えが》かれているところまで巻物を広げた。巻物の絵図は、いつでも自然界そのものとなって、風を吹《ふ》かせ、雨や雪を降らせるからである。そうであるならば、巻物の火の山から炎《ほのお》が噴《ふ》きあがるかもしれない。タケシは、そう思ったのだ。

その狙《ねら》いは正しかった。巻物の火の山の絵図を開くと、山の頂が炎を噴きあげた。しかし、なんたることか、その炎は、巻物から外に噴きあがると、たちまち凍《こお》りついてしまった。村里で目にしたのと同じ氷の炎となった。

「これではどうしようもない。魔女《まじょ》は炎にも呪《のろ》いをかけられるんだ。でも、氷が火よりも強いなんて聞いたこともない。そんなはずはない。この炎には何かが足りないんだ」

そのとき、天上から細かな氷の結晶《けっしょう》が降り注いできた。やがて、あたりは一面に氷のレースのようにおおわれてしまった。そして、またも氷の結晶が集まって、耳も鼻も尖《とが》った妖婆《ようば》の顔となった。

「わかっとるはずだ。炎はわしの敵じゃ。負けるわけにはいかんぞ。みな凍らせて、わしの家来にしてしまうぞ。お前はわしの力を知らんのか。わしは、わしの姉の〈水〉と同じじゃ。人も村も田畑も呑《の》みつくしてしまうわ。だから、火もねじふせるだけではなくて凍らせてしまうわ。人間どもはわしの力を見くびっておる。だから、思い知らせてやるわ。ひっひっひ！」

さいごの笑いは吹雪《ふぶき》の風音《かざおと》となり、女の口から雪が吹きでてタケシの顔にまとわりついた。そのときだった。巻物からまたも炎が噴きだしてきた。そして、四方八方に分かれて広がり、その先でそれぞれがものすごい勢いで上に向かって燃えあがるので、まわりに無数の炎の柱が立って、あたりは赤々とした光が満ちあふれ、タケシはまるで炎の神殿《しんでん》にいるようだった。しかし、つぎの瞬間《しゅんかん》、ズドンズドンと象が歩くような重い響《ひび》きがして、炎の柱のあいだに白く輝《かがや》く氷の柱がつぎつぎに上からおりてきた。と思うと、炎の柱はたちまち白く固まり、氷の柱になってしまい、タケシと月姫の影像《ちょうぞう》は壁《かべ》のようにすき間なく並べられた氷の柱に閉じこめられた。やがて、まぶしく輝いて立ちならぶ氷の列柱を背にして、妖婆の顔が現れ、高笑いをして、何やらぶつぶつ唱《とな》えはじめた。

「熱いは冷たい、熱いは冷たい、日輪は熱い、熱いは冷たい、日輪は消える、熱いは冷たい……」

＊　　＊　　＊

「やはり、炎《ほのお》は氷に負けてしまったのだろうか？」

タケシはがっくりして、巻物を巻きもどすと、巻物はタケシの手からとびだした。そして、タケシの足もとで、くるくると広がり、火の山がふたたび姿を現し、巻物のなかからそびえ立ち、またも真っ赤な火を噴《ふ》きだした。すると、火焔《かえん》は無数の火花となって、飛び散って、まるで空中花火のようになった。そして、それぞれの火花から翼《つばさ》が伸《の》びてきて、鳥のようにはばたきはじめた。

おびただしい〈火の鳥〉の誕生だった。〈火の鳥〉の群れは一斉《いっせい》に妖婆《ようば》の顔に襲《おそ》いかかった。すると、妖婆の顔が無数の氷の粒《つぶ》となって四方八方に散った。そして、見る見る四角い翼をつけて、目にもとまらぬほどの速さで、空中を飛びまわりはじめた。空飛ぶ氷のモモンガである。こうして、〈火の鳥〉と氷のモモンガの群れが激しいつかみ合いをはじめた。

炎のままだと氷にされてしまうので、炎は無数の火の玉になり、鳥のように翼をつけて、妖婆の魔力《まりょく》に対抗《たいこう》しているのだろうか？　しかし、それがうまくいくとはかぎらない。〈火の鳥〉が氷のモモンガにぶつかるや、ジューと音を立てて、氷の粒となって落下してしまうからである。しかし、なかには、モモンガに食らいついて、溶《と》かしてしまう鳥も現れた。そのありさまはすさまじいものだった。頭上一面にボンボンと花火が打ち上げられ、それが〈火の鳥〉となって、群らがっている氷モモンガとからみあい、とっくみ合いをし、格闘《かくとう》し、翼で打ち合いをし、噛《か》んだり噛まれたりした。そして、氷のかけらが雹《ひょう》のように雨あられと降り注いだ。

タケシはしばらくそれに目を奪《うば》われていたが、すぐに月姫《つきひめ》を全身でかばい、雹から守ろうとしながら、叫《さけ》んだ。

「お前はそんなに人間が憎《にく》いのか。人間はお前に悪いことをしたのか。人間にはお前を憎む理由はないというのに、お前は人間を怒《いか》りで打《う》ち据《す》えるのか！　怒りがあるなら怒りをしずめてくれ。その魔力をどうかおさめてくれ。僕《ぼく》はどうすればいいのだ？　そうだ！　僕は、鹿皮《しかがわ》のずきんと鹿皮の服を月姫にかぶせてやる。そうすれば、僕はきっと氷になるだろう。それでもいい。月姫の代わりに僕を生けにえにしてくれ！　僕は氷になってもかまわない！」

そういって、タケシは自分の鹿皮のずきんをとって、氷となって張りついている月姫の頭の上にかぶせ、自分の服を脱《ぬ》いで、彼女《かのじょ》の肩《かた》にかけた。

「かまわない。僕はこれでもう龍魔王《りゅうまおう》と戦えなくなる。でも、龍魔王と戦おうなんていうのは、戦えるなんていうのは、僕のおごりだった。僕はここで消えてゆく人間だ。僕がこの世から消えても、かならず誰《だれ》か現れて、僕の代わりに戦ってくれる。ただ、マリーだけは心配だけど、マリーのことだから自力で逃《に》げだすか、誰か別の者に助けだされると信じたい。いや、僕はそう信じる。人も万物《ばんぶつ》もみなつながっている。僕の代わりに誰かがかならずやってくれる。ここで僕という人間が氷になってしまっても、消えてしまっても、どうっていうこともない。僕は別のものに生まれ変わって、また龍魔王《りゅうまおう》と戦うこともできるかもしれない。いや、かならずそうなるんだ。いまこの身が消えることなど、どうっていうこともない！」

そう叫《さけ》んでいるうちに、タケシは意識を失いかけた。鹿皮《しかがわ》をとった頭と体に氷の粒《つぶ》が弾丸《だんがん》のように突《つ》き刺《さ》さり、貫《つらぬ》いていった。そして、体が皮膚《ひふ》と内臓のほうから凍《こお》っていくのがわかった。

「もうだめだ！　月姫《つきひめ》、さようなら！　マリー許してくれ！　お母さん、おじさん、ジョージ、みな、さようなら」

タケシの目の前が暗くなった。タケシはよろよろと月姫の彫像《ちょうぞう》に近づき、彼女《かのじょ》を抱《だ》きかかえ、その体をさすって、彫像に血が通《かよ》ってくるのを待ち受けた。しかし、月姫の体内に温かい血はめぐってこない。

「だめだったか。そうか、魔物《まもの》には鹿皮も効き目がないんだ。それでは僕《ぼく》も、月姫も氷の世界で永遠に眠《ねむ》ってしまうのか」

そのうち、手足が白く透明《とうめい》になるのがわかった。いよいよ体の氷結がはじまったのかと覚悟《かくご》を決めるうちに、気を失ってしまった。

＊　＊　＊

それからどれほどたったことか！　タケシは胸のうちから熱いものがこみあげてくるので、意識をとりもどした。「熱い！」と思わず叫びながら、タケシはその熱をこらえた。火の山で燃えあがる火焔《かえん》を耐《た》えていたときと同じ感覚であった。

目を開けると、空中で氷のモモンガと決死の戦いをいどんでいた無数の〈火の鳥〉が、タケシのもとに舞いおりてくるのが見えた。〈火の鳥〉の群れはかたまって、翼《つばさ》を寄せ合い、赤々と燃えあがり、タケシと月姫を包みこんだ。

一方、巻物からは新たに紅蓮《ぐれん》の炎《ほのお》が大蛇《だいじゃ》の舌のように長く伸《の》びてきた。そして、タケシと月姫を包みこむ、〈火の鳥〉の群れの大きな笠《かさ》を突《つ》きぬけ、旋回《せんかい》しながら立ちのぼり、巨大な真紅《しんく》の舌で氷の列柱をなめるように這《は》いまわった。氷の列柱はもだえて曲がり、溶《と》け落《お》ちた。そのあとには光が満ちあふれ、まぶしさのあまり、目も開けていられないほどだった。それは一瞬《いっしゅん》のようにも、また途方《とほう》もなく長い時間をかけてのようにも思われた。まるで、早回しのフィルムを見せられたようでもあり、スローモーションのフィルムを見せられていたようでもあった。

やがて、耳と鼻が尖《とが》った妖婆《ようば》の顔がほんのいっとき浮《う》かんだかと思うと、たちまち消えて、すぐに白く輝《かがや》く氷の王冠《おうかん》をいただいた優美でおだやかな顔立ちの若い女の立ち姿が現れた。そのかたわらには、赤々と燃えあがる炎の王冠をいただいた王者がすっくと立ち、女の肩《かた》に手をかけた。すると、氷の王冠をいただいた女王は透《す》き通《とお》った声で、タケシに話しかけた。

「あなたに負けました。あなたは身を捨てて、月姫を救おうとしました。これがすべてです。わたしの目の前で、美しい愛の姿を見せてくれました。わたしには人間の心はわかりませんが、二つのものが融合《ゆうごう》する姿はわかります。わたしも、自分の片割れを探していました。それを、タケシ、いっときはお前を片割れにしようと思っていましたが、炎《ほのお》と争ううちに、お前が連れてきた火の山の王こそ、その相手だと悟《さと》りました。わたしの片割れが見つかったとたんに、わたしにとりついていた怨念《おんねん》は消えました。火の山の王も同じ思いです。わたしたち同士は、話し合うことはありません。しかし、あなた方人間にはふしぎに思われるでしょうが、わたしたちは一瞬《いっしゅん》の間《ま》にわかりあえるのです。火の山の王もわたしを求めていたのです。この和合はひとときかもしれません。しかし、いまわたしたちは一体となりました。わたしは火の王と力を合わせて、あなたのためにも氷の世界を溶《と》かして、美しい山、平和な村里に戻《もど》しましょう。そして、あなた方を解き放ちましょう。あとは、龍魔王《りゅうまおう》のもとにゆくなり、地上に戻るなり、勝手になさい」

そのことばを王者が引きとった。

「これでわかったか！　わしたちはお前から学んだ。お前たちも、わしらから学ぶがよい。わしらに害をくわえれば、わしらはいつでもお前らに復讐《ふくしゅう》できることを、胸に刻んでおくがいい。いまは、お前たちの熱い思いに感じて、わしらこそお前から大事な心を教えられた。お前は、わしの火の山の火焔《かえん》の壁《かべ》をのりこえたことを覚えているだろう。その試練に耐《た》えたため、お前は尋常《じんじょう》でない力をそなえた。そのときの力がお前を再生させたのだ。自覚するがよい。お前は愛と勇気にめぐまれていることを」

こういうと、凛々《りり》しい火の王と高貴な氷の女王は、抱擁《ほうよう》をしながら消えていった。

＊　　＊　　＊

「タケシさん」

とタケシを呼ぶ声がした。月姫《つきひめ》の声である。月姫はタケシにずきんと服を返しながら、ほほえんでいた。

「氷にされていましたが、何もかもこの目に見えて、何もかも聞こえていました。わたしは、あなたに救われました」

「いや、僕《ぼく》こそあなたに救われたんだ」

そう会話をかわしながら、ふたりはあたりを見回した。クレバスの深い底に落ちこんだと思っていたのに、いつのまにかふたりは緑の谷間に立っていた。そばには、谷川の澄《す》んだ流れが快いリズムを響《ひび》かせていた。左右の山の斜面《しゃめん》には濃《こ》い緑の林がつづき、さわやかな風がふたりの頬《ほお》をなでた。道沿いの並木には目にまぶしい薄桃色《うすももいろ》の花が開いていた。まるで、舞台《ぶたい》の黒幕が落とされ、華《はな》やかな書き割りが出現したようだった。怨念の舞台は花咲《さ》く道行きの舞台に転換《てんかん》し、ふたりはその道行きの主人公だった。

「なんて美しい山だ！　この世界はなんて美しいんだ！」

「魔法にかかったようね」

「魔法《まほう》が解けたのさ」

「どっちでもいいわ。あの凍《こお》りついた村里も生き返ったかしら」

「それはまちがいないよ。氷の女王が約束していたじゃないか。僕《ぼく》はぜったいに信じる。だから、戻《もど》って確かめる必要もないだろう。僕らはすこしでも早く先に進まなければならないからね。僕らはもうひとつ山越《やまご》えをしなければならない」

「こんどはどんな難所でしょうか？」

「とても気になるけれど、それはあとにしよう。今日ぐらいはゆったりした気分になって、このすばらしい自然を楽しもう」

とはいっても、ふたりはまだ荒《あら》い息をして、その胸は大きく波打っていた。氷地獄《じごく》から、死の世界から逃《のが》れてきたばかりなのだから、当然だった。ふたりはまだ、悪夢から覚めきっていなかった。しかし、谷川沿いに上り坂の山道を歩くうちに、ふたりの呼吸はすこしずつしずまってきた。

タケシは、「自覚するがよい。お前は愛と勇気にめぐまれていることを」という火の王のさいごのことばを思いだしていた。しかし、そんな自覚はどうしてももてなかった。それどころか、自分ほどふがいない人間はいないように思って、恥《は》じていた。それに、もし氷と炎《ほのお》の和解がなかったら、自分らが氷の世界に閉じこめられていたにちがいないという恐怖《きょうふ》の余韻《よいん》にもとらわれていた。そのつぎに何が起こるかわからないが、とにかく早くこの恐怖を忘れねばと思いながら、大地をしっかり踏《ふ》みしめた。やがて気がしずまってくると、谷川のせせらぎと鳥のさえずりが聞こえてきて、その快いリズムに疲《つか》れと恐怖と緊張《きんちょう》が癒《い》えてきた。

〈大化け〉に呑《の》まれて

しばらくは緑の美しい谷あいがつづいた。右側を見おろすと、渓流《けいりゅう》が涼《すず》しげに流れていた。流れを道連れに、その水音を聞きながら山道をたどるうちに、タケシと月姫《つきひめ》の心もしずまってきた。それにしても、氷の女王と火の王のすさまじい戦いと和解の場面はタケシの頭から消えることはなかった。

月姫はそのあいだ全身が凍りついており、何が起こったかわからないでいたはずなので、道々タケシがあの場面を月姫に説明すると、驚《おどろ》いたことに、月姫は氷の女王の呪《のろ》いで自分が氷づけにされたことも、タケシが自分を助けようとしてくれたことも、〈火の鳥〉と〈氷モモンガ〉との空中戦も火の王と氷の女王の抱擁《ほうよう》も、その目にはっきり映っていたという。

「わたしの体は氷になっていたけれど、頭のなかははっきりしていて、まわりで何が起こったか残らず見えていたの。タケシさんが自分の鹿皮《しかがわ》の服を脱《ぬ》いでわたしにかぶせてくれたこともわかっていたわ」

「そういえば、僕《ぼく》にはきみのことばが聞こえていた。きみはいっていた。なんのためにわたしがくさりをほどいたの？　あなたに生きてもらうためよ。氷雪の山を越《こ》えて、大きな仕事をやりとげていただくためなのってね。きみのことばで、僕は勇気をとりもどすことができた。そしていま、こうして山越えをして、歩いているんだ」

こんな会話をかわして、信じられないような体験を思い起こしていると、タケシはそのときの恐怖《きょうふ》からすこしずつ解放されてくるように感じた。

＊　　＊　　＊

どのくらい山道をたどったであろうか、気がつくと、いつのまにか緑の谷間を通《とお》り抜《ぬ》けて、見通しが利《き》かない岩山のなかにはいりこんでいた。谷川は大きく曲がって、山道からはなれようとしていたので、山道から沢を下って清流にたどりつき、岸辺で顔と手足を洗った。ふたりは悪夢をぬぐい去るように、念入りに洗った。それから、タケシはリュックから水筒《すいとう》を、月姫《つきひめ》は背負った革袋《かわぶくろ》から鹿皮《しかがわ》の袋を、それぞれとりだして渓流《けいりゅう》に浸《ひた》し、冷たい水をなかにつめこんだ。

ほっとする瞬間《しゅんかん》はそこまでだった。また山道に戻《もど》ると、道筋はくねくねと迂回《うかい》する上り坂になって、石ころがやたらにごろごろして、歩きづらいことおびただしい。それに、いやに蒸し暑くなった。そのため、何時間か歩いているうちにふたりとも疲《つか》れてしまった。とくに月姫は、よほど疲れたのかよろけるように歩いている。

「疲れたようだね、大丈夫《だいじょうぶ》かな？　休む場所が欲しいね、すこしずつ暗くなってきたし、村でもあればいいのだけれど」

たしかに、あたりに闇《やみ》がただよいはじめていた。地下の世界では太陽を見たことはなかったが、暗いということはなくて、どこからともなく光が放散していて、すべてのものがはっきり見えた。もちろん夜の闇におおわれる時間もあったが、それは地上での昼と夜の交代といった区切りとも思えなかった。いつのまにか暗くなったり、あっというまに暗くなるということもあった。

「あれはなんだろう？　変な飛び方だな？　まさかまたモモンガが追ってきたんじゃないだろうな」

「飛び方が似ているけれど、モモンガじゃないわ。あの飛び方はコウモリよ」

たしかに、その小さな黒い飛行物体は、なめらかに飛ぶのではなくて、短い直線をいくつも描《えが》くように、小刻みに飛んでいる。

そのうち、一匹《いっぴき》、二匹、三匹、四匹とコウモリが増えだし、ときには素早《すばや》く、ときにはゆっくりと、空中に不規則な線を描き、急旋回《きゅうせんかい》や、急落下や、急上昇《きゅうじょうしょう》をくり返していた。

「何か気味悪いね。どこか休む場所を見つけようよ」

ふたりはあたりに目を配りながら、先を急いだ。しばらくいくと、背中に猟銃《りょうじゅう》を背負い、毛皮のチョッキのようなものを着こんだ人が歩いてくるのが見えた。猟師らしきその男は、ふたりの姿に気づいて、驚《おどろ》いたようだった。立ち止まり、目をドングリのようにして、ふたりをまじまじと見すえた。

「この先に村がありますか？」

人に出会った喜びで、タケシは声をかけた。

「村はあるにはあるが、みな空き家になって、人っ子ひとりいやせんよ」

「あなたは村の人ですか？」

「むかしはな。いまは畑を見回ったり、家畜《かちく》に餌《えさ》をやりにきたり、畑を荒《あ》らすクマやイノシシを撃《う》ちにくるだけだ。それにしても、お主《ぬし》らは、どこにいこうとなさるのかね」

「山越《やまご》えをしようとしているんですが」

「山越えだと！　山を越えると魔物《まもの》がいるということをご存じかな？」

魔物を退治しにいくといってても信じてくれそうもないので、山越えをするわけをいうのはひかえて、タケシはたずねた。

「どうして、村には人がもう住んでいないんですか？」

「山の向こうから闇《やみ》のかたまりがおりてきて、村を襲《おそ》おうとしているからだ。闇は動くのがわからないくらい静かに静かにおりてくるが、闇のなかに得体《えたい》のしれない生き物がうごめいていて、不気味なささやき声やらつぶやきやら聞こえるそうだ。わしらはそれを黒い〈大化け〉って呼んでるんだが、そいつはいつのまにか村人の何人かを呑《の》みこんで、また山の向こうに消えてしまうんだ。そこで、わしらはいまでは安全な場所に移住しているんだ。でも、家や家畜をぜんぶ運ぶわけにいかんし、畑は動かせねえ。わしは、先ほど村を見回ってきたが、どうも変な予感がする。黒い〈大化け〉がおりてきそうな気配がする。だいたい、コウモリやフクロウが飛んでくると危ないんだ」

そして、あたりを飛びまわるコウモリを見て、猟師は恐怖《きょうふ》でおびえた目をして、顔をこわばらせ、身を震《ふる》わせた。

「この先にいくのはおやめなさい。〈大化け〉に吸いこまれてしまいますぞ」

「いや、知り合いが闇に吸いこまれているかもしれないんで、助けにいくんです」

すると、猟師の顔はいっそうこわばった。

「なんだと！　お前らは〈大化け〉の仲間なのか？」

そうどなると、猟師はふたりに背を向けて、駆《か》けるように岩だらけの道をおりていった。その後ろ姿を見ながら、ふたりは顔を見合わせたが、「村にいってみよう」という思いは同じだった。

そして、ふたりは足を速めた。

＊　＊　＊

歩くにつれてますます薄暗《うすぐら》くなったが、まだ闇《やみ》に包まれたわけではない。それにタケシたちには、山からおりてくる黒い〈大化け〉がどんなものか見当もつかなかった。しかし、しだいにタケシは、その化け物と対決しなければならない気持ちになってきた。岩山と石ころだらけの道は、やがて雑草がまばらに生えているとはいっても、しっかりと踏《ふ》みかためられた道につづいた。荷車が往来《いきき》したわだちさえあった。そして、緑の茂《しげ》みも目についてきて、なんとなく村里の空気もただよってきた。ただ気になるのは、しきりに飛《と》び交《か》うコウモリである。まるで蚊《か》が人やけものに群らがってくるように、ふたりに群らがってくる。

「キャー！」

月姫《つきひめ》が悲鳴をあげた。タケシにも悲鳴のわけがわかった。真っ黒な見慣れた動物が道を横切ったからだ。長い尾《お》を引きずって、敏捷《びんしょう》に走りまわりながら、一瞬《いっしゅん》立ち止まってひょいと見上げたその顔には、小さいくせにどう猛《もう》で鋭《するど》い目が光っていた。

「こいつめ！　黒コメネズミ野郎が、こんなところにも待《ま》ち伏《ぶ》せしている。はしこいやつだが、脅《おど》すとすぐ逃《に》げてしまう。どうやら、あいつも暗闇が好きなけものなんだ。とにかく陰険《いんけん》なやつで、悪さをするから気をつけよう。黒コメネズミだけでなく、このあたりには、フクロウやタヌキやヤモリもいるかもしれない」

そういう間《ま》もなく、道ばたの大きな岩にヤモリが張りついているのを月姫が見つけて、またも大きな悲鳴をあげた。

「ヤモリは嫌《きら》いなの？」

「大嫌いよ！　身震《みぶる》いするわ！」

「危険なことはないから、僕《ぼく》にまかせておいて」

そういっていまだに両手にもっている鎌先《かまさき》のついた杖《つえ》で、ヤモリを突《つ》こうとすると、ヤモリは電光のごとく素早《すばや》く姿を消した。

「ヤモリは森や砂漠《さばく》に住んでいるというけど、人家にも住むというから、村里が近いかもしれないね」

「わたしもそう思う」

そういって足を速めると、前方の道沿いに家が一軒《いっけん》、二軒と立っているのが見え、やがて道は広くなり、左右に垣根《かきね》や茂みにかこまれた家々がまばらに広がっていた。光でも浴びていれば輝《かがや》くように美しい田園風景だった。しかし、全体に霞《かすみ》がかったようになって、まるで墨絵《すみえ》の世界だった。しかも、ひっそりしている。

「誰《だれ》もいないのかな。あの家にはいってみよう」

タケシが、庄屋《しょうや》のように大きな門構えの家を指さした。大きな牛小屋があったが、そこには八頭ほどの牛が一斉《いっせい》にふたりに目を向けて、モウモウとせがむように鳴きたてた。

「かわいそうに置き去りにされている。飼い葉は十分もらっているかな。これでは、人はいないだろうな。とにかく、家のなかにはいってみよう」

家のなかにはむろん人影《ひとかげ》はなかった。広い土間があったので、上《あが》り框《かまち》に腰《こし》をおろして、リュックを開けた。清流からくみとった水を飲み、果物《くだもの》や乾《ほ》し飯《いい》を口にして、英気を養うためだった。しかし、横になって睡眠《すいみん》をとる気はしなかった。それより、これからの不安のほうが先立っていた。そこでタケシは、前途《ぜんと》を見定めるためにやおらリュックから巻物をとりだして、広げた。系図、火の山、氷雪の山とつぎつぎに広げて、その先を見ようとすると、なんと真っ黒であった。それも黒く塗《ぬ》られているのではなく、黒雲のようにもくもくとふくらんでゆくではないか。と思うと、どこからともなく、一羽の大きなフクロウがとびこんできて、巻物を口にくわえて、飛び去ってしまった。

「しまった！　油断大敵だった！」

ふたりは外にとびだして、フクロウが飛び去る行く手を目で追ったが、フクロウは近くの林を低空飛行して、姿を消してしまった。

「大事な大事な巻物をとられてしまった。だからといって、この冒険《ぼうけん》をやめるわけにはいかない。巻物なしでいこうよ！」

「それしかないじゃない」

ふたりは、これから何が起こっても立ち向かう覚悟《かくご》をかためて、家をでた。

ただ、あわれな目で見つめながら鳴いている飼い主のいない牛たちがかわいそうなので、月姫《つきひめ》といっしょに、小屋のかたわらに積み上げてあるまぐさの山にフォークを突《つ》き立《た》て、まぐさをすくっては、一頭一頭に配って食べさせた。

＊　＊　＊

そのとき、坂の下の方から何やら人声のような騒《さわ》ぎが聞こえてきたので、そちらの方を見ると、四、五人の人間がこちらの方にのぼってくるではないか。先頭に立ってくる人の姿格好には見覚えがあった。

「さっき行き違った猟師《りょうし》さんのようだわ」

「いったいどうしたっていうんだ」

「みな、猟銃《りょうじゅう》をもってるわ」

ふたりは身構えた。ここで撃《う》たれたらおしまいである。こちらには飛び道具はないから、対抗《たいこう》しようもない。逃《に》げることもできず、息を呑《の》んで待ち構えていると、先ほどの猟師が声をあげた。

「おーい！　大丈夫《だいじょうぶ》か！　あんた方はこんなところにきてどうしようっていうんだ。まさか、黒い〈大化け〉の仲間じゃないだろうね？　それを確かめようと仲間を連れて、戻《もど》ってきたんだ。あんた方があいつの仲間じゃないのなら、このへんでうろうろしていると危険だ。どうなったかと思って、様子を見にきたんだ」

「まだ、よくわからないけれど、何が危険なの？」

「さっきあんたらに教えたろうが。向こうの山から化け物がおりてきて、村人を呑《の》みこもうとしとるって」

そういって猟師《りょうし》は、不気味な黒雲が帯のようにたなびく山の峰《みね》を指さした。

「あの山の峰からそいつはおりてきて、村人を呑みこんでいくんだ。それで、わしらはふもとの大きな岩山にある洞窟《どうくつ》に避難《ひなん》しとる。ところであんたらは、知り合いが闇《やみ》に吸いこまれているかもしれんっていってたね」

タケシはすぐには答えなかった。すると、ほかの猟師姿の仲間たちは、ふたりをとりかこんで、ふたりを睨《にら》みつけ、答えを待っていた。

「いえ、僕《ぼく》の妹が行方《ゆくえ》不明になっていて、もしやその〈大化け〉に呑《の》みこまれてしまったのじゃないかと思って、探しにきたんです」

「そうかい。でもどうしてそれを確かめたり、探したりするんだ。お前さんも化け物に呑みこまれて、その腹のなかにはいらなければ、わからんのじゃないかね」

そのとき、ぞっとするような冷たい風が吹《ふ》いてきた。すると、猟師のひとりが、山の尾根《おね》を指さした。見ると、そこから黒いかたまりがもくもくと入道雲のように立ち上がり、まるで巨人が手を広げるように横に広がりながら、しずしずとこちらに押《お》しよせてきた。

「うわー、やってきたぞ。逃《に》げろ！　逃げろ！　そこの若いの。あいつにはぜったいかなわないから、逃げろ！　あいつが相手なら逃げるが勝ちだ。向こうは、だまって押しよせてくるんだ。いくらでも大きくなって、いくらでも広がる。そして、空気や煙《けむり》のようにつかめないんだ。相手にしてとっくみ合って、格闘《かくとう》することもできん。それでいて、あいつに触《ふ》れられたらひとたまりもない。吸いこまれてしまうんだ。逃げろ！　逃げろ！　逃げながらわしらが弾《たま》をぶちこんでやるから、逃げろ！」

そういいながら、猟師たちはガンガンと猟銃《りょうじゅう》を撃《う》ってから、坂から転げるように逃げだし、逃げながら振《ふ》り返《かえ》っては、〈大化け〉を銃で攻撃《こうげき》した。しかし、弾は黒いかたまりのなかに吸いこまれるだけで、〈大化け〉はしずしずとこちらに向かって進んできた。

タケシは動かなかった。月姫《つきひめ》もタケシに倣《なら》った。マリーを探しだすためには、龍魔王《りゅうまおう》とまみえるためには、この〈大化け〉に背を向けるわけにはいかなかった。タケシは仁王立《におうだ》ちをして、音もなく迫《せま》ってくる〈大化け〉を睨みつけた。

そのときだった。〈大化け〉のなかから巨大な鳥がとびだしてきた。いや鳥ではなかった。体長が七、八メートルもあるばかでかいコウモリのようなものだった。

「大コウモリかな？」

「いえ、コウモリに似ているけれど、あれは飛龍《ひりゅう》だわ。翼《つばさ》をもって飛ぶドラゴンよ。こっちに向かって飛んでくる。かくれましょう」

ところが飛龍は、ふたりの頭上を飛《と》び越《こ》えて、村の猟師《りょうし》たちが逃《に》げた方向に向かった。彼《かれ》らが猟銃《りょうじゅう》で撃《う》ったので、敵と思って襲《おそ》おうとしたのだろうか？　山道が迂回《うかい》しながらおりていく坂の下の方で、何発もの銃声がした。そのうち、ギャーという叫《さけ》びが聞こえたかと思うと、飛龍が口に人間をくわえて黒いかたまりのなかに消えていった。

「あれは僕《ぼく》たちのことを心配して、仲間と追ってきたあの猟師だ！　そうじゃない？」

タケシは、胸がつぶれそうになって、月姫《つきひめ》に叫んだ。

「あの人を助けなきゃ！」

タケシが〈大化け〉に突進《とっしん》しようとすると、月姫が止めた。

「待って、タケシさんが呑《の》みこまれてしまったら、どうするの！　どうすれば助けられるか、焦《あせ》らずに考えましょうよ」

しかし、考える余裕《よゆう》はなかった。とつぜん、「ケーン」というけたたましい啼《な》き声がして、黒いかたまりのなかから飛龍がとびだして、タケシに襲いかかってきた。

タケシは剣《けん》を抜《ぬ》いて、飛龍の体を突《つ》き刺《さ》そうとした。一方飛龍も、尖《とが》ったくちばしを大きく開けてタケシの体をくわえようとした。そして、ついにタケシの横っ腹の皮を鋭《するど》いくちばしでつまんで、何やら引っぱりだそうとした。といっても、それはタケシのはらわたではなかった。ずるずると黒い紐《ひも》のようなものだった。

「恐《おそ》ろしい！　三郎蛇《さぶろうへび》かタケシさんの影《かげ》を引っぱりだそうとしてるんだわ。影を喰《く》らう飛龍がいるって聞いたことがある、そうだ、地下の住民のわたしには影がないわ。わたしを相手にすればいいんだわ」

そういったとたん、そのことばがわかったように、飛龍は攻撃《こうげき》の的を変えて、横っ飛びにものすごい勢いで月姫に向かって突進し、月姫の体をくわえて飛びあがり、黒いかたまりのなかに突入して、姿を消した。そのとき、タケシの頭に電光のように素早《すばや》く、真実が見えてきた。

「そうだ！〈大化け〉は本当に人間の影を喰ってるんだ。あの飛龍が、〈大化け〉に影のない地底人ばかりか、地上の人間の影も供《そな》えているんだ。そうにちがいない。でも〈大化け〉は、まさかマリーの影まで喰ってるんじゃないだろうな。よーし、このままでおくものか！」

月姫が呑みこまれたいま、タケシを止める者はいなかった。タケシは剣を振《ふ》り上《あ》げて、黒いかたまりに向かって突進した。黒いかたまりの前にくると、それはまるで黒い壁《かべ》のように、タケシの前に立ちはだかった。頭をぶつけるように、タケシはそのなかに突っこんでいった。

＊　＊　＊

タケシは闇《やみ》のなかに頭から吸いこまれるや、恐《おそ》ろしい勢いでつむじ風に巻かれていた。旋回《せんかい》しながら黒いつむじ風に運ばれていた。そのつむじ風は、しだいに大きく広がりながらスピードが落ちてきた。タケシの体も広がる旋回の輪に乗って、大きく回転し、そのうち旋回している感覚もなくなってきた。ただ闇のなかを大きな輪を描《えが》いて移動しているように感じた。周囲を見ようとしても、暗い映画館にはいるとはじめはまわりが暗くて見えないので手探《てさぐ》りして席に着こうとするのだが、それよりもっともっと暗い。黒い幕に包まれたようにどこを向いても黒い。しかし、目が慣れると、闇のなかのいたるところに自分と同じように大きく旋回をしているものの気配がしてきた。さらに目をこらすと、たしかにあちこちに闇より黒いなにものかが動いている。タケシは、声を張りあげてどなった。

「月姫《つきひめ》！」

しかし、その声は黒くて厚い膜《まく》にさえぎられ、吸いこまれ、消えてしまう。目を開いて後ろを振《ふ》り向《む》いても、闇また闇である。かぎりない闇の世界だった。そのなかを自分は大きいカーブを描いて動いている。そのうち、体が芯《しん》から冷えてきた。というより心の芯から冷えてくるようだった。そして、気力も生きる力もなくなりそうだった。

「これではいけない。大回転をしながら、自分はここで死に絶えてしまう。月姫も同じだろうか？　まさかマリーは黒いかたまりとなって、回転しているのじゃないだろうな」

タケシは気流からはずれようともがいた。足踏《あしぶ》みをしようとした。しかし、足は宙に浮《う》いて、体を支えようとしない。

「ここは、宇宙のように重力のない世界だろうか？　それとも、暗い水中にいるんだろうか？　それに、大きな空間のなかで旋回しているだけじゃ着地点に到着《とうちゃく》できずにいつまでも旋回していることになるんじゃないかな？」

永遠に旋回をつづけるのだろうかと思うと、ぞっとなった。そのとき、何かにぶつかった。闇のなかを透《す》かして見ると、何やら黒いかたまりのようだった。それはタケシのかたわらを旋回しながら、うめくように低い声をだすではないか。

「お前は新入りか。ここに呑《の》みこまれたらもうおしまいだぞ。未来永劫《えいごう》くらがりに閉じこめられてしまう。そのうち目も溶《と》けて、何も見えなくなってしまう。もっとも暗いので、目を使う必要もないがね。お前にはまだ体があるようだが、肉も血もやがて闇に溶けて、ただの黒いかたまりになってしまうだろう。ここは影《かげ》の国だからな」

「あなたも、呑みこまれたのですか？」

すると、そのものはまた苦しそうなうめき声をあげて、つぶやくようにいった。

「そうだ。わたしはかなり前に呑みこまれたものだが、もう体が溶けて、もとは影のない体がいまではほとんど影《かげ》だけになってしまった」

「影だけが呑《の》みこまれることもあるんですか」

「ああ、最近は地上界から人間の影法師がここに吸いこまれてくる。その連中はもともと立派な影だから、わたしたちのように影になるのを待つ必要はない」

「このかたまりを黒い〈大化け〉といってるそうですが、〈大化け〉を退治したり、ここから抜《ぬ》けだすことはできないのですか？」

「古参の者がいうことには、〈大化け〉の真んなかに〈へそ〉のようなものがあって、それをばらすと退治できるそうだが、その〈へそ〉は誰《だれ》にも見つからんそうだ」

「どうもありがとう。ところで、月姫《つきひめ》という僕《ぼく》の友だちが吸いこまれたばかりですが、見かけませんか？」

「知らんな。わしはもう目も溶《と》けかかっとるんで、誰が誰やらわからなくなっとる。お前さんにはまだしっかり体があるんで、新入りとどうやらこうやらわかるがね」

そう話しながら、そのかたまりは旋回《せんかい》しつつ遠ざかっていった。タケシは〈へそ〉という手がかりがひとつ見つかったと思った。どうにかその〈へそ〉にたどりつくことが肝心《かんじん》だと思った。でも、どうすればよいのか。とにかく旋回しているばかりで、自分の意思で進行方向を決めることもできないのでは、どうしようもない。

そのうち、タケシの目はどんどん慣れてきて、くらがりのなかで無数のかたまりがあちらこちらで旋回しているのが感じとれた。それらのものがあげているうめき声やうなり声も聞こえてきた。

「このままだと、自分もこんなふうになって、闇《やみ》の世界にのたうちまわることになる。僕ばかりでない。月姫も、僕らのことを心配してくれた猟師《りょうし》も、大勢の村人も閉じこめられている。地上から吸いとられて、呑みこまれた影たちもいるにちがいない。月姫！　猟師さん！　マリー！マリーはいないのか！　いたら返事をしてくれよ！」

タケシは血を吐《は》くような思いで、声をかぎりに叫《さけ》んだ。しかし、聞こえるのはうめき声だけで、答える者はいなかった。それでも、泳ぐように闇をかきわけながら、叫んでいた。すると、またひとつ黒いかたまりが旋回の軌道《きどう》からはずれて、ぶつかってきた。そのかたまりは人の影法師そのものだった。そして、タケシに話しかけてきた。

「きみは影法師じゃないようだね。ふつうの人間かな？　どうしてこんなところにいるのかね？あんたがまともな人間なら、わたしを主《あるじ》の体に返してくれないか？　お願いだ。ここは永遠の闇の世界で、そのうちわたしもこの闇の一部になっちまう。そうなると、考えることも悩《なや》むこともできない。体といっしょに暮らしていたときには、生活や病気の苦しみやら人との競争や争いやらで疲《つか》れ切《き》ってしまったが、体から切りはなされて影だけになってしまうと、体に仕《つか》えて生きていたころが無性《むしょう》になつかしい。もういちど、主人といっしょにまぶしい太陽のもとで真っ黒になって胸いっぱいに息を吸い、人のために働き、酒に酔《よ》いしれ、うまいものが食いたい。それができたら、どんなにいいだろう」

ここにいる影《かげ》たちはみな自分の体に帰って、生き直すことを願っているのだろうと思い、タケシは闇《やみ》のなかで思わず涙《なみだ》を流していた。でも、どうしてもたずねたいことがここで頭に浮《う》かんだので、思いきってたずねた。

「でも、地上に戻《もど》って主《あるじ》の体がなくなっていたりしたら、どうなるんですか?」

「そう、それがわたしたちにもわからんので、みなで議論をしている。ひとり智恵者《ちえしゃ》の影法師がいて、その者によると、そのときは新たに生まれてくる赤《あか》ん坊《ぼう》の影になれるというんだ。だからどうあってもわたしは、地上に戻りたい!　きみは元気そうだから、わたしたちを救いだせないだろうか。どうかお願いだよ。なんとかその方法を考えてくれないか。この闇の世界の主に会って、それをたのんでくれないかい」

「ここの主がいるんですか?」

「誰《だれ》も会ったことがないそうだ。とにかくわれわれは、闇のなかをぐるぐるまわっているだけだからね。もういちどお願いするけれど、わたしたちを救いだしてくれないか。変なうわさも広がっているし」

「どんなうわさですか？」

「夢も希望もなくなるような、怖《こわ》いうわさだ。地上の影法師はいずれ独り立ちができなくなって、ひとつの大きな影に溶《と》け合《あ》って、どえらいエネルギーを放出する巨大な黒いかたまりになるって。それを世界に放って、世界を震《ふる》えあがらせ、世界を支配しようと待ち構えている大悪党がひかえているんだって。わたしはそんなことは信じていない。とにかく、わたしという影法師は、いまのところこうして自分で考えることができるんだからな。それにしても、これから何が起こるかわからん。なんとかここから抜《ぬ》けだして、地上に戻ることはできないかなあ！　主の体がいなくなっていてもいいんだ。とにかくこの目で、なつかしいふるさとが見たいんだ！」

影法師は息をつまらせてそう訴《うった》えたが、そのとき乱気流が起きたのか、影法師は逆《さか》さになって、見る見る遠ざかっていった。

タケシはどうしたら影の願いを叶《かな》えることができるかと考えながら動いていたが、このままではどうしようもないと、焦《あせ》ってきた。もがいても、止まることも起きることも横になることもできない。寄りかかる樹や壁《かべ》も横たわる地面やベッドもない。ただ虚空《こくう》を回っているだけだった。

「仕方ないな。しばらくはこのまま気流に乗っていよう」

こう思って、タケシは力を抜いて、体が動くのにまかせていた。そして、リュックがきちんと肩《かた》にかかっているかどうか確かめてみた。すると、リュックはいつのまにか頭の下になっていた。

といって、寝《ね》るためのベッドも床《とこ》もないのだから、リュックを枕《まくら》にして寝ていたのではない。ただ、いつのまにか頭をリュックの上にのせていたのだ。しかしそのとき、リュックのなかにある懐中電灯《かいちゅうでんとう》とくさりが見えた。まわりは暗いのに、リュックのなかだけが明るく見えたのはふしぎであり、奇跡《きせき》だった。

「どうして懐中電灯のことを思いださなかったのだ。ここには光がないと思いこんでしまったからだろう。よーし、懐中電灯をつけて、くさりをなんとか利用してみよう」

タケシは懐中電灯とくさりをとりだした。そして、まず電灯がつくかどうか試してみた。懐中電灯のスイッチを押《お》すと、一瞬《いっしゅん》にして一筋の光が闇《やみ》を引《ひ》き裂《さ》いた。と同時に、「キャー」という悲鳴があちこちにあがった。タケシはあわてて、四方八方を照らした。すると、黒い影《かげ》のようなものが一斉《いっせい》に逃《に》げ去《さ》っていくのが見えた。光を当てると影ができるが、影に光を当てれば影が消えるのは当然だった。そこで、このまま懐中電灯を照らしつづけるか消してしまうか迷っているうち、懐中電灯の光はたちまち消えてしまった。

ところが、くさりだけがぼうっと闇のなかで光っているではないか。これもふしぎだったが、それよりこのくさりをなんとか生かせないだろうかと、思った。そうだ、このくさりは持ち主の意のままになるという。だから闇の力では光を消せないんだ。僕《ぼく》には光が必要だから、光ってくれているんだと、タケシは勝手に理屈《りくつ》をつけた。そして考えた。くさりの持ち主は自分だ。自分が命じればどんなことでもするだろう。黒い〈大化け〉を退治しろといえば退治するだろうか？いや、黒い〈大化け〉を退治する力がなければ、負けてしまうかもしれない。それでは、元《もと》も子もない。〈へそ〉を探しだしてくれと命じるのはどうだろう。そうだ。命じてみよう。でもなんていえばいいのかな？　なんでもいいからやってみよう。

「くさりよ、くさりよ、影たちを解放するために、〈へそ〉を探しあてよ。それがお前のつとめだ！」

心をこめてそう唱《とな》えながら、タケシはくさりの先をつかんで、様子を見た。すると、くさりはものすごい回転をはじめた。まるで狂《くる》ったようだった。どこかに向かって伸《の》びていくというのではなくて、ただ一回転しているだけだった。

「やはり、お前にもわからないんだな。それで、ただ回転しているだけなんだ。もういいよ。そんなにぐるぐる回らなくても」

タケシはがっかりしてくさりに語りかけた。しかし、くさりは回転しつづけた。そればかりか、大きな輪を描《えが》きながら移動しはじめた。その輪は、きれいな円ではなくて、楕円形《だえんけい》になったりゆがんだり、大きく広がったりしていた。輪を描いて移動するくさりのはしをしっかりつかみながら、タケシはくさりに引っぱられていった。これでタケシは、自分を引きまわす旋回《せんかい》運動から逃《のが》れることができた。いまは、くさりの先端《せんたん》をつかんで、回転するくさりを追っている。まるで輪回しをしているようだった。

やがて、くさりは移動をやめた。しかし、相変わらず際限もなく回っている。闇《やみ》のなかでくさりが光の輪を描《えが》いているさまは、目が覚めるようにきれいだった。そのうち、輪はオレンジ色に光りはじめた。そこで輪がすこし縮まり、光は黄色になった。やがて縮まりながらまたも緑になり、青になり、藍《あい》になり、紫《むらさき》になった。と思うと、こんどはそれらの色とりどりの輪が手品のように一斉《いっせい》に出現し、六色の光の輪となってゆっくりと回転していた。

「七色ではないけれど、まるで虹《にじ》の輪だ。すごい。くさりくん、きみはすごいよ。きれいだよ。この闇の世界でこんな六色のショーを見せてくれるなんて。これだけできみは〈大化け〉に勝利をしたんだ」

このショーに目を奪《うば》われているのは自分だけではないと、タケシは感じていた。逃《に》げだした黒いかたまりたちがまわりにじわじわと寄ってきた気配がしたからである。そして、みな身を寄せ合って六色の光の変化を見ているようだった。とすると、この虹の輪は目を失った影《かげ》たちにも見えるのだろうか。ということは、この六色の光は網膜《もうまく》で見る光じゃない。特別な光だ。そのうち、回転する六色の輪に、彼《かれ》らが喜びの歓声《かんせい》をあげているのが聞こえるような気さえしてきた。

一方、六色の輪はひたすら回りつづけ、止まろうとしなかった。いくらきれいでも、このようにくり返されては、しまいに飽《あ》きてくる。それに時間はない。月姫《つきひめ》たちを探しだして、助けなければならない。そのうち自分の体も溶《と》けて、自分も影だけになってしまうだろう。タケシはまたも焦《あせ》りはじめた。それでもくさりは、六色に輝《かがや》く輪になってひたすら回りつづける。

「でもなんでこう回りつづけているんだろうか？　これには、何か意味でもあるのだろうか？」

いぶかしく思っているうちに、閃《ひらめ》くことがあった。

「これは、まるで太陽系の遊星と同じじゃないだろうか？　月、火星、水星、木星、金星、土星じゃないだろうか。つまり、地球のまわりを回転している月も仲間に入れると、一週間のうちの太陽の日曜をのぞいた曜日の六つの遊星の数だ。すると太陽が真んなかにいるはずだが、その色は赤、橙《だいだい》、黄、緑、青、藍、紫の七色の虹のなかで欠けている赤だ。真んなかの太陽が欠けたままに、六色の輪が回転している。そうだ。この真んなかに〈へそ〉があることを、くさりの輪が教えてくれてるんじゃないかな。そうだ。そうにちがいない。そうだとしたら、どうすればいいだろう？」

タケシはにぎっていたくさりの先を放した。くさりの六色の輪はそれでも回りつづけていた。そこでタケシは、その真んなかに回転する輪の軸《じく》のように自分の体を横たえた。頭をどちらに向けてよいかわからなかったが、とにかく自然に頭が向いた方向を睨《にら》んだ。すると、くさりの回転が急に速くなった。

「まるで汽車が高速で突進《とっしん》するときの車輪みたいに回っている」

そう思ったとたんに、タケシの体は、前方にとびだした。すると、光の輪も前方に進んだ。こうして、タケシと光の輪は無限の闇《やみ》を貫《つらぬ》いて、どこまでも突進《とっしん》した。どのくらい飛びつづけたことか。無限の宇宙を飛んでいるようだった。宇宙空間はじつはかぎりなく大きい円形で、飛びつづけるともとの場所に戻《もど》ってくるというSF小説があったけれど、これではもとの位置に戻ってしまうんじゃないかと、タケシは不安になった。

「宇宙は曲線だ！　宇宙は曲線だ！　宇宙は曲がっている！　黒い〈大化け〉のおなかも曲がっている！　でも〈へそ〉は見つけてやるぞ！」

こうつぶやいているうち、こんどは、自分が停止しているのではないかと思いこんだ。まわりが見えない闇のなかでは、移動しているのかどうかもわからない。ところが、それは錯覚《さっかく》ではなかった。いつのまにか停止していた。

光るくさりも停止していた。回転もやめていた。タケシは前方を見つめた。そして、あまりの驚《おどろ》きで息がつまった。心臓がどきどきした。なんと、前方に赤い点が見えたのだ。それは光を放射しないで、まるで絵の具で描《えが》いた赤い点のようなものだった。そして、それはふくらんできた。タケシはその赤い点に突《つ》っこんでいった。すると、ものすごい勢いで押《お》しもどされ、何か粘着質《ねんちゃくしつ》のものに包みこまれ、もがいた。しかし、これこそがくさりが教えてくれた、〈へそ〉にちがいないと確信した。タケシは剣《けん》を抜《ぬ》いた。気持ち悪いねとねとするものを振《ふ》り払《はら》って突進し、柄《つか》をも通れとばかり、赤い点めがけて突き通した。すると、「グワー!」という、腹に響《ひび》くような途《と》方《ほう》もなく大きなうなり声がとどろいて、巨大な闇がビリビリと震《ふる》えた。タケシはなおもくり返し剣で突いた。すると、大地震《だいじしん》が起こったように闇がグラグラ揺《ゆ》れた。そして、さっと一条の光が差してきた。闇のはらわたに穴が空いたらしい。その穴からタケシは頭を突きだした。

＊　＊　＊

頭を外のまばゆい光のなかにさらすと、タケシは鋭《するど》い殺気を感じて、とっさに頭を引っこめた。なんとタケシの影《かげ》をくわえだそうとした例の飛龍《ひりゅう》が穴の外に待ち受けていて、タケシめがけて襲《おそ》いかかってきたのだ。途方もなく大きな口を開け、牙《きば》をむきだして接近してきた。そして、聞き覚えのあるキリフリタロウのしゃがれ声で、タケシを脅《おど》した。

「こんどこそ逃《に》がさんぞ! お前をこれ以上先にやるわけにはいかん。お前は闇のなかに呑《の》みこまれるがよい。いや、その前におれの腹のなかにおさまるがいい」

タケシが飛龍の頭を剣で刺《さ》そうとすると、飛龍はそれをかわし、一瞬《いっしゅん》頭を横にそらし、また襲いかかろうとした。そのとき、ドスンと飛龍の横腹になにものかがぶつかってきた。すると飛龍の胴体《どうたい》がよろけ、飛龍の頭はとつぜん攻撃《こうげき》してきたものに向かっていった。

飛龍を攻撃したのは、あの鹿男《しかおとこ》の大きな角《つの》だったのだ。鹿男はひげを生やした老人の顔ではなく、巨木の枝のように頑丈《がんじょう》でごつごつした角をつけた鹿の頭をいただいて、たくましい四本の足で踏《ふ》まえている大鹿《おおじか》だった。王のように威厳《いげん》と力をそなえた大鹿だった。鹿男は、タケシを守ろうとこんな果ての山にまで、ついてきたのだ。そして、山をも揺《ゆ》るがす飛龍《ひりゅう》と大鹿の闘争《とうそう》がはじまった。大鹿の幾重《いくえ》にも分かれた角《つの》の先端《せんたん》は錐《きり》の先のように尖《とが》って、それが飛龍の横腹を突《つ》こうとしていた。飛龍も頭の二本の角を巧《たく》みにぶつけて攻撃《こうげき》をかわそうとした。角と角が激しい勢いでぶつかるたびに、ガーンという音とともに大気が震《ふる》え、目がくらむような稲妻《いなずま》が走った。タケシも大鹿に加勢して、襲《おそ》おうと外におどりでて、大鹿と反対側に回って、飛龍に剣《けん》で立ち向かっていった。飛龍は危なくなると空中に飛びあがったが、すぐに空からこちらに襲いかかってきた。飛龍が舞《ま》い上《あ》がったすきに、大鹿がタケシにいった。

「ここはわしにまかせなさい。鹿の一族のために、ここに住んでいる住民たちのために、大仕事をひかえているお前のために、悪行《あくぎょう》を重ねている龍魔王《りゅうまおう》の手下をここでわしが退治してやる。お前に万一のことがあってはならんからな」

こういって、大鹿は角で円を描《えが》いて、上から襲ってくる飛龍を突く構えをした。タケシもすこしはなれた場所に立って、剣を構えた。飛龍は空中で輪を描くようにゆっくりと何度も舞っていた。ふたりのうちのどちらにまず攻撃をしかけようと、狙《ねら》っているようだった。タケシはいつ襲われても反撃できるようにと、一瞬《いっしゅん》のすきもなく飛龍の動きを追っていた。

張りつめた緊張《きんちょう》がいつまでつづくことかと、じりじりしてきたときだった。うなるような風の音とともに、飛龍が大きな口をかっと開け、炎《ほのお》のような真っ赤な舌を広げて、タケシめがけて急降下してきた。タケシは剣を突き立て、両足をふんばって、飛龍を待ち受けた。ところが、飛龍はタケシに近づいたとたんに、グワーといって頭をくるりと横に向けた。大鹿が跳《と》びあがって、飛龍のあごを角で刺《さ》したからだ。怒《おこ》った飛龍は大鹿に向かった。そのすきをついて、タケシも跳びあがって爛々《らんらん》と光る飛龍の目を狙って剣を投げた。剣は見事に飛龍の右目に突き刺さった。

一方、大鹿は執拗《しつよう》にあごを攻《せ》めたてていた。そのとき、黒い〈大化け〉のなかからくさりがとびだして、飛龍の両翼《りょうよく》に巻きついた。飛龍はまたもグワーと叫《さけ》んで、くさりに噛《か》みつきながら、落下してきた。大鹿はひるんだ飛龍のあごから下腹にかけて、角で突いた。すると、頭を回して、飛龍は角もろとも大鹿の頭を呑《の》みこもうとした。大鹿はそれに抵抗《ていこう》してもがいていたが、ガリガリという音を立てて、飛龍は大鹿の角を噛《か》み砕《くだ》いた。タケシはそのすきに目に突き刺さった剣を引《ひ》き抜《ぬ》き、こんどは左目に突き立てた。両目を失った飛龍は大鹿の角をくわえたまま頭を激しく振《ふ》りまわしてから、大鹿を岩めがけて放り投げた。大鹿はそのまま岩に張りついたようになって、血を流していた。

しかし、飛龍も両目を刺され、両翼をくさりにからまれて飛びあがれないので、もがいていた。タケシはここぞとばかり飛龍ののどを剣で突いて、引《ひ》き裂《さ》いた。

どさりという地響《じひび》きを立てて、飛龍は地上に落ちてきた。うろこにおおわれたその胴体《どうたい》は草む

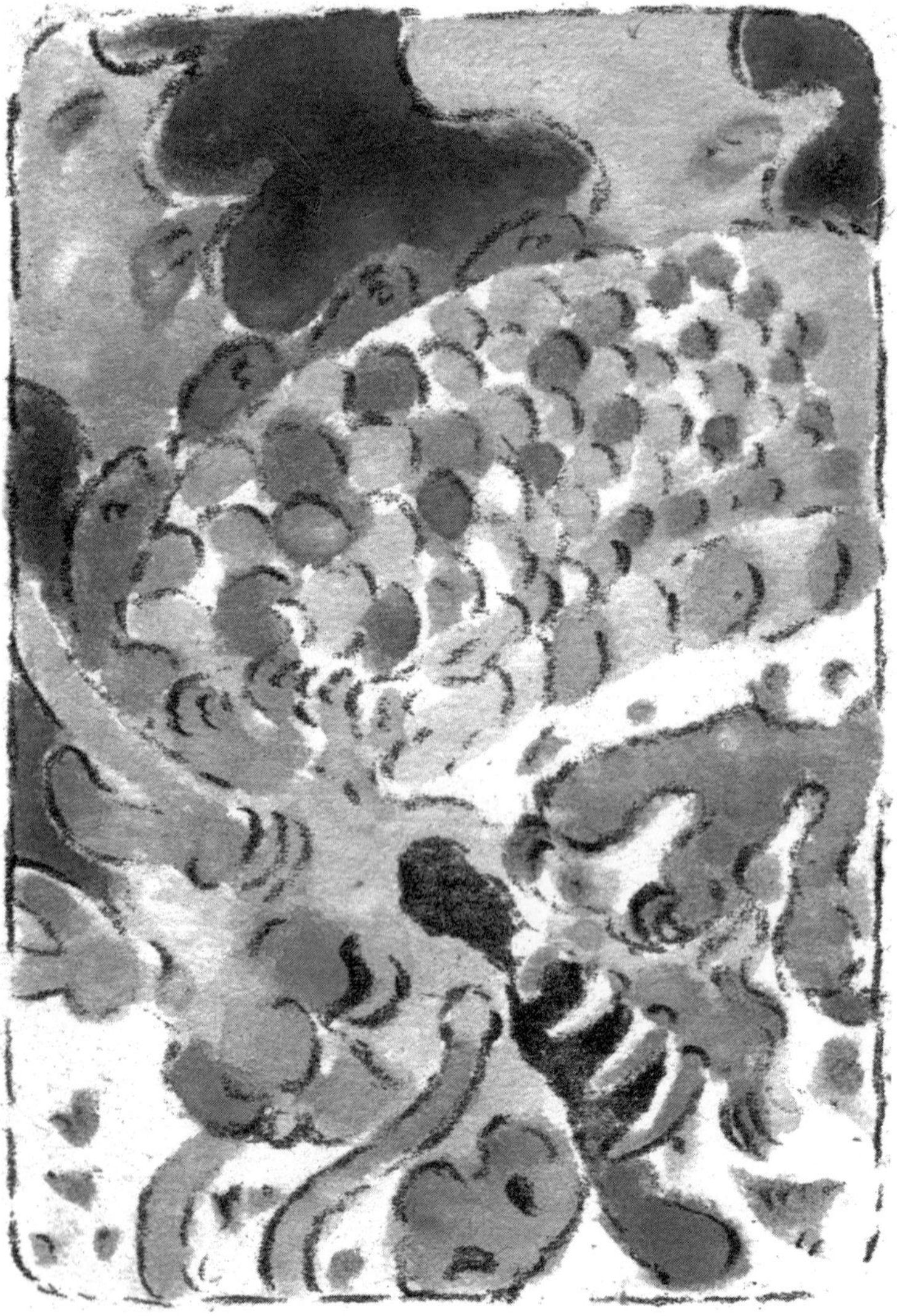

らに横たわり、その凶暴《きょうぼう》な頭は、両目から血を流して大鹿《おおじか》のそばに垂れていた。タケシは、飛龍《ひりゅう》が死んだのを見届けてから大鹿に近より、大鹿の大きな体を両手でかかえ、揺《ゆ》り動《うご》かした。

「しっかりしてください。龍は退治しました。あなたのおかげです」

大鹿は、いつのまにかあごひげを生やした古老の顔をとりもどしていた。そして、うっすらと目を開けて、黒い〈大化け〉の方を指さしていった。

「早く、あの黒い化け物を退治しなさい。あの穴が〈へそ〉だ。だがその前に、倒《たお》した飛龍の舌を切りとりなさい。龍の舌を切りとれば、龍が生き返ることはもうない。その始末をしてから、化け物の息の根を止めて、闇《やみ》の袋《ふくろ》を引き破るのだ。あの化け物の正体もじつは龍魔王《りゅうまおう》の手下の黒龍で、龍魔王に命じられて、自分のしっぽをくわえて大きな輪をつくり、ばかでかい闇の袋に化けて、影《かげ》を呑《の》みこんでいたのだ。その魔術を解くには、〈へそ〉を十字に切り裂《きさ》かねばならない。いいかな。十文字に切り裂くのだぞ。それが魔術を解く文字だ。そうすれば魔術は解けて、黒龍は倒れてしまう。倒れたら、生き返らないようにその大きな舌を切りとりなさい。さあ、わしのことはかまわずに、一刻も早く影たちを解放しなさい」

＊　　＊　　＊

そのことばでタケシは、まず地上に横たわった飛龍に駆《か》けよって、その炎《ほのお》のように真っ赤で大きな舌を、剣《けん》で素早《すばや》く切りとった。ついで、一刻も早く袋の魔術を解いて影たちを解放しようと、黒い〈大化け〉に近よった。

〈へそ〉の前に立ちはだかると、タケシは、穴を中心に十字に黒い〈大化け〉の厚い皮を裂《さ》こうとした。すると、またも「グワー」とものすごいうなり声がして、黒い〈大化け〉の皮が震《ふる》え、にわかにあちこちがふくれあがって、一面にごつごつとした凹凸《おうとつ》ができたと思うと、それらは大きな黒いうろこに変わった。タケシは渾身《こんしん》の力をこめて剣《けん》を抜《ぬ》き、ついで〈へそ〉の上を切り裂いた。すると剣は、バリバリという音を立てて、うろこの皮を裂いていくではないか。さらにタケシは、「思い知ったか、この剣の威力《いりょく》を！」と叫《さけ》びながら、なおも穴の左右を切っていった。こうして〈へそ〉を中心に十字に皮を断《た》ち切《き》った瞬間《しゅんかん》、タケシは激しい勢いで遠くにはねとばされた。黒い〈大化け〉の皮がさらにびりびりと裂けて、それがはじけて、タケシをはねとばしたのだ。そのあとに、自らくわえていた自分の大きな尾《お》を切られて、瀕死《ひんし》の状態になった巨大な黒《こく》龍《りゅう》の頭が現れた。龍の口は真っ赤な大きな舌をだらりと垂らし、切られた尾の切れはしを下にどさりと落とした。その舌をタケシは切りとって、先ほどの飛龍の舌とともにくるくると巻いて、かたわらに生えていた芭蕉《ばしょう》のような大きな植物の葉で包みこみ、小わきにかかえた。

そうしているうちに、タケシの頭上を黒い布きれのようなものが飛《と》び交《か》い、空高く舞《ま》い上《あ》がっていった。よく見ると、いずれも人の形をした影法師《かげぼうし》で、それらは、つぎからつぎへと舞い上がり、どれも東の方に飛び去っていった。そのとき、ひとつの影がタケシのそばに舞いおりてきた。

「ありがとう！　やはりきみは偉《えら》かった。わたしたちを解放してくれたね。わたしはこれから、地上に帰るよ。わたしの体がなくなっていても、誰《だれ》かにとりついてやる。そしてまた、地上の人生を楽しんでやる。きみも早く地上に戻《もど》りたまえ！」

そういって、その影法師は空高く舞い上がっていった。こうして、影はひきもきらず舞い上がるので、いっとき大きな黒い渡《わた》り鳥《どり》の群れが空をおおっているようだった。一方地上では、袋《ふくろ》のなかにひそんでいた黒コメネズミがぞろぞろと逃《に》げだして、岩のかげや地面の穴にもぐりこんだ。コウモリも飛び立って、四方に散っていった。そのうちフクロウが、奪《うば》いとったタケシの巻物をくわえながらよろよろととびだしてきて、あやまるようにタケシに頭を下げて巻物を口から落とし、林の方に逃げ去った。こうしてタケシは、巻物もとりもどすことができた。

そのあいだも、影の群れはあわただしく舞い上がっては、消えていった。タケシは影を見送っていたが、その行方《ゆくえ》を心配する余裕《よゆう》はなかった。あとかたもなく消《き》え失《う》せてしまった〈大化け〉の闇《やみ》の世界が存在していた場所を息をかぎりに走りまわって、

「月姫《つきひめ》！　月姫！」と叫んだ。

すると、なんと嬉《うれ》しいことだったろう！

「わたしはこちらよ！　元気よ！」という声が返ってきたではないか。

まるで奇跡《きせき》だった。黒い〈大化け〉に呑《の》みこまれた地底の人たちにまじって、月姫の顔がちら

りと見えた。彼女《かのじょ》は手を振《ふ》っていた。そばには、あの猟師《りょうし》もいた。ふたりのまわりには、ほとんど肉体を失いかけて、影《かげ》のようになった人々がうごめいていた。しかし、徐々《じょじょ》にその溶《と》けかかった体に肉がついてきた。失われた手や足が魔法《まほう》のようにたちまち現れると、手を打ち足を踏《ふ》みならして、喜んでいた。顔がつくと、手のひらで顔をなぜまわし、満面に笑《え》みを浮《う》かべ、しまいに大笑いをはじめた。目が見えると、まぶたをぱちぱちと開閉し、きょろきょろと四方八方を見回し、となりの人に抱《だ》きついたりした。まるで、天地創造のときに神の手から生まれでた人間が大勢いるようだった。

「うわー」と、彼《かれ》らはやがて歓声《かんせい》をあげて、タケシのそばに集まってきた。そのため、タケシは月姫《つきひめ》を見失ってしまった。そこで、人々を払《はら》いのけて、月姫を探し求めてさまよった。

「タケシさん、わたしはここよ」

月姫の声がしたので、タケシは人の群れをかきわけて、声の方に突進《とっしん》した。早く見つけないと彼女は永遠に消えてしまうのではないかと恐《おそ》れながら走った。彼女をつかまえると、その手を引いて、鹿男《しかおとこ》が横たわっている岩まで急いで、死にかかっている鹿男のそばにやっとたどりついた。タケシは、鹿男の手をにぎりしめながら、月姫にいった。

「この人が助けてくれたんだ。手当てをしなければ」

すると、鹿男は首を振っていった。

「いいんだ。自分の命はもうこれまでとわかっとる」

「あなたの一族を呼びましょうか？」

「いや、一族に別れを告げてから、わしはここにきている。わしの一族とお前を助けるためだ。というのも、お前を助けることこそが龍魔王《りゅうまおう》に苦しめられている良民を助けることになるからだ。いいかな。お前は魔術を解いて、影を閉じこめていた黒い袋《ふくろ》を引《ひ》き裂《さ》くことができた。これは、龍魔王の手下の黒龍の仕業《しわざ》だった。黒龍は、自分の尾《お》をくわえて大きな輪になることで、影を呑《の》みこむ魔力のある闇《やみ》の袋をつくっていたのだ。噛《か》んでいるその尾を切り落とせば魔力は解けるのだが、それをお前は見事にやってのけたじゃないか。これはお前にしかできないことだった。お前は地底の住民ではなくて地上からやってきた者だ。だから、お前には地上の光が宿っている。お前は香月三郎《こうげつさぶろう》の宝剣《ほうけん》をたずさえている。森の王を縛《しば》っていた龍魔王のくさりもお前のものになって、お前に従った。また、お前の体内には、いまは眠《ねむ》っているが三郎蛇《さぶろうへび》もいる。でも、それだけでは、飛龍の退治も黒龍の退治もできない。まして、龍魔王と戦うことなどとうていできまい。ところが、お前は、炎《ほのお》の山でなにものにもくじけない鉄の勇気をきたえあげた。氷雪の山で人を助けるために自分を犠牲《ぎせい》にできる深い情《なさ》けを見せた。闇の袋では智恵《ちえ》と想像力と直感で〈へそ〉にたどりついた。勇気や智恵だけでは何事もなしとげられないが、お前には血の通《かよ》った心と見えないものを想像する力もあることがわかった。お前の全力をつくして、マリーのために、地上の者たちのために、地底の者たちのために、龍魔王《りゅうまおう》に戦いをいどむんだ。わしはこれでお前のもとから去ってゆかねばならないが、この魂魄《こんぱく》は地底にとどまって、わしの一族や地底の民のためにお前たちの戦いを見守っているぞ」

タケシは、鹿男《しかおとこ》のさいごのことばを聞くと、返すことばもなく鹿男の首に抱《だ》きついて、ただ涙《なみだ》を流すだけだった。月姫《つきひめ》もひざまずいて、頭を垂れていた。やがて、鹿男の両目は静かに閉じた。ふたりは涙を流し、合掌《がっしょう》した。

しばらくしてタケシは、黒い〈大化け〉があった場所を指さしながら月姫に声をかけた。

「マリーはあそこにはいなかったね」

「マリーらしき人はいなかったわ。きっとマリーは、龍魔王につかまったままよ」

「そうだな。影《かげ》になって呑《の》みこまれてしまったはずはない」

「大勢の影が地上に戻《もど》っていったようね」

「影たちは、魂《たましい》が永遠に生きるように永遠に生きるかもしれない。それにしても、龍魔王は悪いやつだ。人の影を奪《うば》いとって、地下に閉じこめておくなんて、どうしても許せない。あのまま放っていたら、集めた影を思うままにして、地底も地上界ものっとろうとするかもしれなかった。きっとそうだ。金のバチを奪いとってマリーを閉じこめているのも、悪のために使うのだ。こんどはマリーを救いださなければならない。鹿男のいうように、本当の戦いはこれからだ。でも、さいごの戦いには僕《ぼく》はひとりでいく。きみには、家族が屋敷《やしき》で待っているからね」

「なんていうことをいうの！　わたしはあなたをお助けしようと、ここまでついてきたんじゃない。ここで別れたら、いままでの苦労はなんのためだったの。わたしは、ぜったいについていくわ」

タケシには返すことばがなかった。そして、だまって月姫の手をにぎりしめて、いった。

「まず、鹿男のおじいさんのお墓をつくってから、でかけよう」

こういって、ふたりは鹿男を葬《ほうむ》る場所を探した。幸い岩の近くにうってつけの窪《くぼ》地《ち》があったので、そこに遺体を運び入れ、葉のついたままの木の枝や木の葉や野の花できれいにおおって、また手を合わせて祈《いの》った。「僕たちを守りたまえ」という一心こめた願いも、忘れなかった。

黒い川

暗闇《くらやみ》を引《ひ》き裂《さ》いて稲妻《いなずま》が走った。白く光る無数の閃光《せんこう》のあいだに、真っ赤に焼けた巨大なのこぎりのような刃《は》をつけた太い帯が横切る。月姫がおびえて、タケシにしがみついた。

敵の本拠地《ほんきょち》にのりこんだふたりを迎《むか》えたのは、盛大な稲妻の乱舞《らんぶ》だった。〈大化け〉に荒《あ》らされていた村里からここまで、吸いこまれるように一息でたどりついてしまった。それにしても、短い時間には想像できないような出来事にタケシたちは出くわしてきた。〈大化け〉の山里からの道のりのはじめは、険しい山があるわけでもなく、広大な森や原野を横切るわけでもなかった。タケシたちの行く手をふさいだのは、巨大な火口の一角のようなカーブを描《えが》いている崖《がけ》だった。崖の底をのぞくと、すりばちのような斜面《しゃめん》になっている。凝固《ぎょうこ》した岩肌《いわはだ》であるが、いたるところ崩《くず》れている。そこで、崖のふちに沿って歩いた。しかし、行けども行けども崖のふちのカーブの線はつづいている。

「大きな火口のようなものだったら一周できるはずだけれど、火口の向こう側は見えないし、どうなっているのだろう」

「わたしの勘《かん》では、円形の穴のようには見えない」

「とすると、このカーブの線でえぐられた穴のふちは無限につづくのだろうか？　ここは地底の世界の果てだろうか。これでは、いくら歩いてもきりがない。穴のなかにおりていくしか先に進めないだろうね。思いきってやってみるか」

こうしてふたりは、恐《おそ》る恐る穴のなかにおりていった。岩が崩れているところを探して、そろそろとおりていったが、おりた先がどうなっているのかわからない。というのも、あたり一面に靄《もや》のようなものが立ちこめていて、見通しが利《き》かないからだ。そのうち、互《たが》いの姿も霧《きり》に包まれてはっきり見えなくなった。そこで、手をとり合って一歩一歩足を踏《ふ》みしめて進むしかない。

やがて、霧がすこしずつ霽《は》れてきた。というより霧の層を抜《ぬ》けでたようだった。その下は小石まじりの砂地に岩がごろごろしている平地で、目の前に大きな川が流れていた。驚《おどろ》くのはその水がいやに黒いことだった。岸辺にひたひたと波が打ちよせているのではなくて、柔《やわ》らかなゴムか粘土《ねんど》のようなものが上下に動いているようだった。駆《か》けよって水に手を触《ふ》れてみると、ゴムに触れたように抵抗《ていこう》を感じた。

「これは水じゃない。なんだろう。こんな川は見たこともない。こんな川の水にもさわったことがない。やっぱり、変な場所に踏みこんだわけだ」

「どうすれば渡《わた》れるかしら?」

「橋などありそうもないね」

そういいながら、ふたりは川沿いに歩いていった。いずれにしても、川を渡らないと先に進めない。それにしても、川幅《かわはば》は二十メートルほどはある。しかもゴムのようにぶよぶよしていて、深さもわからなければ、なかにはいって自由に動けるのかもわからない。だから、うっかり足を入れることもできない。

「ウワー!」

とつぜん、タケシは悲鳴をあげた。川からするすると真っ黒で長いものがとびだして、タケシの足をつかんだのだ。ねばねばした感触《かんしょく》で、黒く光った軟体動物《なんたいどうぶつ》に襲《おそ》われたように気味悪い。足をもちあげながら、両手を使ってもぎはなそうとしても、しっかりと足にからみついてくる。岸からはなれて逃《のが》れようとすると、いくらでも延びてくる。そのうちぐいぐいとタケシを川のなかに引きずりこもうとするではないか。

月姫《つきひめ》は真っ青になってタケシに抱《だ》きつき、綱引《つなひ》きをするようにタケシの体を引っぱった。しかし、黒い腕《うで》のようなものの先は水かきのようになっていて、ぴたりとタケシの足首に張りつき、ぐいぐいと足を川のなかに引きずりこもうとする。そこで月姫が叫《さけ》んだ。

「剣《けん》を！　あの剣で切ってみて」

タケシはもがきながら腰《こし》にぶらさげていた剣を引《ひ》き抜《ぬ》いて、えいとばかり黒い腕を切った。ところがぶよぶよしていて、なかなか切れない。

「わたしに貸して」

月姫は、剣をタケシの手からもぎとって、黒い腕の近くに駆《か》けより、のこぎりで木を切るように、あるいは大根を輪切りにするように、真横から黒い腕に剣の刃《やいば》を打ちおろし、それを力いっぱい引いた。すると黒い腕はすぱりと切れて、またたくまに川のなかに引っこんでしまった。水かきでタケシの足をつかんでいた腕の先の方はたちまち溶《と》けて、黒い液体となって川に流れていった。それを吸いこむと、川の面はまるで生き物のようにぶよぶよと波立った。

「気味悪い！　この川も龍魔王《りゅうまおう》の手下なんだわ」

「そうにちがいないな。川全体が魔物かもしれない。ではどうするかだ。でも、この黒い川を渡《わた》らないと先にいけない。そうだ、マリーが川の向こうでつかまっているとすれば、マリーもこの川を渡ったはずだ。人間が渡れないはずはない。渡れるところを探してみよう」

こうしてふたりは歩きはじめたが、こんどは用心して、川からはなれて進んでいった。すると、川岸はだんだんと上り坂になって、堤《つつみ》のようにもちあがってきた。その分、黒い川は深い谷底に沈《しず》みこんでいった。こうして、いつのまにかふたりは険しい絶壁《ぜっぺき》を見おろす渓谷《けいこく》に沿って歩くことになった。岸壁はなめらかですべすべして光り、谷底に走る一筋の黒い流れを見おろすとぞっとするほかない。

しかしそのうち、タケシは対岸に小さな烏帽子《えぼし》のように突起《とっき》した岩があるのを発見した。それを指さして、タケシは叫んだ。

「小さな烏帽子岩だ。僕《ぼく》の故郷の大和《やまと》渓谷にも同じような岩があるんだ。烏帽子岳《えぼしだけ》といって渓谷下りの名所になっているんだ。あの岩を利用して渡れそうだ！　いや、どうしてもここで渡るんだ！」

そういって、タケシはリュックから例のくさりをとりだした。

「このくさりはぜったいに僕のいうことを聞いてくれるはずだ。さあー、向こうの烏帽子岩に巻きつけ！」

そう命令しながら、タケシはくさりを投網《とあみ》のように放り投げた。くさりの先は大きな放物線《ほうぶつせん》を描《えが》いてとびだし、見事に岩に巻きついた。こちらには手ごろな烏帽子岩《えぼしいわ》のような岩がないので、すこし尖《とが》った岩を見つけ、くさりのもう一方の先をしっかりと巻きつけた。

あとは、どのようにして向こうにたどりつくかだ。まずは月姫《つきひめ》に渡《わた》ってもらうしかないが、月姫がひとりで渡れるだろうか？　タケシが月姫を助けながら、いっしょに渡ったほうが安全かもしれない。するとタケシの心を読んでいるかのように、月姫がいった。

「わたしは、地下の世界でもう千年近くも暮らしているのよ。地下の世界には森も川も岩山も谷もあるわ。わたしはそこを駆《か》けまわって遊んだの。木登りもしたわ。岩山ものぼったわ。わたしはお転婆《てんば》なの。綱渡《つなわた》りなんてへいちゃら。大丈夫《だいじょうぶ》よ！」

「本当？　心強いけれどちょっと心配だな。ではこうしよう。このくさりは僕《ぼく》の忠実な部下だから、岩からはずれたり切れたりはしない。ふたりでいっしょにぶらさがっても大丈夫だ。だから、僕と並んでいこう。ただし、きみは僕より先にいくんだ」

こうしてふたりは、まるで曲芸師のようにくさりの輪につかまって渡りはじめた。月姫のいったことは本当だった。彼女《かのじょ》の体はじつにしなやかで力強くて、タケシが顔負けするほどに運動神経があった。タケシが無事渡っているかときどき振《ふ》り返《かえ》って見るのは、彼女のほうだった。一方、タケシには大きな心配があった。黒い川がまた自分の足をつかまえないかという恐怖《きょうふ》だった。そして、渡りながら下を見おろしていると、その心配は当たっていた。谷底に細く見える黒い川の一部が突起《とっき》し、それが回転しながら竜巻《たつまき》のように上に延びてきた。そのときタケシたちは、すでに三分の二ほど渡っていた。もう一息で向こうに着けるところだった。一方黒い突起は回転しながらするすると延びてくる。その先が水かきのように広がって、タケシたちを包みこもうと不気味にうごめいている。月姫はそれに気づいていないようだが、月姫が怖気《おじけ》づかないように、タケシは月姫にだまっている。あとは黒い突起がタケシをつかまえるかこちらが逃《に》げ切《き》るかの、必死の競争だった。黒い突起はタケシたちの足もとすれすれに延びてきた。いまにもタケシの足をとらえそうになった。すると、くさりは巻きつけた岩からほどけてとびだし、ふたりをぐるぐる巻きにして、烏帽子岩のそばに放り投げた。

童謡《どうよう》のメロディーにのって

「やったぞ！」と叫《さけ》んで、タケシは月姫を見た。月姫は黒い突起の襲撃《しゅうげき》を知ってか知らずか、無事渡れたのを喜ぶようにただほほえんでいる。

こうしてふたりは、また先を急いだ。とにかく黒い川は越《こ》えられた。いよいよ敵地にのりこんだのだ。
しばらくいくと、前方の遠くから、メロディーがかすかに聞こえてきた。進むにつれてそれははっきりしてきた。どうやら聞き慣れた旋律《せんりつ》と歌詞の童謡《どうよう》だった。

通りゃんせ　通りゃんせ
ここはどこの　細道じゃ
天神様の　細道じゃ
ちっと通して　下しゃんせ
御用《ごよう》のないもの　通しゃせぬ
この子の七つの　お祝いに
お札を納めに　参ります
行きはよいよい　帰りはこわい
こわいながらも
通りゃんせ　通りゃんせ

幼いころ、妹たちと歌って遊んだこの唄《うた》はじつは怖《こわ》い唄で、人さらいの唄だとも聞いていた。

それがなぜかにわかに聞こえてきたのだ。危険な黒い川を無事に渡《わた》ったことに関係があるのだろうか？　川を渡ったらもう戻《もど》れないと教えているのだろうか？

「この唄は地上の世界の唄で月姫《つきひめ》が知るはずないから、話してもしようがない」

そう思いながら、その唄を耳から払《はら》いのけようとしたりしたが、どうしても旋律は消えようとしない。

タケシは、いつのまにか故郷の神社の鎮守《ちんじゅ》の森を通《とお》り抜《ぬ》ける薄暗《うすぐら》い道をひとりで歩いていた。緑の苔《こけ》が左右のすみをおおっている石畳《いしだたみ》を踏《ふ》みしめ、前方に見える石段を目指している。この道は幼いときから何度歩いたかしれない。古い石畳はいつも湿《しめ》っていた。その石畳をトントンと調子をつけて跳《と》ぶように渡りながら、タケシは、立ちならんでいる杉《すぎ》の木の幹にときどき近づいてはざらりとした手ざわりを確かめるのが癖《くせ》になっていた。石段をのぼりつめた先に、大鳥居がそびえているのが目にはいった。それを見て、タケシははっと胸をつかれた。そうだ、あの神社のバチが盗《ぬす》まれてから変なことが起こりはじめたのだ。そして、とうとうマリーが行方《ゆくえ》不明になってしまったのだ。と思ったとたん、鎮守の森も鳥居も暗い闇《やみ》に包まれて、消えてしまった。

場面は転換《てんかん》して、目の前は神社に向かう細い田んぼ道だった。道の雑草を踏みしめながら、タケシは田んぼ道を妹と歩いている。田んぼの右手に雑木林があり、その手前に赤い絨毯《じゅうたん》が帯のようにのびている。一面に咲《さ》いているアカツメグサの花畑だった。この花の絨毯はタケシの脳裏《のうり》に焼きついていた。それは目が覚めるような風景だった。この道は学校に通う道でもあって、春にはタンポポも咲《さ》いて、タンポポをつまんでは飛ばしたこともある。

と思うと、タケシは川遊びをしている。いっしょにいるのはジョージだった。川といっても泳げるような川ではなくてザリガニをとる小川だった。ザリガニをとろうとして川にはいったとたん、タケシは足を滑《すべ》らせて片手をついたが、腰《こし》から下はずぶ濡《ぬ》れになり泥水《どろみず》でべったり汚《よご》れてしまい、泣きべそをかきそうだった。ところが立ち上がってみると、川底について泥だらけになった手にザリガニをつかんでいる。

「まいった！　タケシは転んでもただでは起きないね」と、ジョージがそばでほめるので、タケシも笑いだしてしまった。その場面が浮《う》かんできたのだ。

こんどは、夕方の小学校の運動場だった。タケシはたったひとりで鉄棒にぶらさがって逆上がりをしているが、どうしてもできない。明日《あした》また、みんなの前で先生に叱《しか》られ、みんなに笑われるんだ。何しろ逆上がりができないのはクラスで僕《ぼく》だけだ。これで、またいじめられる。どうかうまくいくようにと自分をはげましても、どうしても体がもちあがらない。そのうち半分泣きべそになる。

すると、こんどは中学校の運動場で体操の時間にドッジボールをしている。ドッジボールは得意なほうなので、いじめっ子に思いっきり玉をぶつけて、うっぷんばらしをしている。

鎮守《ちんじゅ》の森、田んぼ道、川遊び、学校の運動場と、幼いころの場面が走馬灯のように目に映る。そしてまたも、赤い花の絨毯《じゅうたん》が目の前に広がっている。マリーの手を引いてそのアカツメグサの花畑を眺《なが》めながら歩いている。

しかし、すべてはまぼろしのように浮かびあがり、まぼろしのように消えてしまった。気がついてみると、相変わらず荒涼《こうりょう》たる岩場を歩いている。しかし、手をつないでいたまぼろしの妹の温かくて柔《やわ》らかな手のひらの感触《かんしょく》が自分の手に残っている。思わずマリーの名前を呼びそうになったが、月姫《つきひめ》がいることに気づいて、手で口をふさいだ。

とつぜん、ものすごい地響《じひび》きがした。足もとの岩が揺《ゆ》れ、空気がビリビリ震《ふる》えた。

「地震《じしん》だ！」と思わず叫《さけ》んで、振《ふ》り返《かえ》った。後ろの方でドスーンというものすごい地響きがしたからである。見ると、後ろにいつのまにか黒曜石のように黒く光った硬《かた》い岩壁《がんぺき》がそそり立っている。どれほど高い崖《がけ》であろうかと見上げても、黒い雲に包まれて頂の方は見えない。

「天から絶壁が落ちてきたのだろうか？　もう戻《もど》れないな」とタケシが月姫にいうと、月姫は答えた。

「前に進むしかないわ」

戻る道を絶《た》つようにそびえ立った岩壁をあとにタケシたちは足を速めたが、まわりは薄暗《うすくら》がりに包まれ、何か暗くて巨《おお》きな空洞《くうどう》にもぐりこんでいくような感じだった。すると、遠い先からかすかに唄《うた》が聞こえてくるではないか。まるでここは童謡《どうよう》の国というように、またも童謡だった。聞き慣れた唄、父母からも聞かされた唄、しかもまたも悲しげな唄！　耳を澄《す》ませると、メロディーが響《ひび》いてきた。

かごめかごめ　籠《かご》の中の鳥は　いついつ出やる
夜明けの晩に　鶴《つる》と亀《かめ》と滑《すべ》った
後ろの正面だあれ？

『かごめかごめ』の唄である。昼間の公園でこの唄を歌って遊んだときの楽しさが一瞬《いっしゅん》よみがえったが、だだっ広くて薄暗《うすぐら》い空洞《くうどう》でいまこんな童謡を聞くのは気味悪い。さっきは外から聞こえたメロディーが自分の頭のなかにはいりこんで鳴り響いていたが、こんどはもっぱら外から聞こえてくるのもふしぎである。それも前方から響いてくる。唄は岩壁《がんぺき》にこだまして、四方八方から旋律《せんりつ》が重なりあって迫《せま》ってくる。

「聞こえる！　唄が聞こえてくるんだが、きみにも聞こえる？」

月姫《つきひめ》にたずねると、彼女《かのじょ》は首を振《ふ》った。

「そうか。僕《ぼく》にしか聞こえないんだ。もっとも、さっきの『通りゃんせ』と同じように月姫はこの唄を知らないだろうしな。〈いついつ出やる〉とはなんだろう。閉じこめられるということだろうか。〈夜明けの晩に　鶴と亀と滑った〉とはなんだろう。月姫と僕に悪いことが起こるということだろうか。もっとも、悪いことはもう十分起こっている」

と思っているうちに、旋律がすこしずつ速くなってきた。それにつれて、体が前方に吸いこまれるように前のめりになった。月姫はどうかと見ると、月姫は月姫で自分とそれた方向に、どんどん進んでいるのがわかった。どうやらふたりとも、いやでもちがう方向に吸いこまれている。進んでいるのではない。吸いこまれているのだ。

そのうち、体が空中に浮《う》いたように足が地面からはなれ、管《くだ》のなかを走《はし》り抜《ぬ》けているような感覚になってきた。まわりを見回すと、血のように赤い五線譜《ごせんふ》がいたるところに走り、黒いオタマジャクシがそのあいだで縦になったり横になったり斜《なな》めになったりして、おどっている。「かごめかごめ」の旋律は相変わらず鳴り響き、すこしずつ旋律を速めながらくり返される。それとともに、タケシの体の移動も速まる。タケシは体を横にして、ほとんどロケットのようになって突《とっ》進《しん》している。

「まるで弾丸《だんがん》になって弾道を通過しているようだ。でも、このメロディーはなんだろう？」

タケシはメロディーにのって、猛《もう》スピードでどこかに運ばれている。まわりは楽譜とオタマジャクシだらけで、メロディーはいつのまにか勇壮《ゆうそう》な「鉄腕《てつわん》アトム」になり、にぎやかな「銀河鉄道999」になり、と思うと涙《なみだ》を誘《さそ》う別れの歌の「蛍《ほたる》の光」になった。そのうち、オタマジャクシが気味悪いようにおどり狂《くる》いはじめた。するとメロディーは崩《くず》れて、間延《まの》びをした民謡《みんよう》のようになり、義太夫節《ぎだゆうぶし》のようになり、雅楽《ががく》のようになり、坊《ぼう》さんたちがうたう声明《しょうみょう》のようになった。ついには、目の前でおどっていたオタマジャクシは散ってしまい、旋律《せんりつ》はグアーングアーンとたたくようななんとも不快な音になり、タケシは耳をふさいだ。それでも、体だけは管《くだ》のなかを猛《もう》スピードで走る。

先の方が明るくなっているようだ。トンネルのような管の出口に近づいているのだろうか。それにしても雑音が激しくなるばかりなので、タケシは耳をふさぎ、目をつむる。そのうち、タケシは外に放りだされ、ふわりと立っていた。いつのまにか目の前が開けている。管のなかの通過は終わったらしい。不快な雑音もぴたりとしずまった。

そこは、薄明《はくめい》の世界だった。雲も靄《もや》もない。暑くも寒くもない。光も闇《やみ》もない。光と闇が溶《と》けた薄明《うすあ》かりの世界だった。どんよりした空気が広がっている。見えるのはまたも岩ばかりだ。道などなかった。いたるところに岩山がそびえ、どこもかしこもごつごつした岩だった。人がおとずれ、人が暮らせるような場所ではなかった。地獄《じごく》というのはこんなところかもしれないとふと思い、背筋が寒くなった。いままで危険な場所をいくつも越《こ》えてきたが、ここの空気がかもしだす、体の芯《しん》から冷えるようなぞっとする感覚は、格別だった。といって、もう引き返すことはできない。そもそも自分の意思でここまできたのだ。ただ、さいごは自分で歩いたというより運ばれてきたのだ。月姫《つきひめ》から引きはなされてしまったのも心細い。そう思って振《ふ》り返《かえ》ると、なんと月姫が立っているではないか！　深い眠《ねむ》りから目覚めたような顔をして。

「きみも？」

「そう、わたしも運ばれたの」

どのようにして運ばれたのか、自分と同じように唄《うた》や不快な音を聞きながら運ばれたのか、やはり管のなかを駆《か》けぬけてきたのか、たずねなかった。それより、同じ場所に運ばれてどんなによかったことかと思われた。龍魔王《りゅうまおう》を退治してマリーを救いだすことが自分の定めだが、月姫を守ることも自分の義務だと思っていたからだ。

こうしてふたりは、あばた面《づら》のようなでこぼこした岩場を、両手をつきながら歩きはじめた。この先どうなるか話し合う余裕《よゆう》もなかった。トンネルのような管を通過したあとは、体も心も空っぽだった。もう何があってもふしぎではない、何があっても動じない気持ちだった。ただ、でこぼこして険しい岩場を、ひたすら亀《かめ》が這《は》うようにゆっくり進んだ。そのうち、尾根《おね》のように長い稜線《りょうせん》がつらなった場所にでた。

「あそこなら歩きやすい。あの盛りあがった岩の上によじのぼろう」

ふたりは力をふりしぼって尾根にのぼり、うねうねと曲がりくねっている岩の尾根づたいに歩きはじめた。

死《し》闘《とう》

あたりがにわかに暗くなって、ふたたび闇《やみ》を引《ひ》き裂《さ》いて稲妻《いなずま》が走った。すると、ふたりが歩いている岩の尾根《おね》がぐらぐらと動きはじめた。ふたりはまた両手をついて、岩にしがみついた。岩の尾根が横に静かに揺《ゆ》れていたのだ。というより波のようにうねり、とつぜん前方でものすごい咆哮《ほうこう》が聞こえて、ふたりの体は空中に放りだされた。尾根がもちあがって、というより尾根がはがれて、空中に浮《う》きあがった。まるで巨大な岩の長虫《ながむし》だった。それは大きな輪を描《えが》いて、先の方をこちらに向けた。すると、それはまさしく龍《りゅう》の頭だった。巨大な龍の頭だった。二本の角《つの》は青い光を放ち、細かなひげが密生している顔をくるりと巻いている長いひげがとりまき、ふくれあがった両眼は火のように爛々《らんらん》と輝《かがや》き、とうてい正視《せいし》できない。

空中を飛びあがりながら、タケシは剣《けん》を抜《ぬ》いて頭上に振《ふ》りかざして、叫《さけ》んだ。

「龍魔王《りゅうまおう》だな！　マリーを返せ！　マリーはどこにいる」

「グワー！」

答えは恐《おそ》ろしい咆哮だった。そして、大きく開けた口から真っ赤な舌を突《つ》きだし、炎《ほのお》を吐《は》きだした。炎はたちまち黒い煙《けむり》となって、あたりに広がっていく。龍が吠《ほ》えるたびに炎が吐きだされ、黒い煙が立ちこめ、それが集まって黒雲となった。その黒雲を裂いて稲妻が走り、雷《かみなり》がとどろく。

それにめげず、タケシはまたもくり返した。

「マリーをどこにやった！　マリーを返せ！」

すると、「グワー、グワー」という吠え声のあいまに、岩が震《ふる》えるような低くて太い声がした。

「探すにはおよばないぞ。その前にお前はわしに食われて、岩となって吐《は》きだされてしまうからな。ここに連れてこられたものは、すべて岩になってしまう。マリーを岩にしないのは、マリーに仕事をしてもらうためだ。魔法《まほう》の金のバチを使えるのはマリーだけだ。金のバチで太鼓《たいこ》をたたいて、世界の万物《ばんぶつ》をわしの自由にするためだ。いいかな。世界が生まれて、光と闇が分かたれてから、地上の世界と地底の世界に分かたれてから、わしは地底の奥《おく》の奥に閉じこめられた。闇と影《かげ》と悪と争いと災《わざわ》いと病《やまい》のすべてを背負わされて、わしは地底に生きてきた。その復讐《ふくしゅう》にわしは、闇と悪と災いと病を、絶えず送りだしておる。しかし、まだ飽《あ》き足《た》らないのだ。もっと大きな闇と災いを地上に送りだそうと思っておる。世界のすべてをわしの支配下に置こうと思っておる。お前は黒龍の腹に閉じこめられていた影を解き放って、わしの計画を邪魔《じゃま》しおった。ここではもう邪魔《じゃま》をさせないぞ。闇《やみ》と悪が世界の支配者になるのだ。そのためには、金のバチの魔力《まりょく》と、その金のバチを打つ力をもつお前の妹が役に立つ」

「金のバチはそんな目的のために打つものじゃない。あれは、人々の幸福と健康と豊作を願って祝うために打つものだ。マリーはそれをよく知っているから、金のバチがそばに置かれ、地下に太鼓《たいこ》があろうと、お前のためにはぜったい打たないだろう」

ここで、「グワー、グワー」とうなりながら、龍魔王《りゅうまおう》は頭をもたげて、大笑いをしているように見えた。

「それもいまのうちだけだ。もうすこし時が過ぎれば、あの娘《むすめ》も地上の記憶《きおく》を失ってしまい、わしのいうことを聞くようになる。いくら強情《ごうじょう》をはっても、みなここに閉じこめられているうちにわしのいいなりになる。わしの手下になる！　グワー、グワー！　その前にお前を呑《の》みこんで、岩にしてやろう」

龍魔王はうなり声をあげて、真っ赤な舌を突《つ》きだした。目もくらむような稲妻《いなずま》が走り、岩山に立ちすくんでいるタケシたちを照らしだした。龍魔王の真っ赤な口からは炎《ほのお》が吐《は》きだされ、その先が黒い煙《けむり》となってタケシの体を包みこんだ。タケシは息苦しくなって、もだえた。苦しみながら剣《けん》を抜《ぬ》き放《はな》ち、跳《と》びあがって切りかかろうとしたが、空中にもたげているその頭には届かず、落ちてしまった。まるで巨人の鬼《おに》に一寸法師が立ち向かうようなもので、勝負になりそうもなかった。それでも龍魔王は一瞬《いっしゅん》ひるんで頭を引っこめ、体勢を立て直した。そして、「グワー」とひと声吠《ほ》えると、タケシの頭を飛《と》び越《こ》えて、月姫《つきひめ》がいるはずのタケシの背後の岩に噛《か》みついた。

ガリガリというものすごい音を立てて、龍魔王は月姫を岩ごと呑みこんでしまった。

「グワー、こんどこそお前の番だ。覚悟《かくご》しろ！」

こういうと、龍魔王はなかば気を失っているタケシに襲《おそ》いかかり、タケシを呑みこんだ。

＊　　＊　　＊

タケシは暗い空洞《くうどう》に呑みこまれていった。毒気を吸ったのか息もできず、気を失おうとしていた。そのとき、どこからともなく鹿男《しかおとこ》の声が聞こえた。

「忘れたのか。お前は龍の舌を二枚切りとってもっているじゃないか。一枚は〈三郎蛇《さぶろうへび》〉に呑ませるがよい。もう一枚はお前が呑むのだ。さあ、いますぐ呑みこめ。遅《おく》れると、お前たちは本当に破滅《はめつ》してしまうぞ」

タケシは、黒龍と飛龍の舌を切りとって、大きな葉に包みこんでリュックにしまったことを思いだした。もうろうとなった頭を働かせて、ほとんど麻痺《まひ》した手をリュックに突っこんで、まず一枚の龍の舌をとりだすと、たちまちタケシの胸から蛇の頭が現れた。そして蛇は首を伸《の》ばして、タケシの手にある龍の舌をあっというまに呑みこんだ。

「ありがたい！　蛇が龍の舌を呑むと龍になれると古来伝えられている。これで、わしは百人力どころか千万人力だ！　きみはここで待っていなさい。月姫《つきひめ》を救いだしてくるから」

蛇《へび》はこういって、龍魔王《りゅうまおう》の大きな腹の奥《おく》にするするともぐっていくではないか。しばらくすると、蛇はぐったりしている月姫を口にくわえて戻《もど》ってきた。驚《おどろ》いたことに、蛇はいつのまにか太くてたくましくなっていた。蛇は月姫を口にくわえたままタケシの体に巻きつき、龍魔王の口から外にとびだした。そして、タケシと月姫を岩の上にそっと立たせるや、空中におどりあがって大きく輪を描《えが》くと、たちまち巨大な龍に変身していた。鎌首《かまくび》がふくれあがって角《つの》やひげが生え、うろこのひとつひとつが石畳《いしだたみ》のように大きくなり、胴体《どうたい》はたちまち途方《とほう》もなく長く太くなり、尾《お》の先が見えないほどになった。そして、「グオー」と叫《さけ》んで龍魔王に襲《おそ》いかかった。

龍魔王も、「グワー」と吠《ほ》えて身をひるがえし、新しく生まれた〈三郎龍《さぶろうりゅう》〉に襲いかかった。二匹《にひき》の龍は向かい合うと、どちらも大きな口を開けて、咆哮《ほうこう》をあげた。龍魔王が口から炎《ほのお》を噴《ふ》きだすとそれは黒煙《こくえん》となって、〈三郎龍〉の頭を包みこんだ。すると〈三郎龍〉も口をいっぱいに開けて、激しく息を噴きだした。その息はまるで光の奔流《ほんりゅう》のように輝《かがや》いて、黒煙を散らした。それは、黒煙の噴出《ふんしゅつ》と闇《やみ》をまばゆく照らしだす光の奔流がぶつかり合い、まるで高射砲《こうしゃほう》の弾《たま》やサーチライトが空に飛《と》び交《か》う戦場のような光景だった。

とつぜん龍魔王が黒煙に包まれて姿をかくした。戦いを見守っていたタケシたちにも、龍魔王がどこに消えたかわからなくなった。〈三郎龍〉も頭をもたげながら、光の息を四方八方に吐《は》きだし、龍魔王の行方《ゆくえ》を追った。

一瞬《いっしゅん》しずまりかえった虚空《こくう》に、「グワー」という吠え声が耳をつんざいた。ガリガリという鈍《にぶ》い音がして、〈三郎龍〉の胴体《どうたい》が震《ふる》え、体を輪のように曲げて、頭を尾の方に向け、そちらに光の息を吐きかけた。すると、龍魔王が〈三郎龍〉の硬《かた》い尾にガリガリと噛《か》みついているさまが浮《う》かびあがった。〈三郎龍〉は胴体を曲げて、龍魔王の後ろに頭をまわし、仕返しに龍魔王の尾をくわえた。二匹の龍の尾と頭はつながって巨大な輪になった。こうして、どちらが相手を呑《の》みこむかという壮絶《そうぜつ》な戦いになった。龍魔王の目は爛々《らんらん》と輝き凶暴《きょうぼう》となって、〈三郎龍〉をぐいぐいと呑みこんでいった。たちまち〈三郎龍〉は三分の一ほど呑みこまれていった。〈三郎龍〉も必死だった。裂《さ》けそうになるほど口を開き、相手を呑みこもうとしたが、目は苦しげで輝きを失ってきた。

それを見て月姫はタケシの手をにぎりしめ、「どうにかならないの?」と悲鳴のような声をあげた。その瞬間、タケシは龍の舌がもう一枚あって、それをタケシが呑まなければいけないと鹿《しか》男《おとこ》がいっていたことを思いだした。短い時間に想像もできないことばかり起こるので、そのことを忘れていたのだ。そして、もう一枚の龍の舌をとりだしながらとっさに思った。

「これも、僕《ぼく》らの龍にあげたい。もう一枚呑めば、二倍も強くなるんじゃないかな」

そして、じっさいに〈三郎龍〉に舌を食べさせようとしたが、空中で激闘《げきとう》をしている〈三郎《さぶろう》龍《りゅう》〉に近づくことなどできそうもなかった。仮《かり》に近づけたにしても、龍魔王《りゅうまおう》の尾《お》を呑《の》みこんでいるあの口に呑みこませることは不可能だった。

「やはり、僕《ぼく》が呑みこまなければならない。そうすると、僕も龍になるのだろうか。かまうものか。いまは絶体絶命のときだ。何が起ころうとかまわない。決断しよう」

こう思ってタケシは、大きくて、厚ぼったい龍の舌を自分の口のなかに押《お》しこんだ。噛《か》もうとしたが、その必要はなかった。舌は口のなかでゼリーのように溶《と》けてしまったからだ。苦いような甘《あま》いようななんともいえない味がしたが、食道を通って胃のなかにはいると、かっと燃えるような感覚が広がった。そして、目がくらくらしてきた。手で自分の体にさわったり、目で自分の体を見回しても、変わりはなかった。

「よかった。人間は変身しないんだ」と思ってほっとしたが、そんなことにかまっていられない。タケシは剣《けん》をひっさげて、龍魔王に近づこうとした。すると、〈三郎龍《さぶろうりゅう》〉を呑みこんでいる龍魔王の口もとまで軽々と飛びあがることができた。

「これこそ龍の舌の力だ。僕が呑んだのは飛龍の舌かもしれない」と勇気百倍になって、タケシは龍魔王の目に剣を突《つ》き立《た》てた。そうされても、龍魔王は相手を呑みこんでいるので抵抗《ていこう》できず、目から血を流し、うなり声をあげているばかりだった。ここぞとばかり、タケシは龍の目から剣を引《ひ》き抜《ぬ》いて、龍の頭の反対側にまわりこんで、もう片方の目も刺《さ》し、ついでに頭の下にま

わって、〈三郎龍《さぶろうりゅう》〉の胴体《どうたい》を呑《の》みこんでいる口の真っ赤な舌を刺《さ》した。すると龍魔王《りゅうまおう》は頭を大きく振《ふ》って苦しみはじめた。タケシの攻撃《こうげき》は龍魔王の胴体を半分ほど呑みこんでいる〈三郎龍〉の頭の先で起こったので、〈三郎龍〉にはその一部始終がすっかり見えていた。そして、龍魔王がひるむや、龍魔王をぐいぐい呑みこみはじめ、裂《さ》けるほど広げた大きな口は龍魔王の頭の近くにたっした。つまり、〈三郎龍〉が相手をほとんど呑みこんだことになった。そのあいだに、〈三郎龍〉の胴体は力を失った龍魔王の口からずるずると抜《ぬ》けてきて、とうとう龍魔王は〈三郎龍〉の尾《お》を吐《は》きだした。すると、〈三郎龍〉にすっかり呑みこまれる前に、龍魔王がいうではないか。

「わしが負けたとは思うな。なるほどわしはお前の口のなかに全身呑みこまれようとしている。しかしこれでは、じつはわしがお前の体の一部になったにすぎないのだ。お前の体のいちばん奥《おく》でわしは生きることになるだろう。いいか！　これからがお前らとわしの戦いだ。わしは世界の征服《せいふく》をけっしてあきらめないぞ。正義とか愛とかほざいているやつらの面《つら》が見たいものだ。そんなものはわしの息のひと吹《ふ》きで吹きとばしてくれよう！　わしは、お前の体のなかから悪と災《わざわ》いをまき散らしてやる。それに、災いの種はもう世界にまき散らされているし、わしの手下もいたるところにいる、それを忘れるな！」

龍魔王の台詞《せりふ》はここでとぎれた。というのは、その頭が〈三郎龍〉にそっくり呑みこまれてしまったからだ。そして、こんどは〈三郎龍〉が語りかけた。

「往生際《おうじょうぎわ》の悪いやつだ。たいそうな捨て台詞を吐くもんだな。わしの体内に呑みこまれたからには、お前の負けに決まっとるじゃないか。わしがお前を消化してやるよ！　そうしたら、お前はもう悪いことができまい。頭《かしら》が息絶えれば、手下もまき散らされた種も力をなくしてしまうだろうが！　どうだ、そうではないか」

　龍魔王の頭が消えてしまうと、タケシは〈三郎龍〉の頭にしがみついた。

「あなたはとうとう龍になって、龍魔王を呑みこみましたね！」

「これがわしの運命らしい。きみにもふしぎな力がのりうつって、ふたりの力で龍魔王退治ができた。でも、これからが正念場《しょうねんば》だ。龍魔王を呑みこんだおかげで、龍魔王との戦いはわしの体内にもちこされてしまった。わしは龍魔王を腹のなかにかかえこんでしまった。うっかりすると、わしが龍魔王にのっとられるかもしれない。これからが本当の戦いだ。わしは地底にとどまり、きみは地上に帰り、龍魔王が振りまいた災いの種を祓《はら》い清《きよ》め、人々の争いと悲しみと悩《なや》みをとり除き、上と下で力を合わせ、龍魔王からこの世界をとりもどそうじゃないか」

「あなたは地上に戻《もど》らないのですか」

「わかっとるだろう。地上ではわしは千年近くもむかしの人間だ。それに、わしはもう地上には戻れんだろう。わしの運命は月姫《つきひめ》や地下世界の人々を守りながら、ここで暮らすことだ。きみの運命はマリーを助けだして、地上に戻ることだ」

とどろく太鼓《たいこ》

タケシたちは、マリーが閉じこめられている牢獄《ろうごく》を探しだそうと必死になった。いつぞや〈迷い森〉でマリーが岩の牢獄に閉じこめられているまぼろしを見せられたことをタケシは思いだして、どこかにそれらしきものがないかと探しまわった。月姫《つきひめ》も懸命《けんめい》に探してくれた。〈三郎龍《さぶろうりゅう》〉も胴体《どうたい》をくねらせて探しまわった。そして、ついに大きな岩窟《がんくつ》が目の前にこつ然と現れた。タケシたちは岩の牢獄にはめこまれた鉄格子《てつごうし》を開けようとしたが、格子は太い鉄棒でつくられ、扉《とびら》には頑丈《がんじょう》な錠《じょう》がかけられていて、びくともしない。

なかは薄暗《うすぐら》くてよく見えなかったが、目が慣れると少女らしき者が横たわっているのが見えた。そばに袋《ふくろ》からとりだされた二本の金のバチが散らばり、大太鼓《おおだいこ》が据《す》えられていた。牢のなかには黒コメネズミたちがぞろぞろと這《は》いまわっているが、少女はぴくりとも動かない。死んでしまっているのだろうか？

「マリー！　マリー！」とタケシたちは剣《けん》や手を差しこんで黒コメネズミを追《お》い払《はら》いながら、大声で呼びかけた。「助けにきたんだ！　龍魔王《りゅうまおう》は退治したからもう大丈夫《だいじょうぶ》だ。お前を連れて帰る」

答えはない。すると〈三郎龍〉が鉄格子を口でくわえて、見る見るへし曲げ、広げてしまった。

タケシと月姫はなかにとびこんだ。タケシはマリーを抱《だ》きかかえた。マリーはわずかに目を開けて、体を震《ふる》わせた。

「やらないわよ。何があっても、わたしは太鼓を鳴らさないわ」

「僕《ぼく》だよ！　タケシだ！　助けにきたんだ！」

マリーは上体を起こした。そして、目を大きく開けてタケシたちを見つめ、おびえたように叫《さけ》んだ。

「うそでしょう！　またわたしをだまそうとするの。そこに手下の龍もいるじゃない！」

「これは龍魔王の手下じゃない。先祖の三郎さまだ。三郎さまが龍の姿になって、龍魔王を退治したんだ。うそじゃない、僕はタケシだ。これを見てごらん」

そういって、タケシは首にかけていたお守りを見せた。それはマリーが太鼓をたたいていた神社のお守りだった。それを見てマリーは驚《おどろ》き、「本当！」と叫んで、タケシの手をにぎりしめた。

「くわしい話はあとでするからね。いいかい、これだけは聞いてくれ。本当に龍魔王は退治したんだ。信じてくれないだろうけど、家《うち》の先祖にあたる〈三郎蛇《へび》〉の力を借りて龍魔王を退治した。もっとも〈三郎蛇〉はいまじゃ龍となっているが」

そういって、後ろにひかえている〈三郎龍〉を指さした。

「僕《ぼく》たちには、お前のことがぜんぶわかっている。龍魔王《りゅうまおう》は金のバチを盗《ぬす》み、お前をさらって、金のバチで太鼓《たいこ》を打たせ、世界を自分の思うままにしようとしていたんだね。お前にはその悪だくみがわかって、抵抗《ていこう》していたんだね。でももう大丈夫《だいじょうぶ》だ。金のバチはマリーのものだ」

マリーはやっと真相が呑《の》みこめてきた。そして、タケシに確かめた。

「龍魔王は本当に退治されたの？　地底にある太鼓を、手下に盗ませた金のバチでたたくようわたしを脅《おど》していた龍魔王が死んだの？　吸いこまれていった影《かげ》はどうしたの？　わたしはぜったいいいなりにならないって誓《ちか》っていたのよ！　金のバチは豊年満作の祈願《きがん》のためにあるものなの。龍魔王のためのものじゃないのよ！」

それを聞いて、タケシはどんなに安心したことか！　龍魔王の呪《のろ》いはまだマリーにかかっていなかったのだ。でも、もうすこしここにくるのが遅《おく》れたら、マリーは龍魔王に呪われて、自分の意思をなくしてしまったかもしれない。

「もう大丈夫だ！　龍魔王がいなくなったから、ここで太鼓をたたいても大丈夫だ」

「そうだ。大丈夫だ。龍魔王は退治された。いまこそ本当の太鼓の音がとどろくときがきた。みんなの幸せのために太鼓が鳴《な》り響《ひび》くときがきたのだ。金のバチで大太鼓を打つがよい」

そばにひかえていた〈三郎龍《さぶろうりゅう》〉が宣言した。その腹の底に響くような太い低音は、まるで神さまの御託宣《ごたくせん》のようにおごそかだった。

＊　　＊　　＊

マリーは立ち上がった。力なく青ざめやつれていた顔に血色が戻《もど》ってきた。マリーは地面に転がっていた二本の金のバチを両手でしっかりとつかみとって、太鼓の前につかつかと歩みよった。金のバチを万歳《ばんざい》のような格好で振《ふ》り上《あ》げた。その瞬間《しゅんかん》、聖霊《せいれい》がのりうつったように、全身から霊気が放たれた。

「ドーン、ドーン、ドドーン」

バチが振《ふ》りおろされ、さいしょの音が牢獄《ろうごく》から外へと空気を切《き》り裂《さ》いて、響《ひび》き渡《わた》った。まるで大砲《たいほう》のとどろきのようだった。バチからは、光がほとばしった。バチの動きは速くなり、ついにバチそのものも見えなくなり、金の閃光《せんこう》だけが空中を舞《ま》っている。

すると、牢獄に光が満ち渡り、まぶしいほどになった。牢獄の岩が赤や青や緑の光を放っている。ごつごつした黒褐色《こっかっしょく》の岩は、ルビーやサファイアや孔雀石《くじゃくいし》やオパールへと変容《へんよう》した。そのまばゆい光に圧倒《あっとう》されて、タケシたちはことばもでなかった。

さらにふしぎなことに、いつのまにか〈三郎龍〉の姿が消え、その代わりに凛々《りり》しい若武者が立っているではないか。左右の脇立《わきだて》には二本の鹿《しか》の角《つの》を、正面の前立《まえだて》には両眼から炯々《けいけい》たる光を放つ龍の頭の飾《かざ》りをつけたかぶとを真っ赤な組紐《くみひも》で結んでかぶり、八方に光を放射する日輪を描《えが》いた胴《どう》と、銀と紫《むらさき》と赤の段だらの袖《そで》が輝《かがや》くよろいに身をかため、月姫《つきひめ》の肩《かた》を抱《だ》いている。兄たちにだまされて地底に突《つ》き落《お》とされ、蛇《へび》に変身した三郎《さぶろう》が、ついにとりもどした武者姿だった。

マリーの打ちだす太鼓《たいこ》の音は、リズミカルになってきた。それにつれて、岩窟《がんくつ》から光の輪が広がっていった。岩からはまぼろしのように人や動物が抜《ぬ》けだしてきて、上へ上へと上昇《じょうしょう》していった。戦国時代の武者もいれば、世界大戦の兵士や傷病兵もいれば、農夫や炭坑夫《たんこうふ》もいた。金満家の商人もいれば、やせこけて眼の鋭《するど》い学者もいた。疫病《えきびょう》におかされた人もいれば、飢《う》えて骨だらけの人もいた。犬や猫《ねこ》も馬や牛もいれば、ウサギやオオカミやキツネもいた。タカやトンビやハトやツバメも舞《ま》い上《あ》がった。誰《だれ》もがやさしくおだやかな顔と姿や美しい毛並みをとりもどし、輝《かがや》く翼《つばさ》をはばたかせて、白い煙《けむり》のように消えていった。すると、まわりのざらざらした岩肌《いわはだ》は、世《せ》界中《かいじゅう》の宝石を集めたようにきらびやかな色に輝《かがや》き渡《わた》った。

「あれは、龍魔王《りゅうまおう》によって岩に変えられて、地底に閉じこめられていた者たちが救われてゆく姿だ。この岩山全体が人や動物の魂《たましい》の牢獄《ろうごく》だったのだ。あの者たちが救われて、新しい世界で生まれ変わることを祈《いの》るばかりだ」と三郎が語った。

「あの人たちは救われるの?」

「あの者たちがどんな世界にいくかによる。少なくともあの者たちを呪縛《じゅばく》していた龍魔王は姿を消して、わたしの腹のなかにおさまっている。だから、あの者たちの魂はもう自由だ。心ならずも地下を治めるようになったわたしは、やつが暴れださないようにおさえつけて、消化しなければばならない。きみも地上に振《ふ》りまかれた龍魔王の悪の種と戦わねばならないだろう」

そのあいだに、マリーの手は目もとまらないほど速くなった。音と光が織りなすリズムと興奮は絶頂になった。その頂点でマリーの手はぴたりと動きを止めた。マリーは金のバチをにぎった両手をおろし、放心したように立っていた。

「終わったのね」

沈黙《ちんもく》がつづいたあと、月姫《つきひめ》がぽつりといった。すると、タケシがつづけた。

「ここではね……マリーはついに力を発揮したんだ。龍魔王にさいごまで抵抗《ていこう》して、そのあげくマリーは自分の真の仕事を果たした。マリーはこの仕事をするために、ここにかどわかされたようなものだ。でも、この仕事は永久に終わらないかもしれない。マリーも僕《ぼく》も戦いながら死んでゆくかもしれない。それでも、あとにつづく者がきっと現れてくるだろう」

「お別れの時が近づいたようだ」三郎がいった。「わたしは地底の者になったから、申しわけないが月姫と暮らすことになる。きみは地上で立派な嫁《よめ》さんを見つけなさい」

「かまいませんよ。あなたは僕で、僕はあなたなんですから。地底であなたが月姫と生きていると思うと勇気百倍です。どんなことにも負けない気になります」

「わたしが地上に戻《もど》るときには、月姫のお父上が鹿《しか》の膝頭《ひざがしら》の骨でつくった餅《もち》をお土産《みやげ》にくださった。その力に守られて、わたしはいっときは地上に戻れた。鹿の餅の代わりになるようなお土産があるといいのだが？」

　そのときだった。遠くからカッカと軽快なひづめの音がした。それも無数のひづめの響《ひび》きだった。そして、なんと五色の毛皮と金の角《つの》をまばゆく輝《かがや》かせた鹿《しか》の群れが現れた。

「五色の鹿だわ。霊力《れいりょく》をもった五色の鹿がいるとは話に聞いていたけれど、じっさいに見るのははじめて」

　月姫《つきひめ》が声をあげた。タケシたちが外にでると、鹿の群れはタケシたちをかこんで輪をつくり、互《たが》いに角をぶつけ合わせた。すると角は、風鈴《ふうりん》のような妙《たえ》なる響きを立てた。その響きのなかで、群れの奥《おく》から一頭の鹿が包みをくわえて、進みでてきた。タケシの前にくると、その包みを置いた。見るといつのまにかなくしていた自分のハンカチで包んだものだった。包みを開くと、ひとつの金色の珠《たま》が輝《かがや》き渡《わた》った。驚《おどろ》いてそれを眺《なが》めていると、どこからともなく鹿男の声が聞こえてきた。

「これは五色の鹿たちが千年かけて磨《みが》きあげた金の珠だが、これがお前にさしあげるお土産《みやげ》だ。金の角で粗《あら》い金を磨くと、金は輝きを増して尊《とうと》い光を放つようになるばかりか、それを手にする者にどんな困難と災《わざわ》いからも守ってくれる力をあたえてくれるのだ。そのために、鹿たちは地底の金を千年かけて磨きあげた。千年で金の珠は完成することになっているのだが、その千年目にお前が地底の世界を解き放ったのは、まことにふしぎな縁だ。これは、まさにお前のために磨きあげられた珠だ。わしらの感謝の気持ちとしてこれをさしあげよう。土産としてもってゆくがよい。これは、お前たちにかぎりない力をあたえてくれるだろう。これでお前たちは無事に地上に戻《もど》れるばかりか、どんな迷いや辛苦《しんく》でものりこえられよう。これを大事にするがよい。お前は見事に大きな仕事をやりとげ、地下の世界を龍魔王《りゅうまおう》から解き放ってくれた。村人たちはみなお前に感謝するだろう。お前が助けた地下の住民に代わって、心からお礼をいうぞ。地上でもお前を待っている。お前はひがみっぽく、卑怯《ひきょう》で、ひ弱《よわ》ないじめられっ子だったが、地底の冒険《ぼうけん》を通して勇者になった。でも真の勇者とは、もう救いはないというぎりぎりのふちに追いこまれても、かならず道は開けると信じて、切《き》り抜《ぬ》けることができる者のことだ。もっとも、そのような力も天からさずかったものだということを忘れてはいけない。これからは、その勇気でもって、同じ天をいただく人々に、争いをやめるようにと、だましたり裏切ったりしないようにと、平和で幸せに暮らすようにと、緑の山や青い海を守るようにと、訴《うった》えなければならない。むかしから世界にばらまかれている悪と災いの種は、いまや力を増している。世界は病《や》んでいる。遠い将来そのために人は滅《ほろ》んでいくかもしれない。それと戦う重い仕事はこれからだ。そのつもりで地上に戻るがよい」

三郎《さぶろう》は三郎でいうのだった。

「これでよい。またとない土産ができた。これでお前は地上に帰れるし、帰らなければならない。

お前が果たすべき仕事が地上で待っているだろうからな」

タケシは、鹿《しか》からの贈《おく》り物《もの》を手にした。そしてマリーをうながした。マリーは金のバチを皮の袋《ふくろ》に入れて、それをしっかりとかかえた。帰り仕度《じたく》がととのうと、タケシはマリーの手をとって地面を蹴《け》った。すると、ふたりの体はふわりと浮《う》きあがり、三郎《さぶろう》と月姫《つきひめ》の姿とそれをとりまく五色の鹿の群れは見る見る小さくなった。

そのうち、三郎も月姫も鹿も姿を消していったが、その代わりに銃《じゅう》を背中に背負った数人の猟《りょう》師《し》が現れ、山道でタケシたちを見上げて、タケシたちに手を振《ふ》って、叫《さけ》んだ。「〈大化け〉を退治してくれたので、村人はみな村に帰ってくるぞー！　ありがとうよ！」

彼《かれ》らに手を振っていると、その姿も溶《と》けるように消えてしまい、つぎに茅葺《かやぶ》きの農家が現れた。軒下《のきした》に老夫婦が立っていて、しきりに手を振っている。「雪をかぶって凍《こお》ってしまったわが家も、家のなかで凍りついていたわたしたち夫婦も、すっかり生き返って元気になりましたぞ」といいながら、白いひげをたくわえたじいさんが晴れ晴れとした顔で、となりのばあさんと深々と頭を下げた。「よかったですね。もうけっして雪や氷に閉じこめられませんよ」と答えていると、老夫婦の姿はたちまち遠ざかった。

すぐに、緑におおわれた大きな森が浮かびあがってきた。森のなかでひときわ高くそびえた一本の太いカシの木が、無数の緑に光る金片《きんぺん》のような葉でおおわれた冠《かんむり》をキラキラ輝《かがや》かしていた。

「森の王だ！」とタケシが叫ぶと、森の木が一本残らずゆらゆらと揺《ゆ》れて、喜びをタケシにあらわすのだった。そして、森の王はたくましい枝を広げて、万歳《ばんざい》の身ぶりをした。

その森の上をかすめると、紙漉《かみす》きの里で立ちよった家の軒下が現れ、その家の主人と男の子が立っていた。男の子はちぎれるほどに手を振って、「紙を漉いてもお化けはもうやってこないよ。水はきれいになったんだ。村の人がみなありがとうといってるよ。元気でね。またきてね」と叫んだ。タケシも、「きみたちも元気でね。また会いたいね」と返した。

さいごに現れたのは、桶造《おけづく》りの里だった。タケシがいちばん心配していた村だった。龍魔王《りゅうまおう》の呪《のろ》いのために山でとれる桶をつくる板がどれも反《そ》り返《かえ》ってしまい、桶造りができなくなり、桶師ジヘイのかわいいひとり娘《むすめ》が龍魔王の生けにえに差しだされようとしていた村だ。龍魔王を退治したからには、そうした変事はおさまっているはずだったが、どうなっているだろうか？ それがタケシの心配の種だった。すると、ジヘイと娘のクミがタケシが通りすぎるのを待ち受けていた。そしてジヘイは、大声でタケシに語りかけた。

「予言が成就《じょうじゅ》しましたな。どこの村でもそのうわさでもちきりじゃ。みんな、心から心から感謝しておりますぞ！」

そこに何人も村の桶師たちが現れ、みな両手に板をもって、それを頭上にもちあげ、拍子木《ひょうしぎ》のように打ちつけてカチカチとにぎやかな音を立てた。見ると、どれもきれいに削《けず》られていて、組み合わせるといつでも桶《おけ》のガワになる板だった。むろん、カチカチと拍子《ひょうし》をとって、タケシたちに板きれを見せているのだ。

「よかったね。これで安心です。これからは、ぜったいに材料の木は反《そ》ったり曲がったりしませんよ。クミちゃんも生けにえにされないからね」とタケシが叫《さけ》ぶと、また板がにぎやかに拍子を奏《かな》で、ときめくようなリズムでタケシを送りながら、自分らも桶造りの再興《さいこう》を祝っているようだった。よく見ると、猟師《りょうし》たちの輪の真んなかにユイマン国の翁《おきな》が満面の笑《え》みを浮《う》かべて手を振《ふ》っていた。

タケシとマリーが嬉《うれ》しげな人々の輪を見おろして、調子のよいそのリズムに酔《よ》っているうちに、あたりは暗闇《くらやみ》に溶《と》けていった。そして、ふたりは気を失った。

どれほど時間がたったことだろう。意識を失っていたのでわからないが、思い起こすとまるで無限に近い時間がたったように思われた。気がついてみると、ふたりは草原に横たわっていた。そばに見慣れた古墳《こふん》の小山があった。ふたりは顔を見合わせて、思わずほほえんだ。マリーは金のバチがはいっている革袋《かわぶくろ》をしっかり小わきにかかえていたが、タケシの腰《こし》の剣《けん》は消えていた。リュックのなかを調べると、懐中電灯《かいちゅうでんとう》や巻物は残っていたが、土産《みやげ》の金の珠《たま》もくさりも見つからない。あわててポケットに手を突《つ》っこむと、ハンカチの包みがでてきた。それを広げると、燦然《さんぜん》と輝《かがや》く金の珠がタケシの目を射た。

了

あとがき

この物語は、中世から伝えられている「甲賀三郎伝承」をもとに、自由に創作されたものです。「甲賀三郎伝承」は、甲賀三郎という武者が地底の魔王にさらわれた春日姫を救いに地底に降りて、首尾よく姫を救い出したものの、兄たちの悪だくみでふたたび地上に突き落とされ、地底をさまよう物語です。同じような伝承は、グリム童話の「地もぐり一寸法師」、スペインの「熊のホァン」、朝鮮の「地下国大賊退治」などをはじめ、世界各地に広まっています。しかし、日本の「甲賀三郎伝承」は日本土着の諏訪神社縁起とむすびつき、物語がほぼ完全な形で語られ、地底の国々への放浪の旅もゆたかな筋書になっていて、ほかに例を見ないものです。

今までも「甲賀三郎伝承」を再話する試みはありましたが、わたしは、まったく新しい観点で自由に物語を創作しました。なによりも主人公のタケシは現代の少年であり、この物語では香月三郎という名前で登場する祖先の三郎と合体して、数々の災害をもたらす龍魔王退治におもむくのです。時代も現代が三郎の時代に重なり、古今東西の物語も登場し、とりわけ現代社会の病根を暗示したテーマで創作しました。

タケシが製薬会社の息子となっているのは、伝承を伝える家系の甲賀望月氏が、ときには山伏となって、医術、製薬、売薬、忍術を担《にな》っている一族であり、その末裔も現代にいたって製薬業も営んでいるという調査からもきています（伊賀と並んで甲賀地方は忍者が活躍したところであることを思い出してください）。

甲賀三郎伝承は、諏訪神社に伝わる「諏訪縁起」としても完全に残されていますが、それを伝えた人々に、諏訪神社より「鹿食免《かじきめん》」という諏訪神社によって鹿を狩猟とすることを許された山の民がいます。つまり、「甲賀三郎伝承」と鹿は因縁が深くて、甲賀三郎が地上に戻るときに、ユイマン国の古老に鹿の骨の団子を贈られているのもそのためと思われます。信州諏訪大社の御射山御狩神事《みさやまみかりしんじ》では、鹿の腹に入れた餅を食べるという儀式があります。そういうわけで、この物語でも鹿族が大きな意味をもっています。近年鹿の害が話題になっていますが、これは山野の開発などで鹿の生息地が乱れ、数もアンバランスになったためです。しかし本来、「神鹿《しんろく》」という言葉もあって、春日《かすが》神社の鹿のように神の使いとしてうやまわれていたのです。

このように「甲賀三郎伝承」のいくつかの特徴を生かしたとはいっても、この物語はまったく独自な筋書で創作されています。地底はいわば心の中の自由な空想世界であり、そこではどんな不可思議なことでも起こりうるというつもりで書きました。またさまざまな場面で、異界に移動するときに伝えられているイメージや錬金術のイメージが生かされています。錬金術は金をつくりだす術を人々が追究した秘法で、そこから近代の化学が発展したのですが、それ以上に錬金術を追究しながら錬金術師が精神的に高い境地に達したあとがあるという研究と見方が大事です。物語の結末をその面で考えてください。

甲賀三郎伝承については多くの人が紹介していますが、元の話を読みたい人は、現代文に訳した貴志正造訳「諏訪縁起の事」（平凡社刊『神道集』）か、あるいは古文なら『御伽草子』の「諏訪の本地―甲賀三郎物語」（『新潮日本古典集成』）、または本来の諏訪神社縁起として伝わっている渡辺国雄・近藤喜博編『神道集』（角川書店）があります。ただ、さいごのものは筆書きの古《こ》文書《もんじょ》ですから、おとなになって読めるものです。

著者は多くの研究や解説を参考にしていますが、とりわけ福田晃『神道集説話の成立』（三弥井書店）という大部な研究からはじつに多くのことを学ばせて頂きました。福田氏にはこの場を借りて深く感謝いたします。

なお、この物語は児童向きファンタジー雑誌「天気輪」の第五号（二〇〇五年）～第十一号（二〇一三年）に連載した作品をもとにまとめられています。

挿絵を描いてくださったいしいつとむ氏は、著者の親友であったドイツ文学者の故相馬久康君（中央大学名誉教授）の長女の御夫君で、独特の画風で絵本作家として活躍中のいしい氏とこのような形で共に仕事ができたことを、亡き相馬君が天国で喜んで下さることを信じてやみません。

さいごに、この物語の編集に誠意をもって取り組まれ、刊行を実現してくださった「てらいんく」の佐相ご夫妻には、心から感謝するものです。

平成二十七年七月

私市保彦

私市保彦（きさいち やすひこ）

武蔵大学名誉教授。
1956 年、東京大学文学部フランス文学科卒業。
1961 年、同大学院比較文学科修士課程修了。
元比較文学会会長。その他、東京大学などの非常勤講師を務める。

＊主な著訳書

◎創作
『琥珀の町　幻想小説集』（国書刊行会、1998 年）
『白い繭―幻想短編集』（沖積舎、2014 年、第六回「宗左近文藝賞」受賞）

◎評論・研究
『ネモ船長と青ひげ』（晶文社、1978 年）
『幻想物語の文法―「ギルガメシュ」から「ゲド戦記」まで』
（晶文社、1987 年、のちに「ちくま学芸文庫」所収）
『フランスの子どもの本―眠りの森の美女」から「星の王子さま」へ』（白水社、2001 年）
『名編集者エッツェルと巨匠たち』（新曜社、2007 年、「児童文学学会特別賞」受賞）　ほか。

◎共編著［編集］
『世界の児童文学』（私市保彦・亀井俊介共編著、国土社、1967 年）
『「赤ずきん」のフォークロア――誕生とイニシエーションをめぐる謎』
（私市保彦・今井美恵共著、新曜社、2013 年）　ほか。

◎翻訳・編訳
ジュール・ヴェルヌ『海底二万里』（岩波少年文庫、2005 年）
ジュール・ヴェルヌ『二年間の休暇』（岩波少年文庫、2012 年）
ミシェル・セール序『ジュール・ヴェルヌの世紀』
（私市保彦監訳、石橋正孝・新島進訳、東洋書林、2009 年）
ウィリアム・ベックフォード『ヴァテック』（国書刊行会、1990 年）
バルザック『幻想・怪奇小説選集１～５』
（「百歳の人」、「アネットと罪人」、「呪われた子」、「動物寓話集」訳、水声社、2007 年）
バルザック『芸術／狂気小説選集全５巻』（「絶対の探求」、「赤い宿屋」訳、水声社、2010 年）
バルザック『神秘の書』（編集・「あとがき」と「ルイ・ランベール」訳、水声社、2013 年）　ほか。

いしい つとむ

1962年、千葉県香取市に生まれる。主な絵本の作品に『なつのかいじゅう』『つきよのゆめ』（ポプラ社）、『わたしのゆきちゃん』（童心社）、『子どもたちの日本史』『妖怪の日本地図』（大月書店）、『ふたごのどんぐり』『カブトムシのなつ』（文研出版）など、主な挿絵の作品に『またおいで』（あかね書房）、『おまじないのてがみ』（文研出版）、『はなよめさん』（ポプラ社）など、多数ある。

地底の大冒険――タケシと影を喰らう龍魔王

発行日　2015年9月16日　初版第一刷発行
著　者　私市保彦
装挿画　いしい つとむ
発行者　佐相美佐枝
発行所　株式会社てらいんく
〒215-0007　神奈川県川崎市麻生区向原3-14-7
TEL　044-953-1828　FAX　044-959-1803
振替　00250-0-85472
印刷所　株式会社厚徳社

ISBN978-4-86261-114-7　C8093